娶妻這麼難

4

完

風文創 534

玉瓚 著

目錄

第九十二章　少年夫妻

簡妍正同徐妙寧、徐妙錦等人在花園裡放風箏。

她鄭國公嫡女的身分被徐宅裡的眾人知曉後，吳氏為了不得罪鄭國公府，當機立斷趕走了簡太太。秦氏倒是沒什麼，左右她與簡妍之間素來的交往也是不深；馮氏則想著要徐妙華沒事就來鄭國公府裡同簡妍攀攀關係，畢竟若搭上了簡妍這個國公府嫡女外加鄉君的便車，往後定然能給她尋一門上好的親事；而俞氏則是極為後悔。

周元正科場舞弊案查出來之後，皇帝便下旨開了恩科，徐仲景已在這次恩科裡中了二甲頭名傳臚，授了翰林院庶起士。隨後在徐仲宣的作主下，為徐仲景求娶了蘇瑾娘，現下徐仲景和蘇瑾娘的親事已然定下來，只等著金風送涼的時候就行大禮。

蘇瑾娘的父親是正三品的太常寺卿，俞氏對這門親事原是極其滿意，只是後來她知曉了簡妍是鄭國公府的嫡女和有樂安鄉君的封號之後，整個人就覺得不大好了。

若是當初她聽了徐仲景的話，誠心去找簡太太說，說不定當時簡太太就會答應讓簡妍嫁給她兒子，依著簡妍這會兒的身分，她往後對徐仲景的幫助該有多大？

俞氏一時只覺得悔不當初，深恨自己當時為什麼沒有聽信徐仲景的話？

所有人之中，也只有紀氏是得益最大的。

簡妍客居在徐宅的這一年裡，紀氏對她還算和善，且徐妙寧又和簡妍這樣交好，是以她現下倒是可完全讓徐妙寧同簡妍多親近親近。

簡妍自然也喜歡徐妙寧沒事就來鄭國公府玩。她原就很喜歡這個表妹，何況徐妙寧一般都會同徐妙錦一塊兒來找她，而徐妙錦每次過來，都會帶徐仲宣的信來給她。

自從那日徐仲宣帶她來鄭國公府之後，就算她當時的身世還沒有完全確定，聶青娘卻是不肯讓她離開自己身邊，所以自那日起，她已有近兩個月的時間沒有見到徐仲宣了，不過是趁著偶爾徐妙錦過來的時候，彼此傳一傳書信以慰相思之意。

前幾次徐仲宣的信中都特地叮囑她近期不可外出，因她如今雖然是有國公嫡女和鄉君的身分傍身，但若是出門，難保不會被周元正得知，然後被他用什麼下作的手段劫走，尋個僻靜的地方藏起來。

周元正一直不肯對簡妍放手，既然他身為首輔，這點神不知鬼不覺的能力還是有的，且到時只怕沒有證據能證明是他，所以徐仲宣才一再叮嚀簡妍近期不可出門，只在鄭國公府裡安心待著。

今日徐妙錦同徐妙寧過來時，帶來的書信裡則說：周元正已死，自此之後簡妍再也不用懼怕任何事了。

這樣簡簡單單的一句話，如一陣清風，將籠在簡妍心頭這麼長時日的烏雲全都吹散了。從此之後，她是真的不用再擔心任何事了。

簡妍當下高興地起身，在屋子裡來來回回走了好幾遭。

除卻這封信，徐仲宣還讓徐妙錦帶了一只風箏給她，紫竹為骨，綾絹為皮，上面細細繪製了一幅燕子的模樣。

徐妙錦在一旁對簡妍悄悄笑道：「這是我大哥親手做的風箏。只不過我大哥第一次做風箏，好看是好看，放不放得上天還不曉得呢。」

簡妍聞言大笑。因心中實在高興，便對徐妙寧和徐妙錦豪爽一揮手，笑道：「走，我們去花園裡放風箏！」

這樣的一只風箏定然是不夠三個人放的，於是簡妍便讓聽桐將前兩日聶青娘遣人送過來的那只「連年有魚」的風箏拿出來，又遣了丫鬟去小書房裡找李信過來，同她們一起放風箏。

也許是因聶青娘那些年潛移默化地對李信灌輸，他有個嫡親姊姊這樣的念頭，又或者是真的血濃於水，總之自從簡妍進了鄭國公府後，李信對她很是親近，沒事的時候就會過來找她說話，和她一起玩。聶青娘對此自然是看在眼中，喜在心裡。

今日日光和煦，惠風和暢，且因心病已除，聶青娘的身子就日漸好轉起來，於是目下見著外面這樣好的天氣，她便想著叫了簡妍和李信一塊兒去花園裡走一走，賞一賞春光。

雅安居前面的兩排銀杏樹已經長出了嫩綠的葉子，細碎的日光照耀其上，彷彿是鍍了一層碎金般，耀眼得厲害。

聶青娘一面輕快地走著，一面側頭同魏嬤嬤說著閒話。

這時就見琴心快步自對面走過來，面上帶笑道：「夫人，姑娘正和公子同徐侍郎的兩位妹妹在花園裡放風箏呢。姑娘和公子可高興了，奴婢隔著老遠就聽到了他們的笑聲，夫人快去看看。」

方才聶青娘正是遣了琴心去辛夷館叫簡妍，而她也贊同徐妙寧和徐妙錦沒事的時候就來府裡找簡妍玩。她看得出來，簡妍是真心喜歡這兩位小姑娘。

聶青娘一聽，立時笑道：「難得這樣好的天氣，可不正是放風箏的好日子？魏嬤嬤，既然如此，咱們就去瞧一瞧。見著他們高興，咱們心裡也舒暢。」

一行人便直接往琴心所說的那處開闊的草地。

果然如琴心所言，隔著老遠便聽到了一陣陣極開心的笑聲。

琴心待要上前去通報說夫人來了，聶青娘卻伸手制住了她。

「由得他們自自在在玩耍一會兒吧，若是咱們去了，只怕他們玩得不盡興呢。」

魏嬤嬤也在一旁笑道：「夫人您瞧世子，老奴可是好些日子沒瞧見他笑得這般高興了。」

聶青娘點點頭，面上神情甚為歡喜。

自從她這個失落多年的女兒回來後，自己的身子日漸好了，信兒的性子也開朗起來，所有一切都朝著好的一面發展。

她便在心中感慨著，她的女兒是這樣一個福星啊！當年是她粗心大意了，但好在老天可憐見的，又將她送回到自己身邊來。她勢必要做個好母親，絕不會再讓自己的女兒受半分委屈！

聶青娘一面這樣想著，一面由魏嬤嬤扶她繞到一旁山上的涼亭。這涼亭建得高，站在上面，可以清楚看到簡妍他們在下面放風箏的情景。

小丫鬟早就將杏黃色的坐墊在石凳上鋪好，聶青娘卻沒有坐，只是扶著魏嬤嬤的手，站在亭子邊瞧著下面。

現下，徐妙寧同李信在放一只鯉魚風箏，徐妙錦則和簡妍在一旁的青石條凳上坐著，兩個人垂著頭，似是在擺弄手裡的燕子風箏。

聶青娘便道：「現今雖然是春日，但那青石條凳上也是冷得慌。琴心，妳快回去拿兩只坐墊送去給姑娘。」

琴心答應了一聲，忙轉身去了。

魏嬤嬤此時便扶著聶青娘在美人靠上坐了，笑道：「姑娘都這般大了，心裡成算大著呢，這樣的小事夫人是不必操心的。」

「哪怕她再大，心裡再有成算，可在我的心裡，她永遠都是我的女兒，始終是颾風了怕她冷著，夜深了怕她餓著，倒恨不能時時刻刻讓她在我的眼前才好呢。」

魏嬤嬤對此自然是感嘆不已。

兩人說了一會兒話之後，一旁伺候著的蘭心忽然傾身過來，低聲說：「夫人，國公爺來了。」

聶青娘聽了便扭頭望過去，果然見李翼正雙手背在身後，順著臺階往上走著，不一會兒工夫便到了亭子裡。

魏嬤嬤同蘭心，並著亭子裡面的其他丫鬟忙屈身對李翼行禮。「見過國公爺。」

李翼對她們點點頭，示意她們不用多禮，隨即便腳步一轉，站在亭子旁側，背著手望著放風箏的簡妍、李信等人。

他今年已經四十五的年紀了，雖是在家賦閒多年，依然每日練拳，得了空閒還會去郊區騎射，是以現下的身材非但沒有這個年紀該有的肚腩，反倒依然看上去甚為高大英挺。

「你今日倒是怎麼有閒暇來這花園裡走走？」因心情實在是好，聶青娘的聲音聽上去甚是輕快。「沒有出去騎射？」

李翼聞言，側頭望了過來。

聶青娘年輕的時候生得婉約清麗，所以他一見之下便對其傾心，隨後便求父母為自己求娶聶青娘。但彼時聶青娘是武定侯的嫡出女兒，而他父親只不過是寧遠伯，且因他是嫡次子的緣故，也不可能繼承爵位，相對而言，聶青娘嫁他便是下嫁。

武定侯其實一開始不是很同意這門親事，奈何李翼心中一直放不下聶青娘，所以沒事就會厚著臉皮去武定侯府串門子，後來聶青娘也曉得了這件事，於一次他去武定侯府的時候，躲在屏風後面偷偷瞧了他一眼。再後來也不曉得是怎麼回事武定侯突然就同意了這門親事。

李翼當時自然是欣喜若狂，只是待兩人成親之後，他就發現，聶青娘雖然面上看著柔婉，其實最是倔強，而他內裡也是個倔強的性子，再是不肯退讓半分。

先時剛成親的那會兒還好，可時日一長，兩人之間便總是一見面就吵。及至後來他大哥意外地沒了，他襲了寧遠伯的爵位，偶然一次見到了婉姨娘，喜她溫婉和順的性子，便抬為姨娘，隨後又相繼有了槿姨娘和珍姨娘等人。

聶青娘是個高傲性子，雖然從來沒有為了這些事大哭大鬧過，卻從不肯主動低頭，自那之後，與他的感情還是慢慢淡了。後來因為簡妍剛出生就失落的緣故，她的身子漸漸不好，而自己每次見著她的時候，總是聽她在喋喋不休地說著簡妍失落的事，又埋怨他當時沒有仔細搜尋，於是到後來他也煩了，一個月都未必去雅安居一次。

她如現下這般溫和地同自己說話，都已經是很久遠的事了。

李翼的神情有些恍惚。

他轉過身，在美人靠上也坐下來。

聶青娘同他說完之後，這會兒已是一隻胳膊擱在美人靠上，正側身望著下面的簡妍和李信。

李翼扭頭望著她。她近來想必是身子漸漸好轉的緣故，原本一直死氣沈沈的面上有了血色，且因心情好，眉眼之間總是籠著一層柔和的笑意。

這讓李翼覺得，以往的聶青娘是一顆蒙了灰塵的明珠，而如今，灰塵盡散，這顆明珠終於散發出原本應有的柔和光芒。

他也不曉得是什麼原因，忽然就開口喚了聲：「青娘。」

「嗯？」聶青娘並沒有回答，只是有些敷衍地嗯了一聲。

但是她唇角帶笑，這聲「嗯」聽在耳中也是極其輕柔，聽得李翼心中一動。畢竟他們兩人之間也曾有過那樣繾綣甜蜜的時光。

於是他也學了聶青娘的模樣，一隻胳膊搭在美人靠上，側身去望著下面。

簡妍和徐妙錦終於將那只燕子風箏上的頂線弄好了，兩個人正歡歡樂樂地將風箏放上天，李信則在扯著那只鯉魚風箏的線，徐妙寧在一旁拍手而笑。

李翼忽然就想起了多年前的那個春日。

「青娘，妳曉得嗎？我第一次見到妳的時候，就是這樣一個春日，妳和妳幾個妹妹在放風箏。當時我便想著，這是誰家的姑娘？竟是生得這般好，笑起來的時候，整個人如同夜明珠一般，渾身都在發光。當時我便被妳迷住了，遣了人去打探妳的底細，而後回家跪在地上求父母去妳家提親。那還是我自小到大，第一次求父母呢……」

李翼的聲音很輕、很柔，如同這春天吹面不寒的楊柳風一般。

聶青娘聽得他這樣說，面上也有些恍惚，一雙美眸中也似是有了悠遠的回憶。

片刻之後，只聽她輕笑一聲，偏過頭來同李翼說：「我還記得，當時母親過來同我說，寧遠伯家的那個二小子傻不愣登的，明明妳父親都已經那樣明著說不同意妳和他的這門親事，他是聽不懂人話還是怎麼著？有空就來咱們府上轉悠。」

那時，她聽母親說了這樣的話之後，心中對這個傻不愣登的小子就起了好奇，於是讓丫鬟打聽他又腆著臉來她家轉悠之後，就偷偷躲在屏風後面望了一眼。

少年高大英挺，眉目深邃，最重要的是，他那樣神情坦白地同她父親說：若您讓我娶了青娘，我發誓，必然會一輩子對她好的。

那時躲在屏風後面的自己便也心動了，一張臉滾燙滾燙的。後來，她便磨著父親同意了這門親事，於次年春暖花開時，嫁給了李翼為妻。

聶青娘恍惚憶起那些往事，忽然抬手撫了撫面頰，幽幽地輕嘆一聲，慢慢道：「我記得我嫁你的那年才剛及笄。時光催人老，現下妍兒都快要及笄了，真是不服老不成啊。」

頓了頓，她又忽然起了些許調笑的心思，側頭過來望著李翼，笑道：「以往那些年，你就已經那樣嫌棄我了，往後我只會更老，你會不會更加嫌棄我？」

他是嫌棄自己的吧？其實，聶青娘自己也是嫌棄自己的。

可是沒法子，當年她在屏風後面見著那個少年，聽他說他會一生一世對她好時，她就信了。

她以為他只會一輩子對自己一個人好，可沒想到他也會對其他女人好。出嫁的時候，她娘也曾經對她說過，女人啊，就得認命，不能善妒之類的，可她依然接受不了他對別的女人好，甚至他還和別的女人有了兒女，而自己的第一個孩子卻是失落了，她心中便越發不平衡了……

聶青娘知道自己這些年過得像個怨婦，沒有人喜歡和怨婦一塊兒相處的吧？甚至她有時候都會嫌棄自己。

但這時她便聽李翼柔聲道：「不嫌棄。少年夫妻老來伴，吵吵鬧鬧的也是一輩子。青娘，妳始終是我的妻子。」

聶青娘微微一笑，沒有說話。

成親之初他曾對她承諾過，這輩子他是決計不會納妾的，可後來還不是相繼有了婉姨娘等人？自己生病的這些年，他一個月都未必會踏足雅安居一步，倒是有一次她讓魏嬤嬤扶了自己到花園來閒逛，看到他同婉姨娘並著李念蘭、李敬坐在一塊兒說笑。

那一刻，心中的悲涼無法描述，所以她已經不想相信李翼說的任何話了。

她對他的那顆心已死，現下不過是希望自己的一雙兒女安安穩穩、快快樂樂便罷了。

李翼卻不曉得聶青娘的這番心思。於他而言，他們兩人這樣坐在一起心平氣和地說話，已經是許多年都沒有過的事了。

他心中甚是感慨，也有懷念。

於是他一時又柔聲道：「青娘，往後我們兩個，不要再吵了，成不成？我們如今都已經是年紀這樣大的人了，一輩子都過去了半輩子，後半輩子我們就好好地過日子吧！」頓了頓，他又道：「和妍兒還有信兒一起，我們一家四口，好好過日子。」

「好啊。」聶青娘眼眸輕轉，嫣然一笑，依稀還是當年那個巧笑倩兮的少女。

李翼心弦被觸動，忍不住又坐得離聶青娘近了些，柔聲同她說話。

而不遠處，婉姨娘正藏身在一株一人合抱的香樟樹後面，手中緊緊攥著手絹，抬頭望著涼亭內正淺笑低語的李翼和聶青娘。

第九十三章　甜蜜會面

婉姨娘最近一直覺得心中堵得慌。

先是那日她無意中看到李翼和聶青娘坐在涼亭裡，兩人都是面上帶笑，湊得極近地一塊兒說話；後來這幾日，她聽前院的小廝和這園子裡的丫鬟說，國公爺這些日子是每日必要去雅安居同夫人、姑娘和世子爺一塊兒用膳，且用完膳之後也不急著走，只是一家人坐在一起閒聊天，或是聽著姑娘撫琴，或是同世子爺講一講他以往的事，瞧著極是和樂融融。所以那些下人都說，許久都未曾見到國公爺如這段時日這般高興了。

婉姨娘聽了，氣得摔了一只汝窯的雨過天青色茶盅。

她生氣倒不是因李翼同聶青娘之間的感情修復如前。她也是近四十歲的人了，當初也不是因為和李翼有情才給他做妾，無非也就是李翼看上了她，對她父親說了，她父親便將她當作物品一般地送到李翼身邊，所以她對李翼又能有多少感情呢？且人活到了這個年紀，半輩子都過去了，愛情這兩個字完全只是笑話而已，還較什麼真？

她氣的是李翼同聶青娘的感情好起來，且聽丫鬟說聶青娘的病最近也日漸有了起色，怕是很快就會來奪她掌家的權力。寧王現下尚且只是個王爺，所以她的宜姊兒也就只能是個王爺侍妾，而不是皇帝的妃嬪，不然她何至於要害怕聶青娘？

她這邊正自心中煩惱著，偏偏李念蘭這時還氣沖沖地走進來，一屁股坐到椅中，抱怨著：「姨娘，安平侯夫人的小女兒今日生辰，可安平侯府竟然只下帖子請簡妍一個人過去，提都不提我的，這算是怎麼一回事？她簡妍是咱們鄭國公府的女兒，難不成我就不是了？姨娘，妳說這算是個什麼理？安平侯府這也太欺負人了！」

說完這個，她又喋喋不休地說簡妍近來又做了什麼新衣裳、買了什麼新首飾，爹爹如何同她親近之類的話，聲音也是越來越大，神情越來越激憤。

婉姨娘原就是一口悶氣堵在胸口，這會兒又被李念蘭這麼一吵鬧，立時只覺得自己偏頭痛的毛病又犯了，半個頭都麻了，偏生李念蘭還沒有停歇，依然在那兒數落簡妍。婉姨娘再也忍不住，開口喝道：「閉嘴！」

只把李念蘭給吼得僵在了當場，驚詫地望著她。

婉姨娘卻又怒道：「妳眼皮子怎麼就這樣淺？既是知道簡妍近來得妳爹爹喜歡，妳就該沒事多去妳爹爹面前獻獻殷勤，討妳爹爹的歡心才是，只管在我跟前埋怨有什麼用？且簡妍算得什麼？她再是國公府的嫡女，再是有樂安鄉君的封號，說到底也只不過是個女兒，將來是要嫁出去做別人家的媳婦，能威脅到妳什麼？最重要的是李信，妳懂不懂？李信才是真的威脅了妳哥哥的前程。若是沒有了他，這國公府世子的名號就只能是妳哥哥的，將來鄭國公的爵位也只會是妳哥哥的，妳明不明白？」

李念蘭已經被她這番話說得有些發懵了，囁嚅著雙唇叫了聲：「姨娘……」

婉姨娘恨鐵不成鋼地望著她，心裡只想著，怎麼生了這樣一個蠢貨！可到底這樣的話還是沒有說出來，只是神色疲憊地揮了揮手，道：「妳回妳的屋裡好好待著，想一想姨娘方才說的話，想明白了再過來和我說話。」言下之意就是最近不想看到她了。

李念蘭還是第一次見她這樣對自己，心中有些不安，待要說話，可婉姨娘已經豎起了一雙柳葉眉，聲音又提高了兩分，十分不耐煩地道：「妳還傻傻杵在這裡做什麼？還不快回去！」

李念蘭被她吼得一哆嗦，當下忙不迭地起身走了。

婉姨娘則是長長嘆了一口氣，伸手揉著額頭，腦子裡紛亂地想著以後的事。

對於安平侯府下的帖子，簡妍原本是不想去的，可是想起徐仲宣上次給她的來信中說，他很想她、想見她之類的話，於是想一想，便對聶青娘說了她今日會去安平侯府的話。

她想要給徐仲宣一個驚喜，於是到了安平侯府，給安平侯的幼女送了生辰禮物，略坐一坐之後，她便推說有事要先離開。安平侯夫人自然不敢勉強她，送她到了二門，眼看她上了馬車之後才轉身進去。

簡妍沒有立時就回鄭國公府，反倒吩咐車夫趕車來了吏部附近的一處酒樓。

今日她出門時帶了四月、聽楓和聽梅，聶青娘還不放心，又遣了六名王府侍衛在後面跟隨。這六名王府侍衛倒還好打發，左右讓他們在外面守著便罷了，只是這聽楓和聽梅……

雖然現下她們都在自己身邊辦事，且對自己也足夠忠心，但畢竟在一塊兒的時日不長，簡妍也不是很信任她們。

因此，她在酒樓裡的雅間裡坐下之後，只說想吃桂香樓的糕點蜜餞，讓聽楓和聽梅速去買來，且買完糕點蜜餞之後，又讓她們去一處針線鋪子買幾樣絲線來。

桂香樓在城東，針線鋪子在城西，一來一往是要一些時候的。

她說的話，聽楓和聽梅自是不敢不從，當下便答應著去了。

等到她們一離開，簡妍馬上吩咐四月先去找齊桑，隨後由他通報進去給徐仲宣知道。只是她又想要給徐仲宣驚喜，便特地吩咐四月，只說讓齊桑暫且不要告訴徐仲宣是自己來了，而是先哄騙徐仲宣過來，到時自己再突然出現。

四月應了，隨後便急急地出門找齊桑。

徐仲宣在吏部當值期間，齊桑雖然不能跟進去，但一直在吏部官署外面隨侍。當下，四月找到了他，將簡妍交代的話細細同他說了一遍。

齊桑大吃一驚，差點沒給簡妍直接跪了。做出這樣驚世駭俗的事，她這得有多大的膽子啊！而且對於簡妍要求暫且不要同徐仲宣說是她找他的話……

齊桑苦著一張臉，道：「我試試。」

結果等他進去找徐仲宣時，就見吏部尚書趙正奇手中捧著盅茶，甚為愉悅地同他家公子聊天。

齊桑又差點沒給趙正奇跪了。這大中午休息的時候，您老怎麼偏偏來咱們公子這裡串門子啊？有您在這裡，簡妍的事他該如何開口？

好在過了一會兒，趙正奇瞅見了齊桑，便問他。「你過來是找你家公子有事？」

齊桑忙對著趙正奇行了個半跪，甚為恭敬地回話。「是，屬下來找咱們公子確實是有件極要緊的事。」

趙正奇便呵呵笑，手中端著茶盅，踱著方步慢慢出去了。

徐仲宣這時望著齊桑，只問道：「你有什麼要緊的事，這麼急著來找我？」

齊桑滿腦門的汗啊，多想直接說，不是屬下要找您，是簡妍姑娘要找您啊！

可是想到簡妍說的「驚喜」，又苦哈哈地將這句話嚥回了肚子裡，只說：「公子，您且隨著屬下來，到時您自然就知道了。」

但徐仲宣是何樣人，豈會因這樣一句沒頭沒尾的話就隨人出去？他端坐在圈椅中不動，面色已有些冷了下來，問：「到底是何事？說。」

他就曉得，在公子面前撒謊是死無葬身之地的。

「公子啊，」他苦著一張臉，到底還是想負隅頑抗一下。「您就不能不問，只隨著屬下去一趟附近的酒樓嗎？總之屬下是不會害您的。」

但徐仲宣依然端坐在圈椅中，還閒閒地拿了案上的茶盅喝茶，大有一副「你不說我就不動」的態勢。

齊桑瞅了瞅外面的天色，想起四月所說的趕時間，也只能咬一咬牙、狠一狠心，兩步走過去，俯身在徐仲宣的耳旁說了兩句話。

然後就見方才還一臉閒適的徐仲宣猛然站起來，闊步就朝外面走了，只剩齊桑在後面捣著下巴哀哀而鳴——方才徐仲宣起得太急，直接撞到了他的下巴。

徐仲宣一路闊步地出了吏部官署的門，路上碰到同僚和他打招呼，他也只是點點頭，腳下絲毫未停，一路急匆匆地趕到齊桑所說的那座酒樓。

酒樓裡早就沒有人，整座酒樓都被簡妍包了場。

徐仲宣腳步匆匆地上了二樓，走到最後一間的雅間前，伸手推開門，抬腳走了進去。

他心跳如擂鼓，因著激動，手心裡全都是細密的汗珠。

簡妍竟然這樣大膽，這樣不管不顧地就來找他。

她這樣的行為真的稱得上是驚世駭俗了，可是不得不承認，當他聽齊桑說她是偷偷出來找他，正在那酒樓雅間等他過去的時候，那一刻，他心中實在欣喜，如煙花升空，「砰」的一聲，炸了一個五彩繽紛、絢麗多姿，讓他不自禁地著迷歡欣。

他迫切想要見到她，告訴她，他心裡此刻有多麼高興。

可是當他推開兩扇木門，抬腳走了進去，卻沒有看到屋內有人，他一顆沸騰似的心就冷卻下來。

難不成是齊桑騙他？畢竟這樣的事都可以當得上「瘋狂」二字，簡妍未必真的敢做出來吧？

但於簡妍而言，這樣瘋狂的事實在算不上什麼，上輩子她做得比這瘋狂的事可多了。

她現下就站在徐仲宣的身後。

早先就聽到了徐仲宣匆忙上樓梯的聲音，於是她便當機立斷地躲到門後。當徐仲宣推開門進屋，他第一眼看到的定然就是自己的身前，決計不會留意身後，等到他疑惑時，她再出其不意地叫他……

簡妍抿唇而笑。徐仲宣該是有多驚喜呢？

比如現時，她在他的身後笑著開口喚他：「徐仲宣。」

徐仲宣猛然回頭。

他胸腔裡的一顆心重又沸騰似的熱了起來。她果然來尋他了，這樣不管不顧地就來尋他了。他心潮澎湃，聲音因為激動而有幾分顫和啞。

「妍兒？」

他輕聲喚著她，唯恐眼前俏生生立在那兒的倩影只是幻覺，自己略一大聲，就會嚇跑她一般。

簡妍腳步輕快地走到他的面前，而後踮了腳，兩隻胳膊環上他的脖頸，歪著頭望他，一臉笑吟吟地問他：「見到我高興嗎？」

徐仲宣說不出話來，只能重重點頭，然後狠命地將她按入自己的懷裡。他的雙手都不住地發顫。

簡妍伸臂環住他的腰，將頭埋在他溫暖的懷裡。兩個多月沒有見到徐仲宣了，天知道她有多想見他，想這樣被他緊緊抱在懷裡。

這時，她便聽得徐仲宣壓抑的聲音在頭頂響起。「妳實在胡鬧。今日這樣的事，若是被人知曉了，難保有心之人不會藉這件事來損壞妳的名聲，妳……」

一語未了，就見簡妍在他懷中抬起頭來，一臉委屈地望著他。「可是徐仲宣，我想你啊。」

這樣一句話，只讓徐仲宣覺得自己的一顆心似是被什麼東西給猛擊了一下，四肢百骸都有一股滾燙的熱流流過。

管什麼理智呢？管什麼世俗呢？管什麼別人的眼光呢？他深愛的姑娘此刻就在他的懷裡，同他說著：可是我想你啊……

因為想他，所以才會做出這樣瘋狂的事來，他卻在這裡責備她不該這樣做。

「對不起、對不起，妍兒。」他捧著她的臉，細細吻著她的眉眼，低聲道：「我不該這樣說妳。」

他的內心滾燙，親吻也是滾燙的，細密的吻逐一落在她的眉眼間、兩頰上、唇邊耳畔。

簡妍並沒有推拒，因為她喜歡他的親吻，戀人之間情到深處才會有這樣親密的行為。只是到後來，徐仲宣吻得她快要透不過氣來，她就有點意見了。

她不停抗議，可徐仲宣壓根兒不理會，依然肆無忌憚地親吻她。

簡妍跺了跺腳，帶著些許抱怨和惱怒的語氣。「你再這樣我就生氣了啊。」

這倒有些震住了徐仲宣。

於是他抬起頭來，可依然不願意放開她，只是將她緊緊抱在懷裡，胸膛急劇起伏。

簡妍抬頭望他，見他眼角都紅了，目光有些迷離，曉得他是真的動情了，可又不得不忍著，她一個沒忍住，噗哧一聲笑了出來，笑過之後，又踮了腳，輕輕在他的右頰上親吻了一下。

徐仲宣便橫了她一眼，語氣暗啞，有著埋怨。「又來招惹我。」

招惹了他，臨了到他動情的時候，她卻又轉身就跑，就跟泥鰍似的，他壓根兒抓不住。

簡妍晃了晃頭，笑道：「誰讓你每次吻我的時候就控制不住，沒個完的時候，也不管我受不受得了？」

「這就受不了了？」徐仲宣又俯首下來想親吻她，低低笑著。「那往後可怎麼辦呢？」

簡妍紅了一張臉，偏頭躲閃著，不讓徐仲宣吻她的臉頰，一面道：「我今日好不容易才使了這樣瞞天過海的計策出來見你，待會兒聽楓和聽梅回來，我就得回去了。時間不多，咱們坐下來，好好說一會兒話不好嗎？難不成你就打算這樣抱著我親吻一番，什麼話都不對我說嗎？」

徐仲宣輕哼一聲，道：「我自然是恨不能就這樣將妳抱在懷裡，一直親吻妳。最好是再也不放妳走，將妳綁了，隨我一起回家才好。」

唉呀，竟然還要來個搶押寨夫人的戲碼嗎？

簡妍笑得腰都快要彎了，又伸手去揉徐仲宣的臉頰，笑道：「我竟然不曉得，溫文儒雅、沈穩冷靜的徐侍郎竟有這樣霸道粗野的一面哪！徐侍郎，你這麼幼稚，你的同僚曉得嗎？」

徐仲宣真是愛死簡妍在他面前展現的真性情了。這樣的古靈精怪，什麼話都可以不避諱地在他面前直說，打趣他的時候也是毫不留情，可偏偏還是教他生不起氣，反而覺得心中越來越愛她，恨不能一輩子就這樣將她放在自己的心尖上，好好嬌寵著，但凡她想要什麼，他是拚盡了性命也要去尋來捧到她面前。

她實在是值得這世間所有最美好的東西。

徐仲宣心中真是愛她愛到了極致，禁不住又低下頭來，細細親吻著她的唇角。

簡妍這時偏頭望了眼外面的天色，隨後跺腳道：「你得趕緊走了，我也得回去了。聽楓和聽梅說不定就要回來了呢。若是被她們知道我和你這般偷偷見面的事，回去對我母親一說，那可真是不得了。」

方才她進了這酒樓的時候，挑揀的是二樓第一間的雅間，還吩咐夥計上了糕點進來，隨後才要聽楓和聽梅去辦事。不過約了徐仲宣見面的，卻是二樓的最後一間雅間，隨後又留了四月在第一間雅間裡等著。

簡妍心中是想著，若聽楓和聽梅早回來了，而自己還沒有回去，可以先讓四月隨意扯一個謊，再出屋子來尋自己，自己再回第一間雅間，讓徐仲宣留在這裡；隨後等她們走了，徐仲宣再自行出去，到時就不會讓聽楓和聽梅察覺到這事。

而現下，她估計聽楓和聽梅也該回來了，轉身就要出去，但徐仲宣眼明手快地拉住她，將她圈回自己的懷裡，低聲懇求著。「不要走，再陪我一會兒。」

簡妍急得不住跺腳，可奈何徐仲宣抱她抱得這樣緊，又走不掉。

她只好安撫他。「往後日子長著呢，咱們能日日在一起，但是現下我真的要走了啊，不然真的要被她們發現咱們私下偷偷見面了。」

很顯然，簡妍的前半段話說到了徐仲宣的心坎裡，於是他戀戀不捨地放開了她，又對她說：「過兩日休沐，我親自上門對鄭國公求娶妳，好不好？」

「好啊。」簡妍連連點頭，轉身又要跑。「到了那日，我在國公府裡等著你啊。」

徐仲宣這時又想起了一件事，因而囑咐道：「妳小心妳府裡那個婉姨娘，還有那個李念宜。」

上次鄭國公遣了侍衛去隆州接靜遠師太過來的時候，李念宜和婉姨娘曾經出銀子買通那幾個侍衛，讓他們見到靜遠師太時就出手結果了她，隨後讓他們幾個拿了銀子自去過活，再也不要回京城。是徐仲宣在他們臨出城的時候，拿了他們的家人脅迫他們，他們才將靜遠師太安然無恙地從隆州帶回京城。

簡妍答應了，隨後便轉身急急跑了。

所幸等她回到第一間雅間的時候，聽楓和聽梅還沒回來，只有四月在裡面急得來回地走。一見著簡妍回來，四月就抬手拍了拍胸口，一直提著的心總算放了回去。

片刻之後，聽楓和聽梅就回來了。簡妍便帶著她們出了酒樓，上了一直等候在門口的馬車，吩咐趕車的小廝回去。

但徐仲宣到底還是不放心，又讓齊桑一路在後面跟隨，直至看著簡妍平安地進了鄭國公府再回來向他彙報。

第九十四章　其樂融融

簡妍當晚沐浴的時候，一偏頭就看到肩上的點點紅痕，宛若一朵朵桃花盛開，當真是旖旎無限。她心裡又是害羞，又是高興，一張臉禁不住紅透了。她抬手摸了一下，只覺得是滾燙滾燙的一片。

其實，今日白天她和徐仲宣在一起也不過數息，話都沒有顧得上說幾句，可即便這樣，她覺得自己頂了那樣大的風險也是值得的。

而且他說等過兩日休沐就會上門來提親，那等他們訂親之後，是不是她偶爾也能去見見他呢？等到他們成親之後，自然是可以日日在一起了。

只要一想到這裡，簡妍就覺得面上越發滾燙起來，於是一晚上都沒有怎麼睡好，翻來覆去的只是想著徐仲宣，想著他溫熱的懷抱，想著他火熱的親吻，還有他慣常說的那些甜言蜜語。

次日，簡妍一整天都有些心不在焉，看書時眼睛雖然望著書本，可是半日也沒翻過一頁；做針線活時，更是走神扎到自己的手指，最後索性什麼也沒做，就坐在那裡發了一日的呆。

不過縱然是在發呆，她面上也是帶著發自內心的愉悅笑意。

明日徐仲宣就要來向鄭國公提親了啊……

好不容易挨到了這日，簡妍一早就起來了，更是用心妝扮了一番。她聽人說，若是提親成功了，提親的男方還要過來親自給女方的髮髻插上一支髮簪，也就是說，她待會兒就能見到徐仲宣了？

等到她妝扮好了，琴心正好過來，請她過去雅安居用早膳。雖然簡妍是自己住在辛夷館，但一來辛夷館離雅安居甚近，二來聶青娘也是日日想和自己的一雙兒女用膳，所以一日三餐她和李信都會去雅安居吃飯。

簡妍應了，帶了四月，隨著琴心一起去雅安居。

聶青娘此時正在佛室裡。

雅安居正面是五間上房、兩間耳房，西邊那間耳房早年已被改成了佛室，裡面雖然不大，但鮮花果品、香燭幔帳等一應俱全。紫檀木翹頭璃紋案上供著一尊三尺來高的白玉觀世音佛像，面前擺放著一只三足掐絲景泰藍香爐。

聶青娘手中拈了三枝檀木香，正閉目跪在觀世音面前的蒲團上，誠心祈禱著。

這些年她的唯一心願，不過就是希望自己的一雙兒女一輩子能安安穩穩、快快樂樂。

等到她在菩薩面前許完了心願，睜開眼的時候，旁側早有人取過了她手中拈著的三枝檀木香，插到了案上的香爐裡。

她以為是先前跟進來的蘭心，當下便道：「蘭心，過來扶我起來。」方才跪的時候有些長了，雙腿都痠麻了。

正在插香的人轉過身來，望著她抿唇一笑。卻不是蘭心，而是簡妍。

聶青娘便笑道：「妳來了怎麼也不對娘說一聲？倒唬我一跳。」

簡妍彎腰扶她起來，笑道：「我進來的時候，見著母親正誠心禮佛，自然是不敢打攪母親。」

聶青娘抬眼仔細打量了簡妍一番，見她穿了杏黃色的交領上襦，粉色的蘭花刺繡長裙，腰間細色腰帶，更襯得纖腰一束。見她梳了傾髻，簪了一支小巧的金累絲鏤空雙鸞牡丹步搖，三串細細的珍珠流蘇垂下來，行走間，流蘇輕輕晃動，風情旖旎無限。

聶青娘抬手撫上了她的髮髻，理了理她鬢邊落下來的一縷碎髮，笑道：「我的妍兒今日打扮得這樣好看，可是遇到了什麼高興的事？」

簡妍面上一熱，不過好在耳房裡算不得特別明亮，所以她面上的紅暈，聶青娘應當是看不到的。

她定了定神，只是笑道：「我早上起來的時候，見著外面日光明媚，院子裡的薔薇花也開得好，心裡高興。又想著花園裡的花這會兒也定然開得更好，用完早膳後想和母親，還有弟弟一塊兒去花園走一走，所以便讓四月給我挑了這套顏色看著活潑一些的衣裙，母親您瞧瞧，可還好看？」

聶青娘只不住點頭。「自然是好看的。我的妍兒穿什麼樣的衣裙都是最好看的。」

自從簡妍入了國公府後，雖然說起來與聶青娘是親母女，但兩人相處起來也是有些尷尬，彼此都有些小心翼翼。

於簡妍而言，她覺得雖然自己的這身子是聶青娘的親生女兒，可內裡卻不是。況且先時她原就是存了想要國公府嫡女這樣一個顯赫身分來對抗周元正，所以有意讓聶青娘認回自己，於是她與聶青娘的相處，一方面是覺得不自在，沒法立時就將她當作親生母親那樣親密，而另一方面，她對聶青娘也是存了愧疚之心。

這樣故意算計來的國公府嫡女之位，若是教聶青娘曉得，可得有多傷心？

而於聶青娘而言，她自從曉得簡妍正是自己多年前失落的女兒之後，又體諒她這些年在簡太太那裡受苦，一時真恨不能將自己的一顆心都掏出來對她好。只是先時她越是對簡妍好，簡妍卻是越發有些疏遠她，所以後來魏嬤嬤便勸著她，這樣會嚇著姑娘，左右現下姑娘回來了，往後夫人和姑娘在一塊兒的時日還長著，大可以細水長流，等姑娘心裡接受了，到時勢必會越發親近。

聶青娘聽了魏嬤嬤的話之後，便略略有些收斂，只是這些時日相處下來，她始終覺得簡妍內心對自己還是有些疏離的，每每細想，心中總會有幾分黯然。但現下，簡妍對她這樣笑意盈盈，言語態度之間熟稔親密，再無往日的疏離了。

聶青娘心中高興得無以復加，卻又不敢過分地表現，所以只是由簡妍扶了她的胳膊，母女兩人一起到了明間。

明間的圓桌上早就擺好了早膳，李信正坐在一旁的椅中。見著聶青娘和簡妍出來，他忙從椅中站起來，垂手恭敬地喚道：「娘、姊姊。」

簡妍眉目含笑地對李信點頭，聶青娘則伸手招呼李信坐，又笑道：「信兒餓了吧？快坐下來用早膳。」

國公府的規矩極大，食不言，寢不語，一頓早飯的工夫，只聽得偶爾碗筷不慎碰到的聲音，餘下竟是一絲聲音都無。

飯畢，丫鬟撤了飯食下去，奉了茶上來。簡妍見聶青娘端了茶盅要喝茶，便忙道：「母親，飯後不宜立時飲茶，這樣對胃不好。」

聶青娘先是一怔，過後，心裡的喜悅怎麼掩也掩不住，滿滿的都浮到了面上來。

「好、好。」聶青娘眼圈有些發紅，但還是努力忍住了，只是笑道：「我聽妍兒的。」

李信這些日子天天同簡妍一塊兒玩，有時候徐妙寧和徐妙錦也會過來，徐妙寧那樣活潑的性子，誰跟她在一塊兒玩不受影響呢？所以他的膽子較之前些日子已是大了許多。

他聽簡妍和聶青娘正商議著待會兒要去哪裡玩的事，想了想，到底還是說了一句：「娘、姊姊，妳們去玩吧，我就不去了。」

簡妍便轉頭看他，笑問道：「你為什麼不去呢？我記著前兩日先生家裡有事，已是告假回去了，現下還沒回來呢。」

「我要抄佛經。」李信先望了聶青娘一眼，隨後又望著簡妍，笑道：「娘說姊姊這樣平安回來與我們團聚，都是菩薩保佑的緣故；娘還說過幾日就是浴佛節了，所以娘就想去玉皇廟給菩薩重塑金身，還說要抄了佛經送過去。這些時候，我但凡有空了就在抄佛經呢。」

簡妍一聽，心中大為感慨。

李信這樣小的年紀正是貪玩的時候，卻為了自己，寧願不出去玩而待在這裡抄佛經，可是自己壓根兒就不曉得這事。

聶青娘和李信這樣全心全意為著她著想，她心中甚是感動，第一次有了一種，眼前的聶青娘和李信就是家人的感覺。

於是她忙轉頭對聶青娘說：「母親，咱們用完了午膳再去花園裡逛吧？現下我和信兒一起在您這裡抄佛經，好不好？便是浴佛節那日，我和弟弟一起，陪著您一起去玉皇廟，好不好？」

聶青娘怎麼會不願意呢？她最大的心願也無非是一雙兒女能時時陪在身邊了。

於是她忙點頭，笑容滿面地道：「好、好。」

一面又吩咐琴心和蘭心拿紙墨筆硯、拿經書，然後便讓簡妍和李信兩人到了東次間的臨窗木炕上，姊弟兩人一人坐了炕桌一邊，垂頭抄著經書，自己則是同魏嬤嬤坐在一旁做著針線活。

聶青娘縱然是侯府嬌女，可於針線活上也甚是精通。

她打算要給簡妍做一雙折枝玉蘭的粉色緞鞋，現下粉色緞面上正在繡的就是玉蘭花的鵝黃色花蕊。

魏嬤嬤在一旁瞧著簡妍和李信兩人認真抄寫佛經的模樣，便輕聲對聶青娘笑道：「夫人，您瞧，姑娘和公子多認真。」

聶青娘聞言，也側頭望了過去，隨後又收回目光，面上含笑，對魏嬤嬤嘆道：「魏嬤嬤，能見著他們姊弟兩人這樣在我身邊，便是此刻我閉了眼，也沒什麼可遺憾的了。」

魏嬤嬤忙道：「夫人說什麼呢！往後的日子還長著呢，您還得瞧著咱們姑娘出嫁，瞧著咱們公子成親，瞧著您的孫子和外孫在身旁喊祖母、外祖母呢，可不興這樣亂說。」

聶青娘笑著點了點頭。

是呢，未來的日子還很長，她還要好好給自己的兒女挑揀一門合心意的婚事，瞧著他們為人父、為人妻，可不能現下就閉了眼，不然她如何甘心？

第九十五章　婚事有變

簡妍正高興地等著徐仲宣過來提親，但末了得到的消息卻是——徐仲宣是帶了重禮過來提親，卻被鄭國公當場拒絕了。

原來徐仲宣過來提親之前，李翼正同李念宜在書房裡說話。

近來周元正倒臺，他手下那一幫黨羽也是死的死、流放的流放、革職的革職，寧王這邊基本都快成了個空架子了，李念宜心中著急。寧王曾許諾過她，若是他登上皇位，就會冊封她為貴妃。為了那貴妃的位置，所以六神無主的李念宜不曉得怎麼辦，就回來找父親商量。

兩人一致認定，周元正倒臺的事件中，徐仲宣出力甚大，且自從徐仲宣出任吏部左侍郎以來，朝中寧王的人陸陸續續遭到了革職外放或明升暗降之類的處罰，所以這徐仲宣其實應該就是梁王的人，是為梁王做事的。

兩人正在對徐仲宣氣惱不已，這時外面卻有小廝進來通報，說是吏部左侍郎徐仲宣求見。

李翼和李念宜自然驚詫。徐侍郎現在是炙手可熱的內閣大學士之一，又是在梁王一黨，現今跑到他們鄭國公府是要做什麼？

當時李念宜便躲到了屏風後面去，李翼則讓小廝請了徐仲宣進來。徐仲宣進來之後，卻是大禮參拜李翼，寒暄客套了兩句之後，他便道出了此行的目的。

他是來求娶樂安鄉君的。

李翼當即傻眼了，壓根兒沒明白這是怎麼一回事？

但李念宜卻是腦子極活的，忙讓小廝請了李翼到外面說話。

李念宜反對徐仲宣和簡妍這門親事的理由有三：第一，這徐仲宣是梁王的人，是寧王的死對頭；第二，二妹是喜歡徐仲宣的，可徐仲宣來提親的對象卻是三妹，若父親答應了他的提親，二妹心裡會怎麼想？當真就能不顧及二妹？第三，便是父親心裡再想著要將三妹嫁給徐仲宣，讓徐仲宣與寧王成為連襟，往後徐仲宣會支持寧王，但武定侯府可是站在梁王那一邊的，三妹身上畢竟流著武定侯府一半的血，怎能肯定徐仲宣與三妹成親之後就一定會站在寧王這邊？若是他不站在寧王這邊，又做什麼要將三妹嫁給他呢？

李翼聽了，想一想，確是這樣沒錯，於是便乾脆地拒絕了徐仲宣的提親。

據說當時徐仲宣是不顧自己的身分，直接撩開衣袍下襬就跪了下去，懇求李翼能答應。但是李翼卻態度十分強硬地拒絕了，且還喝叫著若徐仲宣再不走，便要讓小廝來趕了之類的話。

簡妍聽完之後，整個人都僵了，手中提著的湖筆一直顫著，烏黑的墨自筆尖上滑落下來，滴到了雪白的宣紙上，洇出了一大灘的墨蹟。

聶青娘原本在旁邊聽著丫鬟說有人來提親的事，心中還很驚詫，後來聽說來提親的人是徐仲宣，再看到李翼拒絕這門親事之後，簡妍面上這副失魂落魄的樣子，她還有什麼不明白的？

簡妍可是在徐宅裡客居了一年的，想來那時候就同徐仲宣有情了吧？

雖然沒有見過徐仲宣，但聶青娘也聽說過，這徐仲宣生得極好，一副俊雅相貌，本朝建國以來第一個三元及第的人，又是年紀輕輕就做了吏部左侍郎、入了內閣，想來定然是個人中龍鳳。

這樣的人，配自己的女兒倒是配得上的，而最關鍵的是……

「妍兒，妳心中喜歡這位徐侍郎？」聶青娘含笑問著簡妍。

簡妍面上一紅。但她心中也明白，如果自己還想要這門親事，勢必只能求聶青娘從中斡旋了。

是以她雖然面上發燙，到底還是點了頭，輕聲道：「是，母親，女兒喜歡他。」

其實又豈止是喜歡？她愛他，便是李翼和聶青娘不同意這門親事，也絲毫阻撓不了她愛徐仲宣的心。

她想著，便是做了紅拂夜奔的事，她也是要同徐仲宣在一起的。什麼都阻撓不了她的決心。

好在聶青娘聽了她的話之後，倒是笑著點點頭，道：「娘相信妳的眼光。既是妳喜歡這位徐侍郎，那這門親事，妳放心，娘這兩日會好好同妳爹爹商量，總歸是要我的妍兒嫁一個自己喜歡的人才是。」

簡妍一聽，心中一暖，忙抬頭，真誠地對聶青娘道：「母親，謝謝妳。」

「傻孩子，同娘說話還這麼客氣。」聶青娘傾身過來，伸手細細地撫了撫她的眉眼，面上笑意溫柔慈祥。「妍兒有了喜歡的人，娘心裡實在高興。妳放心，既然這是妳的心願，娘一定會促成，娘還會給妳準備一百二十八抬的嫁妝，讓妳風風光光嫁給徐仲宣，好不好？」

簡妍不住點頭，眼圈有些發紅。

倒不是因著那一百二十八抬嫁妝的緣故，她並沒有那麼愛財，但最重要的是，這是聶青娘對她的一片慈愛之心。

聶青娘對她，真是好到了骨子裡啊！

於是她抬手握住聶青娘撫著她眉眼的手，低低喊了一聲：「娘。」

「母親」和「娘」的意思雖然一樣，親密程度卻大相徑庭。

聶青娘自然明白這兩者的區別，當下她激動得渾身發顫，淚水不受控制，滾珠一般地落了下來。

簡妍的眼圈也有些發紅。

魏嬤嬤在一旁笑道：「夫人和姑娘這是在做什麼？好好的一件事，妳們娘兒兩個倒是面對面哭了起來。」

李信也在旁邊湊趣，只說：「娘、姊姊，徐侍郎以後就是我姊夫了嗎？我聽說他是三元及第的，那他的學問一定很好，我想去向他請教學問上的事，他會理我嗎？」

「怎麼會不理呢？」魏嬤嬤笑道：「等姑娘和徐侍郎成親之後，您可就是徐侍郎的小舅子呢，他敢不理您？到時您就告訴咱們姑娘，讓咱們姑娘去跟他說。」

簡妍的臉就紅了，嗔著魏嬤嬤。「魏嬤嬤！」

魏嬤嬤便笑道：「姑娘害羞了呢。好、好，老奴不打趣姑娘便是。」

他們幾個人在這裡言笑晏晏，那邊，李念宜卻被李念蘭吵鬧得積了一肚子的氣。

李念蘭吵鬧的自然是為什麼徐仲宣是來求娶簡妍，而不是來求娶她呢？憑什麼好事都要落到簡妍身上？她是不服的。

然後她又求李念宜，說自己是真心喜歡徐仲宣的，想讓李念宜成全她。

只是李念宜也犯難啊！她再是想要徐仲宣做妹夫，可自己畢竟只是個寧王的侍妾，說不上什麼話便罷了，關鍵是就算是寧王的話，他徐仲宣也未必會聽。

不過李念宜想著，既然徐仲宣這裡自己使不上什麼勁，倒是可以讓簡妍嫁給其他人。

可簡妍國公府嫡女和樂安鄉君的身分又擺在那裡，一般家世的人家，爹爹必然是不會同意的，可若是家世特別好的人家，簡妍嫁過去，得了勢，到時只怕……

所以最好的法子，莫若將簡妍打發得遠遠的，最好是一輩子再也不見的那種。

李念宜蹙了眉，腦子裡只在思索怎麼樣才能把簡妍打發得遠遠的？

然後還果真讓她想到了一件事。

前幾日，她聽寧王說起，西南的興平王前些日子一直不消停，後來被朝廷的兵馬鎮壓了，暫且安分了一些。只是興平王勢大，皇上便是現下想要動他也是有損國祚，所以便想著要安撫興平王，等過了幾年國力強盛了，再一舉將興平王連根拔起，永絕後患。

皇上想出來的法子，便是要將一個宗室的女兒嫁過去給興平王世子為妃。

興平王本人的年歲不小，有妻有妾，自然不會嫁個宗室女給他；而興平王世子有腿疾，脾氣又乖戾，所以一直沒有世子妃，嫁了個宗室女過去，正好做他的世子妃。

這個宗室女的人選，選來選去，最後也只有同安長公主的女兒，文安縣主了。

這也是沒有法子的事。皇上的子女原就不多，兩個公主一個已經出嫁，一個年紀尚小其他宗室女也多是年齡不符合，只有這文安縣主，年前剛及笄，是最符合的了。

雖然認真說起來，這文安縣主只是個外室女，但因為同安長公主是太后唯一的女兒，又得太后寵愛的緣故，所以文安縣主自小就有了縣主的封號。有了縣主的封號，自然也可以說是皇家的人，是宗室女了。

同理，簡妍也有樂安鄉君的封號，鄉君這個封號，歷來只有宗室女才能得的，若是認真說起來，她其實與鄭國公府李家是沒有什麼關係的，而是天家的人……

且若是自己將這件事對同安長公主和太后說了，她們兩人一定會感激自己。

誰樂意將自己的女兒嫁給興平王世子呢？說起來是個世子妃，但那也是黃柏木作磬槌子——外頭體面裡頭苦。且不說遠嫁，在那邊過得如何無從得知，只說皇上肯定是容不下興平王的，過了幾年定然是要大舉討伐，到了那時，已經嫁過去的宗室女又當如何處置呢？與平王容得下她？皇上這邊又能容得下她？

總之都不會是好下場的。這也就是為什麼太后和同安長公主十分不願意文安縣主嫁過去的緣故。聽說太后因著這件事同皇上吵鬧了數次，惹得皇上的病又犯了，前兩日去了郊外的溫泉池休養。

李念宜一時就覺得這個讓簡妍代替文安縣主嫁給與平王世子的主意甚好。

這樣一來，可以解決簡妍——她早就看簡妍不順眼了，且依據姨娘那日吞吞吐吐所說，那時其實是她故意讓侍衛撇下了簡妍和奶娘，存了心想要簡妍死的，誰曉得過了十四年之後，簡妍卻能毫髮無傷地回來。若是這事往後教父親曉得了，父親定然是饒不了姨娘的；且姨娘還說，現下簡妍對聶青娘的影響甚大，若簡妍一直在府裡，她掌家的權力勢必早晚會被聶青娘給奪走。

所以莫若將簡妍打發得遠遠的，這樣聶青娘受此打擊，身子必然越發不好，姨娘就能繼續掌家。往後再想法子除了李信，那鄭國公世子的位置就只能是李敬的了，這樣於她自己往後的助力是不小的。二來她這樣做，可不是能討了太后和同安長公主的好？到時她們心中一感激，自然會多照拂寧王幾分。

李念宜覺得這法兒甚好，於是便將心中的打算同婉姨娘和李念蘭細細說了，又叮囑她們暫且不要對外人提起這事。

婉姨娘和李念蘭答應了，李念宜隨後便忙忙出了門，去了同安長公主府。

同安長公主府就在隔壁，小廝通報進去，同安長公主原是不想見李念宜的，畢竟當年端王是因為被李翼圍剿，走投無路才自盡的，是以同安長公主和李翼雖然是住隔壁，彼此之間卻從來沒有來往過。但李念宜說是有法子讓文安縣主不必遠嫁給興平王世子，於是同安長公主便讓小廝請李念宜入內。

同安長公主四十來歲的年紀，生得也普通，但平日裡勝在保養得好，膚色白皙細嫩，倒也算得上是中人之姿。

但現下，她雖然裹了一身錦緞衣裙，頭上珠翠堆滿，面色卻是憔悴枯黃，猛然間瞧了，倒以為是一堆錦緞裹了一根乾枯的木頭呢。

李念宜上前兩步，屈膝對同安長公主行禮，問了安。

同安長公主卻沒什麼耐性和她虛與委蛇，只是在圈椅中坐直了身子，聲音中滿是急切地問：「妳有什麼法子可以讓文安不嫁給興平王世子？」

李念宜原是逼著親弟弟自盡的仇人之女，也只是寧王的一個妾室罷了，實在是輪不到她這個尊貴的長公主接見。

聽了同安長公主發問，李念宜抬頭，柔聲將自己心裡的盤算說出來。

同安長公主聞言，先是一怔，過後卻是大喜。

簡妍被冊封為鄉君的事，她雖然知道，卻沒有想到這方面。畢竟只是個小小的鄉君，她也是不放在眼裡的，可是聽李念宜這般一說，心中豁然明白了。

是啊，簡妍也是有了宗室女才能有的封號，所以說起來，她和文安是一樣的身分；且鄉君的封號雖然低微，但怕什麼呢，盡可以讓母后給她冊封個縣君、縣主、郡主，或者就是公主的封號也成啊，左右只是個封號而已。

於是同安長公主當下就叫小廝套了車，說是要帶李念宜進宮，面見太后。

李念宜心中自然高興。她雖然是寧王的侍妾，但這些年來並沒有見過太后。

等到同安長公主和李念宜進了宮，見了太后，將這件事一說之後，太后立時也大喜。

端王已死，同安長公主和文安縣主就是她僅剩的幾個親人了，自然是捨不得讓文安縣主遠嫁給什麼興平王世子的。

於是太后當即就道，這件事她覺得甚好，等過兩日皇帝從溫泉池那裡回來，她立時就提這件事。到時她用孝道來逼迫，皇帝必然會聽從她的意思的。

只不過是一個國公府的姑娘罷了，難不成皇帝還會因為這樣一個不相干的人來違逆自己嗎？

太后的眼中滿滿都是勢在必得的神情。

第九十六章　消息走漏

文淵閣坐北朝南，位於東華門內的文華殿後，是閣臣入值辦事之所。

這日申初時刻，空中開始下起了淅淅瀝瀝的小雨，至申正時刻依然沒有停歇。

徐仲宣撐了一柄紫竹柄的油紙傘，出了文淵閣，慢慢往東華門外走著。

長長的甬道盡頭，卻有一人在等他。

那人身著銀線刺繡如意雲紋的玄色錦袍，正抄著雙手站在那裡，身後有一名小太監恭敬地給他撐著油紙傘。

徐仲宣看清那人的容顏之後，腳步一頓，隨即又如先時一般，不疾不徐地走了過去。

走得近了，可見那人身材瘦弱，面白無鬚，但目光犀利若電，縱然是在這沈沈陰天，依然讓人無法忽視。

徐仲宣緩步上前，對著那人拱了拱手，面上是淡淡的笑意，聲音溫和。「鄭大人。」

面前這人正是剛剛上任的司禮監掌印太監，鄭華。

太監坐到了司禮監掌印太監這位置，就是太監中的佼佼者，可以說是已經到達頂點。歷來便是連內閣首輔都要給司禮監掌印太監幾分面子，更不用說其他朝臣了。

所以說，鄭華現在手中的權力不可謂不大，但他對徐仲宣卻是客氣得很。

八年前，他還只是個位於最底層的小太監罷了，分在翰林院伺候。有一次做錯了一件小事，翰林院裡的那些人，哪個不笑話奚落他？只有徐仲宣，對他善意地微笑鼓勵，至此之後，徐仲宣也一直暗中助他一路上升，直至如今坐上了司禮監掌印太監的位置。

鄭華的聲音嘶啞，如砂紙磨著磚石一般，所以他說話向來簡潔。

他對徐仲宣拱了拱手，直接問道：「徐侍郎與樂安鄉君兩情相悅？」

徐仲宣握著傘柄的手一緊。

鄭華是個精明的人，能坐到如今這個位置，固然是有自己暗中給他推波助瀾，但鄭華卻也是個胸中大有丘壑的人，想來他手中也是有無數暗哨。而他現下既然有此一問，想必自己和簡妍的事，他已是曉得的了。

於是徐仲宣也沒有否認，大方承認。「是。」

鄭華點點頭，隨後便道：「陛下有意將文安縣主遠嫁給興平王世子，以彰顯皇恩浩蕩，暫且安撫興平王，這事徐侍郎想必應當是知曉的。自然，太后和同安長公主對這事，心中是大不樂意的，同皇上鬧了不下一次了；但皇上態度堅決，只待從郊外溫泉池回來之後，便會下旨晉升文安縣主為公主，然後將她遠嫁西北。只是昨日同安長公主帶了寧王的一位侍妾過來面見太后，隨侍在一旁的小太監聽得分明，那位寧王的侍妾是鄭國公的庶長女，此時來面見太后，竟是想讓自己的親妹妹樂安鄉君代替文安縣主遠嫁給興平王世子為妃。太后聞言大喜，只說待後日皇上歸來便會對皇上告知此事，且她對同安長公主說的原話是：『便是拚卻我這條命不要，我也會讓皇帝同意讓這鄭國公的小女兒代替文安遠嫁到西北去。』」

徐仲宣的心沈了下去。

前幾日上鄭國公府提親遭到李翼拒絕，他原是想等到下次休沐的日子再去求見李翼，懇求他答應，卻沒想到，而今竟然會出了這樣一件事。

太后若是用孝道壓下來，皇上只怕是要聽的。

鄭華見徐仲宣面上一片陰沈冷肅之色，曉得他心中不好受，但也無能為力。

既然皇上都打算犧牲文安縣主，那樂安鄉君又算得什麼呢？說起來文安縣主還是皇上嫡親的外甥女呢，可樂安鄉君只是個陌生人罷了，又有太后在上面壓著，結果是可想而知了。

所以鄭華唯有將這話傳到之後便拱手告辭。

直至他離開了許久，徐仲宣還是站在原地沒動。

雨下得越發大了，打在傘面上，噼哩啪啦地響。腳下水流成窪，風裹著雨絲不停地捲來，打濕了他緋紅色的官袍下襬和白底皂靴。

但是他依舊木然地站在那裡。

明日上午皇上就要回來了，這短短的一夜，他能做些什麼呢？

以往他渴望權勢，那是因為出身卑微的緣故，所以一直憋著一口氣地往上爬，這樣就不用日日忍受別人輕視的目光和冰冷的言語，反而能讓以往那些看輕自己的人敬畏地仰視他。而後來渴望權勢，是因為有了自己想要守護的人。

他想將簡妍納入自己的羽翼之中，守護她一輩子安安穩穩、快快樂樂。

而他覺得，想做到這一切，手中勢必就得握有權勢。

若是有了滔天的權勢，周元正之流又何足道哉？但如今，縱然是他扳倒了周元正，入了內閣，可是又有皇權在頭頂上壓著。

簡妍的去留，不過是擁有皇權之人的隨口一句話罷了，他這樣放在心尖上珍視若寶的人，在別人眼中，不過就是一枚隨時可以犧牲的棋子而已。

但即便是這樣，他也不會退縮！

徐仲宣抬腳，步履匆忙又堅定地在雨中走著。

要代替文安縣主，遠嫁西北給什麼興平王世子為世子妃的事，簡妍卻是今日一早就曉得了。

早起的時候天還沒有下雨，反倒是日光明媚一片。

清明之後，鄭國公府的花園裡妃紫嫣紅一片，到處都是蜂飛蝶舞。

簡妍同聶青娘一塊兒去花園裡賞花，後來有些內急，帶了四月去了花園裡的一處淨房。

等到她從淨房裡出來，走了沒多少路，好巧不巧就碰到了李念蘭。

看來，李念蘭也是要來這處淨房裡方便的。

簡妍原也不大想理會李念蘭，但凡只要李念蘭不給她出什麼么蛾子，她可以將李念蘭當作空氣一般無視。

所以當下也沒有作聲，只是帶了四月，徑直越過李念蘭，就要去找聶青娘。

聶青娘正坐在前面薔薇花架後的長條石凳上等著她呢。

可是簡妍的這副樣子落在李念蘭的眼中，只覺得簡妍就是在自己面前倨傲的意思。

憑什麼呢？原先不過是一個低賤的商女罷了，現下飛上枝頭，倒是瞧不上她了？

於是李念蘭一個沒忍住，鼻中輕哼一聲，陰陽怪氣地在簡妍身後道：「不過才飛上枝頭幾日，就狂得這樣了，倒不把我放在眼裡。只是看妳又能再狂得了幾日，到時有妳哭的時候呢！」

簡妍原就是個心細的人，李念蘭這番話雖是說得沒頭沒尾，但她敏銳地從這番話裡聽出了不一樣的意味。

經過上次賞櫻花之事，李念蘭是不敢挑釁她的，見著她的時候恨不能繞道走。因為她鄉君的身分擺在這裡，完全可以壓著李念蘭給自己行禮還說不得什麼，也唯有氣得在心裡吐血的分兒了。但現下，李念蘭竟敢這般言語犀利地挑釁自己……且簡妍轉過身來，細細看了一番李念蘭的神情，那是藏也藏不住的得意和幸災樂禍。

簡妍知道這李念蘭是個心裡藏不住話的人，她定然曉得些什麼，可是又被人叮嚀不能說，眼下見著自己在面前，又忍不住想要透露一些。

所以說這樣的人真真是成事不足，敗事有餘。

簡妍曉得，她心裡憋著的那件事只怕是對自己不利的，她有心想知道，但也曉得越是逼李念蘭說，只怕李念蘭越是不會說。

這事得換個套路。

於是簡妍甩了甩自己的手絹，微揚下巴，面上作了一副極其輕慢的樣子出來，斜著眼睛看李念蘭，然後傲慢地說：「我為什麼要把妳放在眼裡？妳是庶女，我是嫡女，且我又是皇上親口冊封的樂安鄉君，妳拿什麼來和我比？不把妳放在眼裡，妳又能奈我何？」

李念蘭被簡妍這番話氣得一股火氣噌地就衝了上去，將她一顆心燎得突突地蹦個不住。

「簡妍，」她伸手指著簡妍，咬牙切齒地說：「瞧瞧妳現下這小人得志的模樣，果然明面上有什麼高貴的身分，到底還是改不了妳骨子裡低賤商女的出身。我可告訴妳了，妳也就能狂得了今日罷了，到了明日，有妳哭的時候呢！」

簡妍心中瞬間警鈴大作。

怎麼到了明日就有她哭的時候？明日到底會發生什麼事？

但她面上沒有顯出什麼，反而眉宇間盡是得意洋洋，不屑地笑道：「明日怎麼了？哈，明日有我哭的時候？我李念妍是鄭國公府的嫡女，又有樂安鄉君的封號，別說是明日，就是這輩子都沒有我哭的時候。倒是妳，不說等到明日，我即刻就能讓妳哭，妳信不信？」

說罷，她走上前兩步，一面甩著手裡湖色的手絹，一面挑釁地望著李念蘭。

李念蘭早就被簡妍狂妄的話氣得昏了頭，哪裡還記得李念宜和婉姨娘的再三囑咐。

於是她便冷笑一聲，道：「妳可曉得，我姊姊已經入宮去對太后說了，讓妳代替文安縣主遠嫁給興平王世子的事？妳曉得興平王世子是什麼人？興平王是什麼人？這個興平王世子是有腿疾的，且性子暴虐，惹怒了他，管妳是什麼人，即刻讓小廝拖出去打死。再有那興平王，興平王可是一直在西北不安分，皇上早就容不下他了，現下想挑了個宗室女嫁過去，不過是想暫且安撫拉攏興平王罷了。過了幾年，皇上還不是要對付他？到時妳夾在中間怎麼辦呢？妳是作為宗室女的身分嫁過去的，興平王自然容不下妳，到時妳又是興平王世子妃，皇上這邊肯定也是容不下妳的，妳也就只有死這個下場了。」

說到這裡，她又譏諷一笑。「沒有想到吧？妳時時刻刻掛在嘴上的樂安鄉君的封號，自以為是高我一等，卻正是這個鄉君的封號送了妳的性命，不然姊姊又哪裡能想到讓妳代替文安縣主出嫁的主意？簡妍啊簡妍，我原本是想等著，明日皇上的聖旨到了咱們家，然後再看著妳哭的，可是現下我卻忍不住就想看著妳哭了，誰叫妳這麼嘴賤，在我面前這樣飛揚跋扈呢？」

明明是四月的天，頭頂的日光也正是明媚的時候，可簡妍覺得渾身發冷。

這一刻，她面上再無所有刻意裝出來的倨傲和不屑，一張臉顯得平靜，聲音也很冷靜，不見一絲慌亂。

「妳說的這些話，都當真？」

李念蘭抬起下巴，面上是毫不掩飾的幸災樂禍。「怎麼不當真？昨日我姊姊就已和同安長公主一起入宮面見太后，說了這話，隨後姊姊還特意打發了個僕婦過來，對我和我母親說了此事，讓我們放心。太后還讚揚我姊姊，說我姊姊會辦事呢，以後她少不得就會多多看覷寧王一二。若是我姊姊和寧王因為這事被太后和同安長公主看重，說起來還是妳的功勞啊簡妍，那我豈不是還得謝謝妳？」

說到後來，她得意地放聲大笑。

在她的大笑聲中，簡妍縱然覺得自己渾身發冷，可還是死死地咬著唇，不讓自己顯出一絲一毫的懼意。

就在這時，只聽見一道顫巍巍的聲音響起。「妳、妳說的這些都是真的？」

簡妍忙回頭望過去，就見魏嬤嬤正扶著聶青娘站在後面。

看聶青娘面上慌亂的模樣，簡妍曉得，聶青娘肯定將李念蘭先前說的話全都聽見了。

第九十七章 夫妻爭執

李念蘭看到聶青娘的那一刻，心裡就開始犯怵了。

縱然聶青娘是個再和善不過的人，平日裡，她也甚少和聶青娘有什麼交集，但怎麼說人家都是嫡母，若是嫡母真的存心想要為難一個庶女的話，有的是各種各樣的法子。

所以李念蘭當即斂去面上的得意張狂，屈膝對聶青娘行了個禮，恭敬地喚：「夫人。」

聶青娘卻毫不理會這些表面功夫，只是扶著魏嬤嬤的手，快步走了過來，在她面前站定，著急地問道：「方才妳說的，妳姊姊去太后面前說，讓妍兒代替文安縣主遠嫁給興平王世子的事，都是真的？」

李念蘭覺得頭皮有些發麻，手腳也開始發顫。

方才她是被簡妍給氣昏了頭，所以不管不顧地說了出來，可是誰承想聶青娘竟然就在旁邊呢，而且還將自己親口說的這些話都聽了去。

聶青娘見李念蘭忽青忽白的面色，卻沒有開口否認，便曉得她說的都是真的了。

她當下心中大怒，縱然平日性子再好，這會兒也是忍不住，只聽見「啪」的一聲脆響。原來是聶青娘盛怒之下，劈手就重重甩了李念蘭一道耳刮子。

這一耳刮子恍似用盡了聶青娘全身的力氣，只見李念蘭白嫩的面上立時泛起了五個鮮紅的手指印，頭也歪向了一邊，髮髻上原本簪著的一支金累絲嵌紅寶石的蝶戀花簪子也被打得落到了地上，「叮噹」一聲脆響，鑲嵌的紅寶石掉落下來，沒入了旁邊的青草叢裡。

李念蘭直接被聶青娘的這一巴掌給打懵了。

她抬手捂著自己被打的那邊臉頰，睜圓了眼，抬頭，不可置信地望著聶青娘。

而聶青娘已經是氣得面上一片通紅，這會兒又伸了手，指著李念蘭，顫著聲音罵道：「我自問這些年對妳們母女不薄，更是對妳姊姊不薄。當年她給寧王為侍妾的時候，我還給了她兩千兩銀子、兩套赤金頭面作為添妝之用，可是不想妳們都是一群中山狼！往日妳們在這鄭國公府裡怎樣作威作福，我都懶得去理會，可妳們竟然將主意打到了我女兒的頭上來了！我倒要問上一句，妳們的良心呢？給狗吃了嗎？啊？妍兒不是妳和妳姊姊的妹妹？可妳們竟然起了這樣歹毒的心思來算計她？」

說到這裡，她又氣得牽心動肺地猛咳。

簡妍忙上前扶住她，一面低聲道：「娘，同這樣的人生氣只會拉低了您的身分，算了，我還是先扶您回去歇著吧。」

一面又轉頭，望著李念蘭，冷冷道：「她們這些人的良心便是扔給狗吃，狗都是不吃的，嫌髒。」

然後她無視李念蘭憤怒仇恨的目光，扶著聶青娘轉身便回了雅安居。

一路上，聶青娘的身子輕輕發顫，但她仍然是伸了手，緊緊地將簡妍的手握在掌心裡，一面不住低聲地安撫她。

「妍兒，妳放心，娘是不會讓妳嫁給那個什麼興平王世子的。」

這一句話，她一路念叨到雅安居，一直重複著，似是在安慰簡妍，也似是在安慰著自己。

簡妍只覺得心中發酸，眼圈發熱。

其實她心中也很明白，自己這樣一個無足輕重的人，久居高位的皇帝和太后又怎麼會將她放在眼中呢？皇帝自然不會因她而得罪太后，所以這事，只要太后開口向皇帝一說，基本上就是板上釘釘的事了。而她又能做什麼呢？聶青娘又能做什麼呢？

再逃一次？上次是即便她在簡太太的手中逃了出去，也不會連累到任何人，可是這一次，皇權在上，觸怒了皇帝，她逃了，鄭國公府裡其他的人愛死不死，她是不想也是不會理會的，可是聶青娘和李信怎麼辦？

她是做不出讓他們因自己而受到什麼傷害的事。

又或者，她可以在從京城到西北的路上作點什麼文章？畢竟天高皇帝遠的，途中有個劫匪什麼的也是再正常不過。只是這樣的事得事先與人通個口信，可是她如今被困在這深宅大院裡，想出去也難。

另外，也不曉得徐仲宣知不知道這事，他會不會腦子一熱，就做出什麼不得了的事出來？那到時可真是難辦了。

簡妍心中紛紛亂亂的一團，到了雅安居之後，依然還沒能靜下心來。

聶青娘這時卻竭力地定住了心神。

她雖然素來柔和，但正所謂為母則強，相較於先前的手足無措和六神無主，她這會兒倒是顯得鎮定冷靜了許多。

她先是寬慰了簡妍一番，說只要有她在，決計不會讓簡妍遠嫁到西北給什麼興平王世子為妃，然後又打發了琴心好生護送簡妍回去。

看著簡妍纖細的背影消失在門口之後，她坐直了身子，喚了蘭心上前，吩咐她去將國公爺請過來。

等到李翼過來，就見聶青娘正端坐在羅漢床上，面上是少有的正色，望著他的目光犀利冷靜。

李翼心中有些發虛，不大敢直接對上她的目光。於是他微微低了頭，在左手邊的第一張圈椅中坐下來，有些顧左右而言他地問道：「妳讓丫鬟尋了我過來，說是有要緊話要同我說，是什麼要緊話呢？」

聶青娘這要緊的第一句話是：「昨日你為什麼拒絕了徐侍郎的提親？」

李翼的回答正是昨日李念宜說的三條理由。

聶青娘聞言冷笑。「你堂堂一個七尺男兒，肚子裡竟然沒有個自己的成算，反倒要去聽信自己女兒的話，我都替你覺得臊得慌。」

而後，她又一針見血地道：「你們無非就是打量著，寧王繼了位，李念宜少說也是個妃嬪娘娘，然後就能帶挈這整個鄭國公府雞犬升天了？只是你如何不想想，寧王現下已然失勢，梁王正自獨大，若是梁王繼了位，寧王會有何下場？李念宜會有何下場？鄭國公府又會有何下場？而徐侍郎既然是梁王的人，又是個自身有本事的，年紀輕輕就能入閣，若能將妍兒嫁給他，往後即便是寧王倒臺，有徐侍郎在中間斡旋，鄭國公府想來也會毫髮無傷。可你倒好，自己親手把這條路硬生生給掐斷了。」

李翼只被聶青娘這番話罵得沒有半分脾氣。

其實昨日攆走了徐仲宣之後，他靜下心來想了想，也覺得自己當時是應該同意這門親事的。可是那會兒被李念宜一說，他就鬼使神差地沒有同意。

這會兒他想了想，便道：「我們還有蘭兒，將蘭兒嫁給徐仲宣也是一樣的。」

聶青娘聞言，氣得目眩頭暈。

她冷笑一聲，道：「不說徐侍郎過來求娶的原就是妍兒，只說李念蘭不過是個庶女，徐侍郎又豈會看得上她？國公爺，你這算盤打得未免就有些太失算了。」

李翼自然知道她說的是對的。

以往徐仲宣還未確定是梁王一黨的時候，他是曾想過要將李念蘭許配給他，所以明裡暗裡的也說過幾次，但都被徐仲宣委婉地推脫掉了，而現今，徐仲宣更是位高權重，京城裡哪家貴女他配不上？只怕實在是看不上庶女出身的李念蘭。

所以李翼並沒有說話，只是垂了頭，端著小丫鬟方才奉上來的茶水慢慢喝著。

這時又聽聶青娘問：「李念宜去見了同安長公主和太后，說是讓妍兒代替文安縣主遠嫁到西北給興平王世子為妃的這事，你可知曉？」

李翼的手一抖，幾滴茶水濺了出來，落到了手背上。那滾燙的水落在手背上自然是燙的，李翼當時就覺得被茶水濺到的那處灼熱一片，可是又不敢叫痛，只是默然地坐在那裡，沒有說話。

聶青娘原不過是猜測，但是看著李翼現下的反應，她可以肯定李翼知道這事。他竟然知道？他究竟是何時知道的？知道了也不來對她說？

聶青娘只覺得自己的一顆心慢慢地冷了下去。

事到如今，她也懶得質問他為何不將此事告知自己了。她只是問：「這事你打算如何做？若是你現下喚了徐侍郎過來，說答應他的提親，即便明日皇上回來，太后再哀求威逼，也斷然沒有將一個已經定了親事的女子拿去頂替文安縣主出嫁的道理。」

事到如今，這是聶青娘想到唯一能解決這事的辦法了。

可是李翼卻坐在那裡沒有動彈，甚至沒有說話。

聶青娘也沒有說話，屋子裡站著的魏嬤嬤和一眾丫鬟更是都不敢說話，一時屋外微風捲過樹梢的聲音清晰可聞。

片刻之後，李翼的聲音才低低響了起來。

「若是我現下喚了徐仲宣過來，答應他的提親，明日太后和皇上追究起來這事，宜兒怎麼辦？這事估計寧王也是曉得的。太后、皇上、同安長公主、寧王，他們會如何看宜兒？若是宜兒因為這事失寵，往後便是寧王繼承了皇位，那咱們鄭國公府也是沒有翻身的餘地了，敬兒和信兒的前程還要不要了？」

「所以你就要用我女兒的一輩子去換你這鄭國公府的前程？」聶青娘的聲音發澀，也發冷。「他們是你的子女，我的妍兒難道就不是你的女兒嗎？」

「正因為她是我的女兒，她姓的是李，所以她就應當為我們這個家族做些犧牲。」李翼的聲音也大了兩分。「這是她的命。青娘，妳明白的，我們不能因小失大。」

聶青娘緊緊地盯著他，忽然忍不住發笑。

「命？你來告訴我，妍兒的命是什麼？她剛一出生便遭失落，在外面過了十四年身不由己的日子，受了那樣多的罪，那時候，你和婉姨娘的那些子女在做什麼？日日錦衣玉食。如今天可憐見的，她好不容易回到我身邊，還沒有過得兩天舒心的好日子，你卻要她為了你子女的前程、為了鄭國公府而遠嫁西北。誰不曉得皇上名為賜婚，實際不過是扔了一枚棋子出去，來日兩軍對陣時，又有誰來管這枚棋子的死活？怎麼，這就是我這可憐女兒的命？李翼，你們心自問，你可對得起妍兒？」

李翼的聲音也有些發澀。「我曉得我對不起妍兒，可是能怎麼辦？這件事，宜兒一開始也沒有同我商議，我曉得這件事的時候，已經是晚了。」

「可是現下明明有挽回的餘地，你卻堅持不肯挽回？」聶青娘緊緊追問。「你無非還是怕挽回之後會損害到李念宜，進而會損害到你所謂的國公府的前程？」

李翼默然沒有作聲。片刻之後，他才低聲說：「青娘，妳不要怪我。我、我這也是沒有法子的事。」

世間哪來那麼多沒有法子的事？不過是覺得那些所謂的前程比她的妍兒重要罷了。

聶青娘不再說話。

兩個人就這樣靜靜坐著，斜照入屋的日光慢慢地移動。

半晌，就聽得聶青娘冷靜地說：「有一件事我要同你說一說。」

李翼曉得在簡妍的事上是自己虧欠聶青娘許多，所以聽見她說這話，他忙問道：「什麼事？妳說。」

「這些年，因我身子不好的緣故，讓婉姨娘有了掌家的權力，如今這掌家的權力我想收回來。趁著國公爺現下在此，咱們就遣了個人去對婉姨娘說一說此事，讓她將所有的帳冊與對牌，還有鑰匙全都交到我這裡來。」

「這……」李翼遲疑著。

婉姨娘這些年掌家也沒有出過什麼大錯，而且她畢竟是李念宜的生母，便是不看著她的面，也要看著李念宜的面，若冷不防地就要將她管家的權力收回來的話……

聶青娘見李翼遲疑的樣子，出言譏諷。「怎麼，我倒不曉得，這京中倒是有哪家高門官宦之家是由姨娘管家，夫人閒置在一旁的道理？以往是我身子不好倒也罷了，可是現時我身子好了，怎麼就不應當由我管家了？又或者，我該請了我幾位父兄過來同國公爺說道說道這事？」

聶青娘的父親雖然年邁已致仕，只有一個空閒的侯爵，可是她的兩個兄弟身在仕途，手中倒還是頗有些實權的。

李翼聽聶青娘這樣一說，就曉得她這是真的動怒了。她是個心氣高傲的人，以往即便再如何和他鬧，也從來沒有說過要將自己的父兄請來給自己撐場面的話。

於是當下便道：「妳看妳這個人，就喜歡多想，我這不是擔心妳身子不好？管家的事原就繁雜，不想讓妳整日為這些瑣碎的事操心，想讓妳養好身子嗎？既然妳如此說了，那也罷，我這便遣人去婉姨娘那兒取了帳冊、對牌和鑰匙過來也就是了。」

聶青娘聞言，只是冷笑。

「便是我的身子再不好了，還有妍兒這個嫡出的女兒可以管家。再不濟，過了幾年，信哥兒娶了媳婦，也可以由他媳婦來管家。總之，往後無論是我一雙兒女誰管家，都輪不到她一個姨娘來管家，讓我的兒女在她的手上討日子過的道理。」

這番話說得就有些重了。

李翼當下臉色有些沈了下來，不悅地道：「妳說的都是些什麼話？但凡只要有我這個父親在，怎麼會有信哥兒在別人手裡討日子過的時候？」

他之所以不說簡妍，心裡自然是想著簡妍很快就會遠嫁去西北的道理。

聶青娘聞言，也不再同他說話，轉而吩咐魏嬤嬤帶著琴心和蘭心去婉姨娘那裡跑一趟，讓婉姨娘將帳冊、對牌和鑰匙悉數都交出來。

魏嬤嬤答應著去了。過了好長時間，她才回來。

聶青娘便問道：「如何？帳冊、對牌和鑰匙可都拿回來了？」

「拿回來了。」魏嬤嬤點點頭，隨後又望了李翼一眼，只道：「婉姨娘原是無論如何都不肯交出帳冊、對牌和鑰匙的，後來老奴說這是國公爺的意思，她仍是不信。最後奴婢好說歹說的，她才將這些都交了出來。」

琴心和蘭心此時上前，給聶青娘看捧著的帳冊、對牌和鑰匙。

聶青娘檢視了一番，見不差什麼，便揚頭對李翼道：「國公爺，只怕婉姨娘已經去前院找你了，你還是快些過去對她解釋解釋這事吧。」

語氣中自是有著奚落之意，李翼心中便有些不喜。

他也是個要面子的人，前些日子，只以為聶青娘的性子收斂了些，兩個人可以如剛成親時那般相處了，可是方才聶青娘說的一番話夾槍又帶棒，可是把他的什麼面子和裡子都給說沒了。

於是他也不想在這裡待下去，起身就要離開。

只是才走到門口，忽然又聽聶青娘道：「國公爺，希望往後你無論何時都不要忘記方才說過的那句話，只要有你這個父親在，我的一雙兒女就絕不會有在任何人手裡討日子過的時候。」

李翼心中一時越發不喜，重重哼了一聲，也不再說話，抬腳就走了。

第九十八章　吞金身亡

魏嬤嬤見李翼一臉惱怒地走了，便轉頭對聶青娘嘆道：「夫人，這又是做什麼呢？前幾日您好不容易才和國公爺和好了，可現時又……」

「魏嬤嬤，」聶青娘此時的聲音卻是淡淡的。「妳是曉得我的性子的。自小到大，我何曾違背過自己的心意討好過任何人？若不是因著我一雙兒女，我何至於將他李翼放在眼中？如今卻也夠了，往後我更是不必再將他放在眼中。」

見魏嬤嬤又要張口說什麼，聶青娘忙道：「這事便不用再說了。魏嬤嬤，妳去吩咐小廚房，讓他們今日中午多做幾個好菜出來，再讓琴心和蘭心分別去叫了妍兒和信兒過來，就說我想他們了。再有，我想靜一靜，妳吩咐丫鬟暫且都別進來伺候吧。」

魏嬤嬤答應了一聲，轉身退了出去。

這邊，聶青娘卻走到黑漆螺鈿弄玉吹簫的梳妝匣前，伸手拉開了最下面一層抽屜。那裡面放著的是她出嫁時的嫁妝單子。

當年她也曾十里紅妝，也曾坐在大紅喜轎裡，想著往後要賢良淑德，一輩子相夫教子，可是現下想想嫁給李翼的幾十年，卻是這樣就過來了。

其實和李翼的一切，她都是沒有任何留戀的，讓她放不下的唯有一雙兒女，特別是妍兒……

聶青娘翻開自己的嫁妝單子，一一看著，又取了記載著這些年所得的體己的冊子，也一一細看，時不時又提筆在旁邊備註些什麼。

隨後她便研了墨，鋪開雪白的宣紙，一臉平靜地提筆寫著要給一雙兒女的信。

寫信的時候，她倒是心緒平靜，只是寫好之後，她取了自己這些日子剛剛給簡妍做好的粉色繡折枝玉蘭的軟緞鞋，還有給李信做的寶藍色繡芙蓉蝴蝶的香囊出來時，她忽然將這兩件物品緊緊捂在胸口，另一隻手卻緊緊搗著自己的嘴，無聲地痛哭著。

她哭得這樣厲害，雙肩顫著，淚水滾珠似的落了下來，泅濕了她的衣襟和衣袖。

不過等到簡妍和李信都過來用午膳時，她已經新換了一件衣裳，又重新梳了頭。石榴紅色的縷金梅花紋樣的對襟披風，月白撒花馬面裙，鬢邊簪一支赤金累絲鑲大顆珍珠的點翠大偏鳳，五枝細細薄薄的鳳尾向上，鳳口處啣了一串長長的三叉流蘇下來，額前更是掛了一根細細的赤金鏈子，上面墜了數顆蓮子米大的、或紅色或藍色或綠色的寶石。

聶青娘甚少打扮得如此嬌豔，所以簡妍和李信未免多打量了她兩眼。

聶青娘大大方方任由他們兩個打量，面上甚至帶著溫婉的笑意，溫聲問：「娘今日這樣打扮好看嗎？」

李信點頭，笑道：「娘平日裡不打扮的時候便已經很好看了，這般打扮起來，那就恍若九天仙女下凡一般。」

聶青娘伸筷子從燕窩碗裡挾了一顆蝦丸到他的碗裡，而後笑道：「你這孩子，也不曉得是從哪裡學來的，倒是淨會說這些話來哄娘開心。」

簡妍心中總覺得有幾分不對勁的地方。

聶青娘今日非但衣裙首飾都精心挑選過了，且連兩頰都掃了一層淡淡的胭脂，唇上也是抹了口脂的，與平日裡素淨的打扮一對比，實在是有些怪異。

聶青娘曉得簡妍是個心細的性子，怕她看出什麼來，對簡妍點頭，笑道：「方才娘已經讓人喚了妳爹過來，與他商議了妳的事。妳放心，娘已經想到了法子，是絕不會讓妳代替文安縣主遠嫁到西北去的。所以娘心裡高興，這便打扮了一下，妳瞧著娘這樣打扮可好？」

簡妍心中怪異的感覺一直在，但也沒有想到其他的什麼方面，只是點點頭，面上帶笑地說：「嗯，娘這樣打扮起來，真的很好看。」

也不曉得是怎麼回事，雖然聶青娘看起來是個再柔弱不過，風吹吹就會壞了一般，可是當她說她絕不會讓自己代替文安縣主遠嫁西北的時候，簡妍就是相信了。

心中一直壓著的大石落了地，她面上的笑容也明媚起來。

這一日的午膳和其他時候不一樣，便是她和李信不說話，聶青娘倒會主動勾著他們兩個說話，所以到後來，他們便一邊吃飯，一邊說著話。

李信面前有一道木樨銀魚，簡妍很喜歡吃，不過隔得有些遠，每次要挾的時候都要伸長胳膊，簡妍便有些不耐煩，略吃兩筷子便懶得動彈了。

李信瞧見了，便親自雙手捧了這盤木樨銀魚放到簡妍的面前，笑道：「姊姊，這道木樨銀魚放到妳的面前，這樣妳就不用費力伸長胳膊來挾了。」

簡妍也曉得李信是慣常喜歡吃魚的，正巧她面前有一道風魚，於是也雙手捧了那盤風魚放到李信的面前，笑道：「禮尚往來，信兒，給你吃這個。」

姊弟相視一笑，又低頭各自吃著。

聶青娘見了，眼圈就有些發熱。

但她竭力忍住淚意，反倒是面上還扯了笑意，柔聲道：「你們姊弟兩個往後也要一直這樣相親相愛才好。」

李信當下便抬頭道：「娘，那是自然的。我就只有這麼一個嫡親的姊姊，管保不會教任何人欺負了她去。」

簡妍噗哧一聲笑了出來。

這個李信，還不到十二歲的年紀，說話倒是和一個小大人似的。

但聶青娘卻點了點頭，正色地對李信道：「自然應當如此。你就是你姊姊的依靠，所以往後你再也不能貪玩，要好好讀書上進，考了功名出來；再有你的性子，往後不可以再柔弱了。男兒大丈夫立於天地之間，縱然是泰山壓於頂也該面不改色，心中有成算才是。」

「娘，我曉得了。」李信拖長了聲調，撒嬌似的說了一句。

聶青娘轉而望向簡妍。簡妍坐直了身子，心想，這是有什麼話要同我說呢？

但聶青娘的嘴唇翕動著，半晌，到底還是什麼都沒有說出來，最後也只是說了一句：

「妍兒，妳這輩子都要好好的、高高興興的。」

簡妍覺得聶青娘的話說得很有些莫名其妙。

她想張口套兩句話，但聶青娘讓人取了自己給簡妍做的軟緞鞋，和給李信做的香囊來，分別遞給姊弟兩個，帶著笑意地問：「娘做的這個，你們喜歡嗎？」

自然是喜歡的。簡妍和李信雙雙對著聶青娘道了謝，聶青娘望著他們，笑得和婉。

娘兒三個接著一面說笑一面吃飯，待吃完了飯，又坐在炕上說笑了一會兒。

聶青娘幾乎是貪婪地望著簡妍和李信的一舉一動，一顰一笑，恨不能將他們所有樣子全都刻入自己的腦海裡，永生永世不會忘卻。

日漸西斜，日光透過十字錦的槅扇照了進來，在紫檀木束腰璃紋炕桌上灑下了斑斑駁駁的日影。

聶青娘曉得，不能再耽擱下去了，再耽擱下去，只怕是來不及了。

於是她對簡妍和李信說：「娘同你們說了這麼一下午的話，有些乏了，要歇一歇，你們暫且先回去吧。」

簡妍和李信便點點頭，開口跟聶青娘告辭。

聶青娘也下了炕，扶著門框站在門口，望著他們的身影直到消失在院門處，再也望不見為止，她依然站在那裡望著。

魏嬤嬤在一旁道：「夫人，起風了，您回屋子裡坐著吧。」

聶青娘點點頭，依然深深眺望了姊弟倆剛離開的方向一眼，才轉身回來，重又坐到了木炕上，伸手拉了魏嬤嬤的手，抬頭望著她。

「魏嬤嬤，」她輕聲道：「我是這樣一個不好的性子，這些年累妳在我身旁一直看顧，青娘謝謝妳。」

「夫人，您跟老奴說這樣的話，可真是折煞老奴了。」魏嬤嬤忙道：「當年承蒙侯爺賞了老奴一家人一口飯吃，才能在那樣的荒年裡一家五口全都活了下來，老奴一家人都是銘感於心的。夫人，您這樣的話，老奴當不起。」說罷，就要屈身拜下去。

聶青娘忙伸手扶住她。「我不過順口說一說罷了，魏嬤嬤為何要這般？快起來。」扶了魏嬤嬤起來之後，她又拍了拍魏嬤嬤的手，面上泛了幾絲笑意出來，輕聲道：「我實在是有些乏了，要歇一歇。魏嬤嬤，妳去同丫鬟們說一聲，讓她們暫且不要進來打攪我，讓我好生歇歇。」

魏嬤嬤點點頭，體貼地說：「方才夫人同世子爺和姑娘說了那麼長時間的話，是該乏了。夫人，您先歇息著，等到了用晚膳的時候，老奴再進來叫你。」

說罷，她轉身退了出去，還甚為體貼地關上門。

聶青娘在炕上呆坐了片刻，然後自抽屜裡將先前寫給簡妍和李信的書信拿出來，擱在妝檯上顯眼的地方，而後又打開了自己紫檀木的首飾匣，從裡面揀了兩塊生金出來，看了看，吞入了口中。

她幾次狠命下嚥，才將那兩塊生金嚥了下去。

而後，她走到床上，躺了下去。

只是閉上雙眼的時候，眼前一幕幕閃現的都是簡妍和李信的音容笑貌。

饒是方才心中再是鎮定平靜，可是這會兒，聶青娘終究還是忍不住低聲哭出來。

多想一直守著一雙兒女，看著他們長大成人、成了親，然後有了自己的孩子啊……只是如今，她卻不得不如此……

現下，也唯有她死了，妍兒便能守制，二十七個月之內不得婚嫁。皇上最重孝道，這樣的情況之下，便是太后再逼迫，皇上又怎麼可能冒天下之大不韙，讓簡妍代替文安縣主遠嫁到西北去？

我的女兒……聶青娘心裡想著，娘曾答應過妳，絕對不會再讓妳受半點苦的。便是用了娘這條命，娘都會堅守自己當初對妳許下的承諾。所以往後這一輩子，妳都一定要好好的、高高興興的，這樣娘即便是死，也能瞑目了……

第九十九章　驚聞噩耗

簡妍回到辛夷館之後，坐在臨窗的木炕上，一手支著腮，一手拿著方才聶青娘給她的軟緞繡鞋，唇角含了一抹笑意，呆望著出神，心中卻是如喝了蜂蜜一般，只覺得甜滋滋的。

上好的粉色雲錦繡著粉紫的折枝玉蘭花，一針一線可見其用心。

都說雲錦是寸錦寸金，可聶青娘竟然用雲錦給她做了一雙軟緞繡花鞋，更何況每隻鞋頭上還各自鑲嵌了一顆拇指大小的圓潤珍珠，這雙軟緞繡花鞋的價值可想而知。

這樣珍貴的一雙鞋，她覺得自己都捨不得穿，是要珍藏起來的。

此時四月正用填漆描金小托盤端了茶水，放在她面前的炕桌上，見簡妍面上含笑，低頭瞧著手裡的軟緞繡花鞋，便也低頭去看。

一看之下，她便訝異了。這樣滾圓的一顆大珍珠，夫人竟然捨得鑲嵌在姑娘的繡花鞋上。

四月由衷地感嘆。「姑娘，夫人對您可真是好呢！」

簡妍抬頭，眼中笑意盈盈顯。「是呢，娘對我是真的好。」

有一個這樣的娘，真的是件很不錯的事啊。

從一開始的愧疚惶恐，到現下的感動親近，簡妍已經慢慢有了一種感覺——她就是李念妍，就是那個與聶青娘血脈相連的女兒。

自從穿到這個異世之後，前面十幾年裡，她每日都感覺如履薄冰，只覺得這世間再沒有什麼可以讓她留戀的了。可是現下，她有了徐仲宣，有了聶青娘，有了李信，她覺得上蒼待她又是何其寬厚。

帶著這樣愉悅的心情，簡妍也準備上床歇息一會兒。

春日原就犯睏，更何況今日說起來，她心情也是大起大落了一番。

她唇角帶笑，模模糊糊地睡著了，一面也在想著，娘究竟是想到了什麼法子呢，竟然能這樣肯定？

也不曉得睡了多久，恍惚間，簡妍似是看到了聶青娘。

她身上還穿著方才那件石榴紅色的縷金梅花紋樣的對襟披風，月白撒花馬面裙。

屋外天陰欲雨，她輕提裙角，抬腳從門外跨了進來。

縱然是逆光而立，可簡妍還是清楚地看到她的容顏如江南水月般清麗秀雅，眉眼間滿是溫婉淡雅的笑意。

「妍兒，」她的語聲溫和柔軟，風動碎玉一般。「娘走了。往後妳和信兒都要好好的，這樣娘也就放心了。」

她鬢邊鳳釵口中啣著的那串珍珠流蘇，在她說話的時候輕輕地前後晃動，和著她面上微微的笑意，映襯得母親看起來是那般清麗絕俗。

簡妍卻只覺得自己的一顆心都提到了嗓子眼，想開口喚一聲娘，也想起身去拉她，可偏偏喉嚨裡似是被什麼東西堵塞了一般，什麼話都說不出來，整個身子也是僵的，一根手指都動不了。

於是，她只能眼睜睜地看著聶青娘對自己微笑點頭，隨後轉身，衣衫飄動，身姿輕盈若蝶，就這麼輕飄飄地走出了她的屋子。

院中薄霧淡淡，她雙臂間挽著的橘色輕紗披帛曳地終於消失，再也望不到她的身影。

簡妍心中忽然湧起了一股強烈的不安。

她就是覺得，聶青娘這樣一走，自己就再也看不到她了。

淚水洶湧而出，一剎那，她似是掙脫了所有束縛，起身坐了起來，大喊了一聲：「娘！」

四月原是在屋外伺候的，忽然聽到屋內的簡妍撕心裂肺地叫了一聲，她心中大驚，忙走了進來，就見簡妍坐在床上，滿面的淚痕，整個人都是呆愣著的。

「姑娘，」四月唬了一跳，忙上前兩步來，小心翼翼地問：「您這是怎麼了？作什麼噩夢了？」

簡妍這會兒只覺得全身都是汗，浸濕了淡碧色的裡衣。

為什麼會作這樣的一個夢？而且這夢竟是這樣清晰真實？

電光石火間，簡妍忽然想到了一件事。

聶青娘那般肯定地對她說，她有法子阻止自己遠嫁，到底是在這樣短的時間裡想到了什麼法子，竟能這樣肯定？而且先時她那般著意打扮過，對自己和李信說了那些話，初時她已是覺得怪異，可幾次想問都被聶青娘給岔過去，現下細想今日發生的一連串的事……

簡妍霎時只覺如遭雷擊一般，整個人僵在了那裡，面上也是瞬間變得煞白一片。

四月站在床前，只見簡妍先是呆愣著，後來不曉得想到了什麼，雙眼發直，面色更是忽然蒼白，她嚇得問出來的話都帶著哭音。「姑娘，您這到底是怎麼了？」

簡妍伸手揭開被子，急急就要下床，只是心中實在慌亂，全身發顫，一雙腳雖然落在地上，可似是踩在棉花上一樣，軟綿無力。

眼見她整個人就要往前撲了下去，四月忙伸手扶住她。

「姑娘，」四月這會兒急得眼淚都落下來了。「您別嚇我啊！您這到底是怎麼了？」一面又揚聲叫道：「聽桐、聽荷，聽楓、聽梅，妳們快過來！」

方才聽桐她們見簡妍上床歇午覺，有的便也回了屋子歇息，有的則是乘機呼朋喚友地逛花園去了，所以四月這般高聲叫了兩遍，也只有聽楓一個人走進來。

四月白淨的臉上已掛了兩行眼淚，眼見聽楓進來，忙道：「聽楓姊姊，妳快過來看看，姑娘這不曉得是怎麼了？」

聽楓急忙上前，見簡妍的面色比宣紙還白，又是滿面淚痕，也唬了一跳，忙問道：「姑娘，您這是怎麼了？」一面又扶著簡妍坐到床沿上，對四月說：「快去吩咐小丫鬟，讓外面的小廝速去請大夫來。」

簡妍方才只覺得挖心掏肺似的難受，一時間整個人似是要魘怔了一般，只曉得流淚，什麼都沒法想。可是這時她回過神來，狠命咬了一下自己的舌頭，才勉力讓自己定下心神。她叫住了正往外跑的四月，只說：「不用去請大夫。四月，妳快過來服侍我穿衣服，我要去我娘那裡。」

四月聽了，忙轉身跑回來，又慌亂地拿了搭在衣架上的粉色暗花緞面對襟披風給簡妍穿了，又拿了一條橘黃色的百褶裙過來。

聽楓原本還想給簡妍梳梳頭髮，簪幾朵珠花和簪子的——方才簡妍小憩之時，已將髮髻上所有的首飾都取了下來——但簡妍卻是等不及了。

「不要管這些，」她語速極快地說：「快隨我去雅安居。」一面擰身就往外走。

簡妍走得極快，四月和聽楓幾乎是一路小跑著才能跟得上她。

辛夷館離雅安居原就極近，不過是繞過一處長廊、過一道月洞門，再往前走幾步就能望到雅安居前的兩排銀杏樹了。

可簡妍這會兒卻覺得到雅安居的路竟是這樣遠。

她急急走著，剛繞過長廊，在月洞門那裡，忽然就看到了琴心。

琴心看到簡妍的時候，整個人跪了下去，抖著聲音叫了一聲：「姑娘！」

簡妍望著跪在面前滿面淚痕的琴心，一剎那只覺得自己胸腔裡的一顆心都不會跳了。

她垂在身側的雙手死死攥著自己的衣襬，緊緊抿著唇，整個人雖然顫得如同深秋枝頭被寒風不斷狂吹的葉子一般，可她執拗得沒有開口詢問琴心。

彷彿只要她不問，就永遠不會從琴心的口中聽到那句話一般。

但是琴心沒有體會到她此刻內心所想。

琴心整個人也是張皇失措。方才，魏嬤嬤只說天色晚了，要進去喚夫人起來，可是隨後大家就聽到魏嬤嬤的尖叫。

魏嬤嬤平日裡那樣穩重的人，當時卻尖叫成那樣子，她和蘭心等人都嚇壞了，忙趕進去看，就見魏嬤嬤已經癱軟在地，直著一雙眼望著床上的夫人，卻是一句話都說不出來。

琴心當時不曉得發生了什麼，只見夫人雙手交握著放在胸前，閉著雙目，似是睡得正好，心裡還納悶著，方才魏嬤嬤這樣大的尖叫聲，夫人怎麼還沒有醒呢？於是她只顧著去扶魏嬤嬤，可是魏嬤嬤卻抓著她的胳膊，語不成聲地說著：「夫人、夫人，琴心，夫人她、她……」

琴心還柔聲安撫她。「魏嬤嬤，夫人不是正在睡嗎？」

魏嬤嬤急得流淚，口中喚著夫人，也管不得其他，縱然是癱在地上，可還是手腳並用地爬到床邊，然後伏在床沿痛哭流淚，一面又捶打著床沿。

琴心這才察覺了不對勁。

她心中開始打鼓，與身側的蘭心對視一眼，雙雙輕手輕腳地走到床邊。

「夫人？」琴心站在床邊，望著雙手交握在胸前，合著雙眼、一動不動的聶青娘，只覺得口乾舌燥，片刻之後，方才開口喚了一聲。

沒有應答。

蘭心這時卻猛然抓住了她的胳膊。她扭頭一看，就看蘭心的臉上一點血色都沒有，雙唇更是顫著。

「琴、琴心，夫人、夫人她……」

其實琴心這會兒已經注意到聶青娘的胸腹沒有起伏了，可是見著聶青娘面色紅潤，她就沒有、也實在不敢往那方面想。

可是這會兒蘭心已經跪了下來，跟隨著她們進來的小丫鬟也全都跪了下來，魏嬤嬤又在那裡哭得聲竭力嘶的，她便是再不敢，心裡到底也曉得——聶青娘死了。

方才還那樣滿面溫柔地同姑娘和世子爺說話的夫人，這會兒卻已經是一個人靜靜躺在這裡死了。

琴心雙膝一軟，跪在床頭，淚水滾珠似的落了下來。

聶青娘為人素來和善，琴心調到了雅安居這麼多年以來，聶青娘從來都沒有說過一句重話。這會兒，她想著聶青娘往日裡輕言軟語的模樣，只覺得眼淚滾得越來越多。

正哭得傷心時，就察覺有人拽了拽她的衣袖，同時蘭心帶著哭音的聲音在耳旁響著。

「琴心姊姊，現下可怎麼辦呢？」

聶青娘身旁有四個大丫鬟，分別為琴心、蘭心、素心、竹心，其中又以琴心的地位最高，在她們四人之上的便是魏嬤嬤，統管雅安居裡的一切大小事務。

只是，魏嬤嬤已經哭得快要昏過去，是指望不上她了，蘭心只能問琴心。

夫人已經去了，身後事總歸是要處理的，必須要有個統領的人，一屋子的丫鬟全都跪在這裡哭，算是怎麼一回事呢？

琴心竭力定了定神，啞聲吩咐：「素心，妳速去尋世子爺，告知夫人已經去了的事，請他趕快過來，竹心，妳暫且留在屋子裡安撫魏嬤嬤，其他的小丫鬟和平日裡一樣，該幹麼幹麼去，只是不許離開這裡，以防隨時有事吩咐下來。」

然後她又轉向蘭心。「妳去前院尋國公爺，告知國公爺這裡的事，請他速速過來。我這便去尋姑娘，請姑娘過來。」

所有丫鬟全都領了命，蘭心和素心隨即也出門，分別去尋李信和李翼，琴心則隨後也出了門來尋簡妍。

只是沒想到，她不過剛出月洞門，就看到簡妍腳步極快地往這邊來了。

望著面前和夫人長得極其相似的容顏，琴心一個沒忍住，雙膝一軟，對著簡妍就跪了下去。

「姑娘……」她哭得有些上氣不接下氣。「夫人、夫人她去了啊……」

簡妍聞言，原就沒有血色的面上，這會兒更是又白了兩分。

她身子晃了晃，竟是要倒下去的模樣，所幸她及時伸手扶住旁側長廊上的柱子，整個身子倚在了柱子上。

一直跟在她身後的四月和聽楓此時聽了琴心的話，也是大吃一驚，隨後見簡妍身形晃動，兩人趕忙上前，一左一右扶住了她。

「姑娘。」四月的眼中落下了淚，一時也不曉得該如何安慰簡妍？想了想，也就唯有說得一句：「您要撐住啊。」

心裡卻是在想，姑娘怎生就這般命苦呢？前些年在簡太太的手中過的是那樣的日子，而今好不容易和親娘相認了，才過了多久的好日子，可是這會兒夫人卻是去了？往後倒要教姑娘指靠誰呢？

這時，就覺得自己扶著的簡妍動了動。

簡妍這會兒整個人竟然站直了，面上雖然雪白一片，雙目卻奇異的亮，教四月在旁看得心中驚駭不已。

「我會撐住的，」四月只聽見她喃喃地輕聲說著：「我會撐住的。我一定會撐住的。」

簡妍可以肯定，聶青娘是為她而死的。

近來聶青娘的病已是越發好了，她絕不會突然病發而亡。再想到今日早上發生的事，還有先時午膳之時聶青娘的衣著妝扮，再有她對自己和李信說的那番話語，以及她那樣肯定地說她有了可以阻止她代替文安縣主的主意，現下細細想來，分明早就做好了打算，要用死來阻止自己遠嫁西北……

她死了，自己就要守制，任憑皇帝還是太后都沒有法子讓自己代替文安縣主遠嫁西北。

她是為自己而死的啊！

簡妍眼眶發熱，鼻子發酸，胸中如萬箭穿心一般，巨大的鈍痛痲木了她的全身各處。

可即便是這樣，她也要撐住。她一定要撐住！她不能讓聶青娘就這樣白白死了。

她狠狠地咬了舌尖一下，一股腥甜的滋味在口腔中蔓延開來。

藉著舌尖上這劇烈的痛，簡妍竭力定住心神，然後甩開扶著她的四月和聽楓，面上一片沈靜鎮定，大踏步地朝雅安居的方向而去。

第一百章　黑化之路

雅安居裡，上下丫鬟皆是一片慌亂，每個人都覺得自己的一顆心在蹦跳個不停，不曉得到底該怎麼辦，六神無主，三五成群地圍在一處，妳看著我，我看著妳。

當簡妍快步走進來時，一眾丫鬟恍似找到了主心骨一般，一時全都趕到她面前跪下來，口中只是不住痛哭著，又叫著：「姑娘！」

簡妍恍若未聞般，只是快步走到上房的東次間裡。

那是聶青娘日常歇息的臥房。

聶青娘自生下來便是侯府嫡女，也是爹娘捧在掌心裡千嬌百寵地長大，嫁給李翼的時候又帶了好一份嫁妝來，可以說這些年，她上自衣裙、首飾穿戴，下至一根線、一根針，甚至是她吃的每一粒米，灶房裡燒的每一根柴火，用的都是自己的，沒有動過李翼的一分一毫。自然，她這臥房裡各處擺放的古董花瓶擺設、珍玩玉石盆景，也都是價值不菲。

繞過紫檀木座的百鳥朝鳳蘇繡屏風，後面就是聶青娘的楠木攢海棠花圍的拔步床了。這張楠木攢海棠花圍的拔步床也是聶青娘的嫁妝之一。

簡妍有一次曾聽聶青娘說起，她做姑娘時，最愛的便是這千嬌百媚的海棠花，所以當時她和李翼訂親之後，便磨著自己父母，要他們給自己做一張這樣的楠木攢海棠花圍的拔步床當嫁妝。當時父母還笑話她不知羞呢，說哪裡有女兒家自己開口要一張什麼樣的床做嫁妝的？可是那有什麼關係呢，她就是任性地開口找父母要了，而父母也依著她的意思，找了手藝出眾的工匠給她趕造了一張拔步床出來。

想來那時候她心中也是憧憬滿滿的，以為這輩子能被李翼嬌寵，和他生兒育女，夫妻和睦，一輩子舉案齊眉的吧？

可是現下，她卻死在這張床上，死在這張她滿心憧憬，不惜被自己父母笑話也要要來的婚床上。

簡妍雙腳如同灌滿了鉛，每往前走一步都是那樣沈重。可她還是慢慢地朝床邊走去。然後，她就看到了聶青娘。

石榴紅色的縷金梅花紋樣的對襟披風，月白撒花馬面裙，雙臂上挽著橘色的輕紗披帛。她雙手交握著放在胸前，雙目合著，靜靜躺在繡著忍冬花紋的蘇綢枕頭上，額上掛著的眉心墜上赤紅的寶石點綴於雙眉之間，鬢邊鳳釵上的珍珠流蘇墜在綢面的枕頭上。

分明是面色如生，秀若芝蘭，卻是再也不會睜眼了。

「咚」的一聲重響，是簡妍直挺挺跪在拔步床上的地坪上。

但是她沒有流淚，甚至面上看起來依然冷靜鎮定。

這時，屋外有喧囂之聲響起，原來是素心趕過去找了李信，哭著將這件事告知，李信一聽，心中大痛，忙扔了手裡的書本一路狂奔過來。

這會兒，他幾步繞過了屏風，趕到床前來。

然後他整個人開始大哭，一路膝行著到了拔步床的地坪上，趴在聶青娘的身上，一聲聲地大叫著「娘」。

屋內所有的丫鬟全都掩面痛哭。

但簡妍還是一滴淚都沒有流。

說也奇怪，方才自夢中醒來後，滿面淚痕，只覺得挖心掏肺般地痛，一路也幾乎是哭著趕到雅安居的，可是這會兒，她望著面前的聶青娘，卻是一滴眼淚都掉不出來。

李信撲在聶青娘的身上大哭了一會兒，過後又轉身撲在簡妍的身上，哭得上氣不接下氣地問：「姊姊……姊姊，娘她為什麼會死？她為什麼會死啊？明明方才她還好好地跟咱們一起吃飯說話的啊……」一面又痛哭。「娘死了，我和姊姊怎麼辦？我不能沒有娘啊……」

聽了李信這幾句話，滿屋子的丫鬟又開始哭了起來。

簡妍伸手，緊緊將李信按在自己的懷裡，然後她慢慢地、冷靜地說：「信兒不要怕。娘不在了，可姊姊在這裡。姊姊會一直護著你的，絕不會讓任何人傷害你半分。」

李信伏在簡妍的懷中哭得悲痛氣塞，什麼話都說不出來。

簡妍一手環住了他的肩，一面又望著屋內一眾丫鬟。

魏嬤嬤已是哭得昏了過去，由著小丫鬟扶到她自己的屋裡歇息去了。

「我娘是怎麼死的？」簡妍這時平靜地開始問話。

竹心越過一眾丫鬟出來，跪在簡妍和李信的面前，伸了雙手出來，將掌心攤開。上面豁然躺著兩塊生金。

竹心哭得嗓子都啞了，可還是冷靜地稟告。「奴婢是專管夫人的首飾之物的。方才奴婢在夫人的梳妝匣裡查看了一番，這樣的生金子，夫人的梳妝匣裡原是有四塊的，現下卻只剩這兩塊了，夫人她、她……」

說到這兒，她哽咽著說不下去了。

然後她又伸手遞過兩封書信，道：「這是奴婢方才在夫人的妝檯上找到的，是夫人留給姑娘和世子爺的。」

簡妍從竹心的手裡接過了信，也接過了那兩塊生金子，緊緊握在掌心裡。

這兩塊生金子，往後她勢必會讓某人吞下去。

簡妍這時又喚了琴心過來，細問今日雅安居裡發生的所有事。

於是琴心一面哭，一面將上午聶青娘和李翼的那番爭執說了一遍。

簡妍心中了然，不再說話，轉而打開聶青娘給自己的信，低頭仔細看著。

信裡，聶青娘交代的是她嫁妝裡各處鋪子和田莊的情況，還有如今耳房裡放置的各樣體己和嫁妝，跟她說明了田契、房契、她嫁妝清單和體己清單的所在，說這些讓她保管好，往後皆是給她和李信的。隨後又說了管家的權力，她已從婉姨娘的手中收了回來，一應帳冊、對牌和鑰匙都放在何處，讓簡妍往後好好執行這掌家權力，不能讓婉姨娘再將掌家權奪回去。信的最末叮囑著，她不在了，信兒性子柔弱，讓簡妍往後好生照看著他。又說著娘走了，讓簡妍不要亂想什麼，這是她做娘的心甘情願為自己女兒所做的，只要她這一生平平安安、高高興興的，那麼她在九泉之下也會瞑目。

簡妍看完信，小心仔細地又摺疊好，珍而重之地放入自己懷中。

李信那邊則是一面低頭看著信，一面哭著。

哭著哭著，他又用手背拚命抹著面上的眼淚，抬頭，紅著一雙眼，哽咽地對簡妍說：「姊姊，娘說讓我要勇敢，往後再也不可以那般柔弱了；還說讓咱們姊弟兩個要相互照應扶持，所以姊姊，我不哭，我要勇敢，往後我要好好保護姊姊。」

縱然抹著自己面上的眼淚，口中說著這樣的話，他眼中依然有淚水不斷滾落。

簡妍望著他良久。這是她的弟弟，聶青娘說要讓他們兩個往後相互照應扶持的弟弟，她就有責任要護他一生安穩。

她伸了手，慢慢抹去他面上的淚水，然後雙手搭在他的肩上，輕聲卻堅定地說：「沒關係，信兒，今日你可以哭。想怎麼哭，哭多長時間都可以，沒有人會也沒有人敢說你柔弱。可是過了今日，你就不能再哭了，要做個堅強的、寧願流血也不流淚的男子漢。信兒，我還要你記著，你是這鄭國公府裡唯一的世子，是將來國公府裡唯一的主人，整個鄭國公府都是你的。若是有鄭國公府裡的任何人膽敢說你任何話、阻撓你做任何事，沒有關係，你可以直接一鞭子抽過去，然後將那人發賣出去；便是打死了，也有姊姊在這裡替你頂著，你不用害怕。」

李信一面哭，一面點頭，最後他撲在簡妍的懷裡，哭叫道：「姊姊，我不要娘死啊，我不要娘死啊！」

簡妍輕輕拍著他的背，一面望著跪在一側的琴心。「我娘的事，可有遣人去告知了父親？」

琴心忙回稟。「已經讓蘭心去通知國公爺了，這會兒也該來了。」

簡妍點點頭，沈聲吩咐琴心。「喚了雅安居所有的大小丫鬟全都進來跪著，放聲大哭，哭得越淒慘越好。」

她要李翼踏進這雅安居之後，眼中看到的皆是所有人悲痛欲絕的神情，聽到的皆是震耳欲聾的痛哭。

她娘今日遭受的一切，勢必要百倍千倍地向那些人討回來！

李翼這會兒正同婉姨娘說話。

先前，魏嬤嬤帶了琴心和蘭心去桐香院，那般揚著下巴，高傲地說她奉了國公爺和夫人的命令，過來收回她掌家的權力，讓她交出一應帳冊、對牌和鑰匙出來之時，婉姨娘自然是不從的，只說要去找國公爺說明白這事。

可是魏嬤嬤最是雷厲風行的人，當下只冷笑著不屑地道：「一個妾室罷了，讓妳掌了幾年家，那是我們夫人大度，懶得與妳計較而已，妳倒還自己興起自己來了。怎麼，現下我們夫人要收回一個妾室掌家的權力，妳竟是不肯了，還要去國公爺那裡討什麼公道？什麼是公道？我們夫人是主母，而妳只是個妾室，這就是公道！難不成妳還真以為，就因妳女兒在寧王身邊伺候，妳就把自己當盤菜了，能翻天了？枉說寧王現下只是個王爺，並沒有做皇帝，便是來日他做了皇帝，妳女兒也就只是個妾室罷了，便是做了貴妃娘娘又如何？還能將我們夫人趕走，讓妳做了這鄭國公府的夫人不成？天還沒黑呢，妳就別在這裡作夢了！」

說罷，直接喝命琴心和蘭心去婉姨娘的屋內搜索出所有帳冊、對牌和鑰匙，也不管一張臉色脹得如同豬肝的婉姨娘，帶著琴心和蘭心趾高氣揚地走了，全程都沒有給婉姨娘一個好臉色。

不消說，婉姨娘自然是氣得手腳都在發顫，差些沒直接背過氣去。

她承認她剛到李翼身邊的那幾年其實也沒有想過要如何，畢竟聶青娘出身侯門，這樣的身分是她這個縣丞之女只能仰視的，且聶青娘又是生得那般清麗絕俗，便是同為女人的她看了，也只有在暗地裡羨慕嫉妒的分兒。當時，婉姨娘也就只想著要做個老老實實、本本分分的姨娘罷了。

可是誰曉得這聶青娘面上看著柔弱溫婉，內裡卻是個性子極烈的，不肯對國公爺退讓半步；而國公爺又是那樣好面子的大男人，做不出軟語溫存的模樣，兩人就漸行漸遠。婉姨娘對這些自然是瞧在眼中的，於是認真揣摩了一番之後，越發在李翼面前做小伏低、和順柔婉起來。

李翼果然是喜歡她這樣凡事依附著自己、以他為天的女子，便對自己寵愛了起來。聶青娘是個性子極其高傲的，縱然是心裡再不忿，面上也沒有顯出什麼，也做不出來那種用主母身分威壓一個妾室的事情。

於是婉姨娘在李翼身旁的地位便越發高了，而後又順利地生下了三個兒女。

李翼的長女、長子，可全都是由她的肚子裡生出來的呢，後來她的長女還由皇上作主許給了寧王為侍妾，這是多麼大的榮耀；況且李翼那時已讓自己掌管鄭國公府十來年了，所以她和聶青娘相比，又差了什麼呢？

聶青娘不過是有個性子柔弱的兒子罷了，國公爺又不喜他，爛泥扶不上牆一般的人物；聶青娘自己又整日沈浸在失去女兒的悲痛中，能活得多長時日？等到她死了，李翼看在李念宜的分上，想必也會將自己扶正的，到時她一樣不是夫人？

所以侯門之女又如何？縣丞之女又如何？再好的出身、再好的容貌，不曉得揣摩自家男人的心思又能怎麼樣呢？到頭來，終究還不是她贏了？

她會是國公府的夫人，到時她的兒子就是嫡出。嫡長子，自然理所應當要繼承整個鄭國公府，到時還有一個在宮裡做妃嬪的女兒，她的地位是誰都撼動不了的。

婉姨娘心裡做了這樣一番打算，只是沒想到，現下聶青娘竟然這般強硬要收回掌家的權力。

聶青娘以往是從來不屑做出這樣的事，今日到底發生了什麼事？

婉姨娘想了想，到底還是由柳嫂扶著，去了前院的書房裡尋李翼，小心翼翼地詢問。

結果李翼卻是在責怪她。

「……妍兒畢竟是嫡女，又有鄉君的封號在身，怎麼能由得妳和宜兒這般草率地決定了她的前程？我國公府的嫡女，又是這樣的身分，將來是要嫁一個朝廷重臣，能幫襯得了我李家的，可是瞧瞧妳們這都做的是些什麼事？讓她遠嫁到西北去，能幫襯得了我鄭國公府什麼？怎麼妳和宜兒做事之前都不過來跟我商量，就擅自去找同安長公主和太后？難不成這鄭國公府還由得妳們母女兩個說了算？」

婉姨娘神情柔弱，語氣低柔。「宜兒當時只是想著，太后和同安長公主近來為了文安縣主的事很是頭痛，日日同皇上鬥氣，她便想著，若是能讓妍姊兒代替文安縣主，那太后和同安長公主心裡肯定會念著咱們國公府的好。當年端王一事，讓太后和同安長公主心裡一直怨恨您，在皇上面前那樣搬弄您的是非，這才導致您這些年來空有國公爵位，手中卻沒有實權。可是經由此事，太后和同安長公主心中想必對您的印象會大為改觀。」

她一面這樣說，一面小心地覷著李翼面上的神情，見他一副聽進去的樣子，又接著溫聲往下道：「且皇上想必也會念著您的好。近來，太后和同安長公主日日為這事吵鬧，皇上不是不堪其擾，避到了郊外的溫泉山莊去了，若是能讓妍姊兒代替文安縣主，太后和同安長公主又豈會吵鬧？到時皇上、太后、同安長公主心中都對此事滿意，國公爺還愁沒有什麼官位到您手上？所以宜兒和妾身是覺得，妍姊兒代替文安縣主嫁到西北，可是比將妍姊兒嫁給什麼勛貴之家都好呢！且咱們國公府若是好了，世子爺的前程不也是會更好？宜兒當時只說這樣的事您肯定是會同意的，而她又是手中有要事要去辦，所以就沒來得及跟您說，國公爺您可千萬別責怪她才是。」

李翼聽了，沈吟不語。

若是照婉姨娘這般說來，確實是讓簡妍代替文安縣主比讓她嫁給什麼勛貴之家更能幫襯到鄭國公府，這般說來，李念宜不愧是他的女兒，果然做什麼事都想得很周全。

可是方才青娘卻同他鬧成那樣，還對他說了那番絕情、讓他下不了臺的話……

偏偏此時，婉姨娘還在那兒詢問她掌家權被聶青娘收回去的事。

李翼聞言，心中還是有些惱的，便沒好氣地對婉姨娘說：「妳和宜姊兒這樣擅自決定妍兒的前程，可是有對青娘說過一聲？青娘畢竟是妍兒的生母，她怎麼就不能預先知道這件事？現下青娘同我鬧著，要自妳手上收回掌家權，我能有什麼法子？讓她掌家便是了，妳又問什麼問？難不成妳要讓我因這事去和她鬧一場不成？」

婉姨娘被他這粗聲粗氣的話堵得脹紅了一張臉，氣血上湧，一時沒有說話。

待她好不容易平復了心情，正想著再慢慢同李翼商議這事，就見門外有小廝垂手進來通報，說是夫人身邊的蘭心在外面，急著要見國公爺。

李翼想著先時聶青娘那番夾槍帶棒的話，眉頭就有些皺了起來。

這個蘭心過來做什麼呢？別是聶青娘又想到了什麼，要叫他過去再說上一番夾槍帶棒的話吧？

於是他揮揮手，不耐煩地對那小廝說：「你去告知她，我是不耐煩再去雅安居的，甭管夫人叫她過來傳什麼話，讓她都不用說，自行回去就是了。」

小廝垂手答應了，躬身退了出去。

但不過片刻的工夫，那小廝去而復返，且神情大變，竟是直接對著李翼跪了下去。

李翼皺著眉頭，只問：「你這是做什麼？」

那小廝聲音有些發顫，但還是堅持地說：「蘭心說、說夫人、夫人她去了……」

李翼一時還沒有反應過來，眉頭尚且還是皺著的，反問：「去了？夫人去了哪裡？」

那小廝青白著一張臉。

那個字眼，他如何敢這般直白地說出來？可是李翼偏又沒有聽明白「去」是什麼意思，他少不得也只能硬著頭皮說：「蘭心說，夫人她、她死了。」

「你說什麼?!」李翼猛然起身，圓睜了一雙虎眼，滿面皆是震驚和不可置信之色。「夫人她死了？她怎麼死了？她如何會死？」

他這樣一連串的問話，小廝如何答得出來？

而李翼已大步朝著雅安居的方向急急去了。

至於婉姨娘在聽到小廝說聶青娘死了的時候，一開始也是震驚地拿著手絹捂住自己的口，不過隨後反應過來時，心中卻是一喜。

聶青娘竟然死了？那豈不是說，她剛剛被聶青娘收回去的掌家之權又可以收回來了？

聶青娘死了，誰還能再掌這個家呢？槿姨娘和珍姨娘她們是不配的，難不成會是簡妍？哈，那樣一個未出閣的姑娘家懂得什麼？難不成還會讓她掌家不成？

所以這個家，也就唯有自己才能掌得起來；而且聶青娘現下死了，往後鄭國公府可就是她的天地了。

婉姨娘想到這裡，面上便出現了掩飾不去的得意之色。但她怕別人看出來，忙垂了眼，斂去了得意，反而努力擠了兩滴眼淚出來，只說：「夫人怎麼這樣突然就去了呢？柳嫂，快隨我去雅安居看一看到底是怎麼一回事？」

話落，扶了柳嫂的手，急急追趕著李翼去了。

第一百零一章 掌家之權

當李翼快步趕到雅安居時，人還沒有進院門，聽到的就是震耳欲聾、淒淒切切的哭聲。

他急忙抬腳跨進院內，但見平日裡井然有序的院子此時沒有半個丫鬟，冷清清的一片，而那淒切至極的哭聲則是從東次間裡傳出來的。

他自然曉得，那裡是聶青娘的臥房。

原本他一路趕過來的，可是到了這會兒，卻是有些不敢再往前半步了。

耳邊的哭聲越發淒切，恍惚間可以聽到李信撕心裂肺地叫著「娘」。

李翼就覺得自己的一顆心慢慢墜了下去。

接下來的每一步，他走得都是那樣緩慢蹣跚。

待他終於進了東次間之後，原本跪在地上的丫鬟們看到了，忙膝行至一旁，讓了一條路給他過去。

楠木攢海棠花圍拔步床的地坪上，跪著簡妍和李信兩姊弟。

李信早就哭成了淚人兒一般，趴在簡妍的懷裡不住抽泣，然後，他猛然看到後面站著的李翼，便一路膝行著撲過來，抱住了他的腿，仰著頭，滿面淚痕，啞聲問：「爹爹，娘她為什麼會死？這裡的丫鬟說今日娘同你吵了一架，你到底是同娘吵了什麼？為什麼她會尋死？

爹爹，你告訴我啊……」

李翼整個人都呆住了，任由李信拚命搖晃自己，他的目光卻是越過了所有人，落在了聶青娘的身上。

石榴紅色的縷金梅花紋樣的對襟披風，月白撒花馬面裙，雙臂上挽著橘色的輕紗披帛，這是當年春日他第一次見著她時的妝扮啊……

其後，他曾多次對她提起過，那日他見著她這樣一身衣裙，俏生生地站在水邊，抿唇輕笑，眼波盈盈，是那樣清麗動人，一瞬間教他以為看到了洛水之神，再也移不開眼。

那時她聽了他說的這些話，垂了頭，暈生雙頰，抿唇輕笑，海棠花般嬌美豔麗，實在是難描難畫。

而她鬢邊簪著的那支赤金累絲鑲大顆珍珠的點翠大偏鳳，額頭上掛著的各色寶石眉心墜，都是兩人剛成親那會兒，情正濃的時候，他送給她的。

他還記得，那時她正對鏡梳妝，他從袖子裡拿了這支點翠大偏鳳出來，親手替她簪在了鬢邊，隨即讚嘆她美若天上的仙女，她眼中三分嬌羞、七分喜悅的模樣。

那一切彷彿還在眼前，可是現下，她卻穿著他們初相見時的衣裙，戴著他送她的鳳釵和眉心墜，這樣合著雙目躺在那裡，再也不會起來了。

依然是初見時的秀麗容顏，甚至因她合了雙目的緣故，看上去竟然是那般溫婉淡雅。

李信依然拚命地搖晃著他，質問他今日到底是同娘說了什麼，竟然讓娘就這樣尋死？

可是李翼卻沒法回答他。他只覺心尖都在顫著，淚水湧了出來，模糊了眼前的一切。

「青娘是怎麼死的？」他聽到自己的嗓音嘶啞。

其實自李翼進來之後，簡妍一直都在冷眼望著他。

李翼的性子，她是知道的，說白了就是大男人主義，說一不二，不喜歡別人頂撞他，若說得難聽點，就是剛愎自用。

婉姨娘就是摸準了他這個性子，在他的面前分外和順服從，這才能二十年如一日地討了他的喜愛。

方才簡妍心中已制定了兩套方案。

若李翼進來之後，眼前的一切並沒能觸動他，反倒氣急敗壞地責怪聶青娘偏生死得這麼不是時候——畢竟聶青娘這一死，什麼她代替文安縣主遠嫁的事自然是不可能的了——那麼簡妍決定只說聶青娘是突然發病死的。

不然，若是直說聶青娘是吞金而亡，這樣決絕激烈的尋死方式，無疑只會讓李翼心中更加反感。傳了出去，別人會怎麼看他？寵妾滅妻？自己的妻子用吞金自盡這樣決絕的方式反抗他的決定？他是一點面子都沒有的，只怕連帶著自己和李信在他心中的地位還會更加低下，以後他們的日子也只會越發難過。

倒不是簡妍如今還在為自己打算，想著要在這鄭國公府裡好好過日子，她只是想著，聶青娘是不能白死的。她自然要讓所有逼迫聶青娘尋死的人付出應有的代價，可前提是，她得好好保全自己和李信。

尤其是李信。聶青娘死了，婉姨娘卻有一個庶長子，她不可能不對國公世子這個位置虎視眈眈，只怕往後婉姨娘定然會出手對付李信。所以她勢必要杜絕這一切發生，一定要讓李翼心生愧疚，覺得對不起聶青娘、對不起他們姊弟，然後她再想法子慢慢處置婉姨娘她們。

而此刻，看著李翼這副失魂落魄的模樣，簡妍便曉得，李翼的心裡多少對聶青娘還是有些感情的，既然如此，那便執行第二套方案。

該示弱的時候，她自然也會示弱。

於是簡妍也膝行過來，自袖子裡取了一封書信出來，雙手奉了過去，垂著頭，低聲說：

「父親，這是娘留給你的絕筆信。」

這封信自然不會真是聶青娘寫的。

時至今日，聶青娘對李翼還有何感情可言？

她所愛的李翼，是當年她藏在屏風後面看到的那個烏眉黑眸、堅定地對著父親說這輩子一定會好好愛護青娘的少年，是那個他們成親前兩年，會牽著她的手、同她說著各樣趣事的丈夫。

可是這樣的少年和丈夫，早就在時間的長河裡悄然湮滅了，便是臨死之時，她也是沒有一句話要同如今這個李翼說的。

這封信，其實是簡妍模仿了聶青娘的筆跡寫的。

自從她回了鄭國公府之後，日常與聶青娘在一塊兒，有一次她見了聶青娘的簪花小楷寫得好，便想著要學；聶青娘自然是樂意教她的，簡妍又是個聰明的人，是以她倒能將聶青娘的筆跡模仿個七、八分像。

只是七、八分像就已經足夠了。李翼不再是當年的那個李翼，仍對聶青娘的一切都很清楚。

所以簡妍便借了這七、八分相像的筆跡，以聶青娘的名義給李翼寫了一封情深意重，保管他看了之後絕對會觸動心扉，從而對聶青娘愧疚不已的書信。

前些時候，李翼日日在這裡用膳，簡妍和李信自然也是同他在一塊兒的，那時候，簡妍就聽李翼偶爾提起以往他和聶青娘的往事，再兜上魏嬤嬤有時也會說起父母的過往，簡妍已能大致拼湊出當年李翼和聶青娘的初識、求親，以及過後的相處情況。

自然，李翼和聶青娘離了心、漸行漸遠之後的事情，簡妍是不會在書信裡提半句的。她這封信裡，通篇只以聶青娘的名義，哀婉地說著當初藏在屏風後面，見著李翼的時候是如何動心，隨即求自己父母同意這門親事。成親時十里紅妝，她坐在娶親的花轎裡時是如何喜悅，兩個人初初成親的那會兒，她又是如何高興……只是她總以為會是一生一世一雙人，再想不到他會納了妾室。而他納了妾室之後，她是如何傷心，過後所有的話語衝突，都是因為她在乎他，只想他這輩子只有她一人……便是這次吞金自盡，也是因為他信了婉姨娘的話而拋棄了她。

這樣淒婉口吻的一封信，而寫著這信的人此刻穿著初相識時的衣裙，戴著新婚之時他送的首飾，沒有呼吸地躺在自己的面前，周邊又是這樣淒切的哭聲，又有一雙兒女哭得跟個淚人兒似的，但凡只要是稍微還有點良心的人，鐵定都是悲傷至極。

於是簡妍就見李翼高大的身子晃了晃，隨即也跪了下去。

「青娘，」他流淚，望著聶青娘，低聲說：「我對不住妳，我竟然不曉得妳是這樣的心思……只是這些年，妳為什麼都不對我明說呢？臨了竟然還做了這樣的傻事出來，可不是痛殺我也！」

簡妍只是冷眼望著他，一語不發。

早先那麼多年，他都做什麼去了？這會兒卻是來懺悔愧疚了，娘是不會聽到的。便是聽到了，只怕也是淡淡一笑，全然不會相信的吧……

只是李翼的這份懺悔愧疚，簡妍卻是需要的。

而這時，婉姨娘已帶著柳嫂走了進來。

她剛一進來便直接朝床邊撲過來，淚水也立時就滾了出來，一聲聲叫著「姊姊，您怎麼這樣就去了」之類的話。

李信這時已曉得李翼和聶青娘爭執的原由，所有一切皆是因為婉姨娘和李念宜等人而起，再想想這些年婉姨娘和李念宜、李念蘭等人的行事，李信一時只恨得雙目赤紅，就想撲過去搧打婉姨娘。

但是簡妍拉住了他。仇人相見，分外眼紅，雖然她也恨不得一刀捅了婉姨娘，但是還不行。

她好不容易讓李翼心中對聶青娘和他們姊弟充滿了愧疚，不能這會兒因著打一頓婉姨娘就被破壞了。

婉姨娘可以楚楚可憐地說著自己沒想到夫人會因此做了這樣的傻事，且她也是一片心地為國公府的前程著想，是夫人不想讓三姑娘遠嫁，才做了如此決絕激烈的事。

憑著簡妍這些日子對婉姨娘的瞭解，說不定到時依她的三寸不爛之舌，反倒還讓李翼恨起聶青娘和他們姊弟兩個來——恨聶青娘此舉毀了李念宜、毀了這整個國公府的前程，還教他背了一個寵妾滅妻的名聲。

再者，只是將婉姨娘搧打一頓也實在是太便宜她了。

所以簡妍只是死死按著李信，不住地在他耳邊低聲說：「冷靜。信兒，冷靜。」

她料定婉姨娘待會兒肯定會提出掌家之權的事，因此當務之急是要將掌家之權好好地握在自己的掌心裡，往後她才能好好處置婉姨娘她們。

果然，婉姨娘拍著床沿哭了一會兒之後，便轉過身子到了李翼這裡，扶著他的胳膊，一面流淚，一面勸說：「國公爺，姊姊竟是這樣去了，真讓妾身是挖了心、掏了肺一般地痛啊！妾身真恨不能代替姊姊去了，讓姊姊好生陪在國公爺身旁……」

說罷，又哭叫了兩聲姊姊，隨後便拿手絹拭了面上的淚水，又說：「姊姊既然已去了，咱們活人卻還是要好好活著的，國公爺您可要節哀順變。您放心，姊姊這身後之事，妾身定然會給她辦得風風光光的，讓她體體面面地上路。」

她這言下之意，已經是想要重新拿回掌家權力了。沒有掌家權，她如何操辦喪事？

對此，李翼自然是沒有什麼不同意的。

原就是婉姨娘掌了十幾年的家，現下聶青娘已死，簡妍和李信姊弟年幼，府裡其他幾個姨娘更是指靠不上，聶青娘的身後事也只能靠婉姨娘來辦了。

他正想開口說讓婉姨娘取回掌家權，這時卻見簡妍起身，走到他面前，而後跪了下去，磕了一個頭，帶著哭音說：「女兒求父親一件事。」

李翼原是對簡妍沒有什麼父女之情的，再有血緣關係，可說到底也不是自小就養在身邊的，不過是半路認了回來，且還沒有相處幾個月，能有多少父女之情？這也就是為什麼李念宜提了之後，他並沒有大為光火的原因。若讓李念蘭代替文安縣主，那自然是不願意的。不過現下因著聶青娘的死，簡妍又是面上帶淚地跪在自己面前，他不自禁還是覺得心裡軟了軟。

她畢竟是青娘和自己的孩子啊……

於是他柔聲問道：「何事？妳但說無妨。」

簡妍便抬了頭，一雙杏眼中滿是淚水，輕輕一眨，淚水便滾珠似的落了下來。

「父親，」她哽咽著，聲音嘶啞。「求您給我娘留最後一份體面。」

李翼嘆著氣，聲音中也有幾分哽咽之意。「傻孩子，妳娘、妳娘是我的結髮妻子，縱然是她做了這樣的傻事出來，可我自然還是會給她留了體面，她的身後事，我定然會給她辦得風風光光的，對外也絕不會說她是吞金自盡，只說她是病發身亡。」

簡妍心中冷冷一笑。固然，若是對外宣稱聶青娘吞金自盡，那聶青娘是沒什麼臉面，可是於李翼而言，只會是更沒有臉面。

這時，旁邊忽然傳來了低低的驚呼聲。

是婉姨娘。她睜大了一雙眼，滿面震驚。「姊姊、姊姊她竟然……竟然是自盡的？」

她先前一直以為聶青娘是病發身亡，沒想到她竟然是吞金自盡！

聶青娘竟然敢做出這樣的事？這到底是發生了什麼事？

簡妍轉過頭，冷冷的一眼瞥了過去。

分明只是個未及笄的少女，可是這一眼瞥過來的時候，婉姨娘卻覺得後背立時就竄了一層冷汗出來，心尖更是顫個不住。

她不自覺就往後退了兩步。

簡妍這時已經轉過了頭，又是一臉哀傷地望著李翼，隨後伏下了身子，頭抵在地上。

「父親，您是不是打算讓婉姨娘來操持娘的身後事？容女兒說一句大不敬的話，娘是鄭國公府的主母，婉姨娘畢竟只是個妾室，若教外人知曉一個主母的喪事卻是由一個妾室來操持，母親的顏面何在？您的顏面何在？整個鄭國公府的顏面何在？不說我和信兒往後走出去會被各世家高門指指點點，便是父親，只怕也會讓人在背後指點的。還請父親三思。」

李翼聞言，便有些躊躇。

簡妍說得實在在理，只是若不讓婉姨娘來操持喪事，又能讓誰來操持呢？他李家現下也就只有他這一脈單傳，族裡是沒有人的……

「只是若不叫婉姨娘來操持喪事，還能讓誰來操持呢？」

簡妍抬起頭，平靜地道：「父親，就讓女兒來送娘這最後一程吧！」

「妳？」李翼訝異地望著她。

簡妍畢竟只是個未出閣的姑娘，喪事也不是小事，讓她來操持，她會嗎？

婉姨娘先時聽簡妍對李翼說那樣的話，口口聲聲拿著她妾室的身分來說事，心中自然是不大舒服的，可是這會兒聽了簡妍這句話，一時倒是顧不上什麼舒服不舒服了，將掌家權緊緊握在掌心裡才是最重要的。

「國公爺，」她忙道：「妍姊兒畢竟只是個未出閣的姑娘，別說以前從來沒有主持過中饋，又怎麼會辦喪事？喪事這樣的大事，若是出了差錯，是要被親朋好友笑話的；而且，從來也沒有聽說過未出閣的姑娘給自己的母親操持喪事啊！」

「可是，也從來沒有聽說過讓一個妾室來給主母操持喪事的事。」簡妍一句話堵了回去，隨即又在李翼的面前伏下了身子，磕了個響頭，語帶哽咽地說：「求父親給我娘留最後一點體面，也給我和信兒，還有您自己，以及整個國公府留些體面。」

若是由妾室操持主母的喪事，到時前來弔唁的賓客得知，整個鄭國公府都會淪為眾人的笑柄。

婉姨娘此時還待再說什麼，就聽李翼長嘆一聲，落下了淚，低聲說：「好，妍兒，那就由妳來送妳娘最後一程吧。」

簡妍聞言，又伏在地上磕了個頭，低聲道：「謝謝父親。」

掌家權一旦到了她的手上，她自然是再也不會放手了。

第一百零二章 殺雞儆猴

聶青娘畢竟是國公夫人，有誥命在身，所以她死了這樣的事，李翼自然是要上個奏章。彼時太后正同皇帝說讓樂安鄉君代替文安縣主嫁給興平王世子的事，且言語之中甚為強勢。

皇帝其實也很不耐煩，若不是因著要給天下人做個孝子的表率，他其實早就想弄死她了。不過現下望著坐在對面、一雙眉毛高高豎起來的太后，他一面慢慢捋著袖子，一面心裡想著，自己對外做了這麼多年的孝子形象也差不多夠了，算了，趕明兒召個心腹的太醫過來，給太后弄個幾服藥，悄無聲息地讓她下去陪父皇吧，對外只說是太后得了暴病身亡也就是了。

至於讓樂安鄉君代替文安縣主的這事，唔，答應了也無妨，不過是一枚暫且用來安撫興平王的旗子罷了，用誰不行呢？

他正想開口同意太后的要求，就見身旁的內侍雙手捧了個摺子進來，跪在他面前呈了上去。

皇帝伸手拿起來，打開，略微掃了一眼，隨手放到了手側的案上，轉頭對太后說：「母后，您方才提的那個建議只怕是不成了。」

太后大怒，重重地跺了跺手裡的紫檀木龍頭枴杖，怒道：「怎麼不成了？樂安鄉君不也是宗室女才有的封爵，和文安縣主是一個樣的，皇帝難道要因為這事忤逆哀家嗎？」

「母后自己看吧。」皇帝不耐煩地將摺子甩到太后手邊，起身就走了。

出了宮門，他便喚了個心腹的內侍過來，吩咐道：「去太醫院喚一個做事穩重的太醫過來。」

內侍恭聲答應著，轉身自去了。

而皇帝只是回頭望了一眼慈寧宮的宮殿。

至於太后，看完了那奏章的內容之後，氣得立時劈手就將這道奏章重重地摜到了地上，同時口中還惡狠狠地說著：「這個鄭國公夫人怎地偏生死得這樣不湊巧？哪怕就是晚死個半日，待皇帝的旨意下去了也好！倒是可憐了我的文安，終究還是逃不過這一劫……」

此時，鄭國公府後院的桐香院裡，婉姨娘坐在臨窗大炕上，也正埋怨著聶青娘死得不是時候。

「……她倒是個性子烈的，竟然吞金自盡，就為了保全她的女兒。」

柳嫂站在一旁，沒有作聲。

聶青娘死得這樣慘烈，她只要想一想，還是覺得心裡有點發怵。

但婉姨娘卻沒有注意到柳嫂的變化，只是蹙著一雙纖細的眉，擔憂地說：「現下掌家的權力落在了那小蹄子的手裡，往後我們娘兒幾個，每個月就只有那幾兩的月例銀子，再也沒有其他進項了，可該怎麼辦呢？」

沒有聽到回答，婉姨娘抬頭望向柳嫂，見她一臉魂不守舍的模樣，婉姨娘就沈了臉，喚了一聲：「柳嫂！」

柳嫂被唬了一跳，驟然回過神來，一見婉姨娘陰沈的臉，她忙面上浮了笑意，問道：「姨奶奶有什麼吩咐？」

婉姨娘不悅地望著她，問道：「妳方才在想什麼呢？怎麼我同妳說了半日話，妳都不答？」

「奴婢不過是覺得有些累，所以有些走神罷了。」柳嫂忙陪著笑，又說：「姨奶奶方才說了些什麼話，可再對奴婢說一次？」

婉姨娘也沒有疑心到其他事。畢竟今日發生了這樣的事，柳嫂跟著她奔波了一日，勞累也是應當的。

於是她喚了旁側的小丫鬟掇了個小杌子過來讓柳嫂坐，柳嫂自然不敢，再三謙讓推脫不過之後，才半個屁股落在了小杌子上。

柳嫂是婉姨娘的心腹，且是個靈活的，婉姨娘做事很是用得上她，所以對她倒也客氣。

當下，婉姨娘又將自己擔心的事說了一遍。柳嫂聽了，想了想，而後便道：「這事姨奶奶卻是不用擔心的。」

「這話怎麼說?」婉姨娘忙追問。

柳嫂道:「縱然是眼下三姑娘打著要為夫人操持喪事的由頭,將掌家權握在手中,但她畢竟只是個未出閣的姑娘,早些年又是在商賈人家長大;且奴婢聽說,她那個養母只把她當作瘦馬來養,日常不過學些琴棋書畫之類的才藝罷了,哪裡曉得什麼主持中饋的事呢?更何況又是操持喪事這樣的大事。縱然先前誇了海口,可到時自然有手忙腳亂的時候,少不得還要求到姨奶奶這裡來,求著您去幫忙呢!屆時您再借著這個由頭拿回掌家權,往後她可是屁都放不了半個的。」

「可是我瞧著那小丫頭是個心裡有成算的。」婉姨娘遲疑地說著。

她想起先時在雅安居那會兒,簡妍轉頭瞥她時那冷冷的一眼,可以說得上是目光如刀。

「姨奶奶真是太看得起她了。」柳嫂頓了頓,又道:「若是姨奶奶不放心,奴婢這裡還有一個妥當的法子,保管能治得了她。」

婉姨娘便問是什麼妥當的法子?就聽柳嫂道:「姨奶奶您想,您管家這麼多年,府裡好些人都是您的心腹,這次三姑娘要操持夫人的喪事,她總不能一個人就將所有的事都大包大攬地辦了吧?辦事跑腿的還是下人,咱們只需遣人對那些心腹之人打個招呼,讓他們辦事的時候懶散些、推託些,三姑娘她一個未出閣的姑娘家,臉皮嫩,她是會罵人了,還是會撒潑了?勢必有她哭著來求您的時候呢!」

婉姨娘想了想,也覺得柳嫂的這法子好,當下就遣了丫鬟去吩咐自己在府中的那些心腹之人，只說讓他們暗中給簡妍使絆子，不認真辦差也就是了，然後她則在這裡等著簡妍上門來求。

但沒承想，簡妍是不會罵人，也是不會撒潑，但是她會打人。

她自然曉得婉姨娘管了這麼多年的家，鄭國公府裡多數是她的人，可那又有什麼關係？現下她是國公嫡女，又是樂安鄉君，手中握著掌家的權力，任憑你是不是這府裡的老人、在主子面前是不是有臉面，她都可以拉了不認真辦差的出來打板子。

四指多寬的板子，一下下地蓋下去，被打的那兩個先時還如殺豬般地慘叫，可慢慢的，聲音就弱了下去，再也沒有了。

四月早就搬了把圈椅到廊下，墊了秋香色的椅墊，請簡妍坐了，然後又吩咐小丫鬟奉了茶水過來。簡妍就這樣靠坐在圈椅中喝茶水，冷著臉看著侍衛打人，旁邊垂手站著的都是一群下人。

待趴在條凳上的那兩個領頭的人被打得暈厥了過去，發不出半點聲音的時候，簡妍終於揚了揚手，示意侍衛暫停。

而後，她將手中茶盅遞給侍立在一旁的小丫鬟，站了起來，慢慢走到庭院中，在那群垂手站著的下人面前緩緩走了個來回。

這些下人原本心中還是輕視簡妍的。

本就是新近才從一個商戶人家被認回來的，有個嫡女和鄉君的名頭又怎麼樣？底子裡終究是不大上得了檯面的；況且嬌養在深閨裡的姑娘家，哪裡曉得操持什麼喪事了？更何況又有婉姨娘在中間打過招呼，所以這幾日，這些人辦起差來可是糊弄得不成樣子。

不承想，這個看起來嬌滴滴的小姑娘竟然有雷霆手段，直接喚了侍衛進來打人，自己還在一旁看著，眼都不眨一下，面色也沒有變化。

便是他們這些人，聽著那兩人的慘叫聲，看著他們臀上和腿上血肉模糊的樣子，也止不住地心中打顫，面上變色，可三姑娘她……

所有的人都垂下了頭，不敢看簡妍。

簡妍冷冷的目光瞥過這群人。

「誰還想來試一試挨板子的滋味？」她冷冰冰的目光一一掃過在場的眾人，聲音不高不低地說：「儘管上來一試。」

院中落針可聞。他們再不敢輕視這位小姑娘半分了。

簡妍這時又冷聲開口。「你們吃的是我國公府的米，喝的是我國公府的水，穿的是我國公府的衣裳，用的是我國公府發的銀錢，一家老小全都指靠著國公府，臨了讓你們辦差的時候，你們卻是推三阻四，那我為什麼要養著你們？沒你們，我還辦不成事了？那你們可錯了，但凡我國公府掛了要招人的牌子出去，不出一日，就能招個幾十個人進來。」

說到這裡，她的聲音也越發冷了下來。「不想幹的人趁早來我這裡說一聲，我立時喚了牙婆來將你們發賣出去。不過像你們這樣懶散成性，連主子的吩咐都敢推三阻四的人，我自然會特地囑咐牙婆一聲，讓她跟買了你們的東家好好說一說，給他們提個醒。所以離了我這國公府，你們往後過的是什麼樣的日子，可以自己去想一下。」

那還用想嗎？一群人悉數跪了下去，只喊道：「奴才再也不敢了，還請姑娘饒命！」

簡妍聞言，又慢慢走到廊下，坐回了圈椅中。

「我也是個賞罰分明的人，做得差了，我會罰，做得好了，我自然也會賞。」

說罷，讓四月喚了幾個僕婦上前來，說是她們這幾個的差辦得好，所以一人賞了十兩銀子。

要知道簡妍身邊的大丫鬟，每個人也就只有一兩銀子的月例，這些低等的僕婦每個月的月例不過幾百錢而已，這下子猛然得了十兩銀子的賞賜，如何不喜？當下就跪下謝恩。

庭院中的一眾下人你看看我、我看看你，心中對簡妍佩服了起來。

婉姨娘是個嚴苛的性子，她掌家這十幾年中，從來只有下人做錯事被她罰了月例銀子，從來沒有辦好了差事而賞銀子的，可姑娘卻是一出手就是十兩銀子……

一群丫鬟和僕婦當下服了簡妍，紛紛保證往後一定會盡心辦差。

簡妍這才點點頭，然後讓四月拿了府裡僕人的名冊過來，一一分工。

她的分工很明確，哪些人專管給賓客倒茶，哪些人專管茶飯，哪些人專管燈燭香油，哪些人專管茶盅器皿之類……總之一一分派妥當；且自己分內負責的東西，若有損壞丟失，只管讓負責的人來賠，再是不會亂。自然，若是差事辦得好了，等到夫人出殯之後，人人有賞。

一時間，眾人聽她分工調度嚴謹，且方方面面都考慮到了，各是在心中咂舌不已。便是掌了國公府十幾年的婉姨娘現下坐在這裡，也沒有這樣細緻又周全的安排，可眼前這個嬌滴滴的小姑娘竟有這樣一分才能。

眾人這才真的心服口服，打起十二分的精神來辦差，再不敢糊弄了。

待簡妍分派完了，吩咐眾人退下，各幹各的事去，又讓侍衛抬了先前受刑的那兩個人下去，請了大夫過來醫治。

等眾人都走了，只留了她身旁的幾個丫鬟時，她才接過小丫鬟遞過來的茶盅，揭開盅蓋，慢慢喝了一口溫熱的茶水。

她早就曉得婉姨娘會在其間搞鬼，所以這幾日暫且忍耐著，直至今日才尋了個由頭，揪了兩個婉姨娘往日最得力的身邊人，又喚了府中所有的下人過來，當著他們的面狠狠責罰。

殺雞儆猴這一招，該用的時候她必然不會手軟。

至於婉姨娘他們，等到母親出殯之後，她自是會連本帶利地好好和他們清算清算。

她心裡正盤算著這事，就有個小丫鬟進來通報，說是徐侍郎弔唁完夫人之後，請求面見姑娘。

第一百零三章　府中相見

簡妍約了徐仲宣在前院的花廳見面。她帶了四月、聽桐和聽楓一塊兒過去。

此時，婉姨娘正想了法兒地要尋她的錯處，所以即便她再想和徐仲宣單獨相處，也是不能。

到了花廳之後，她讓聽桐和聽楓守在院子裡，自己則帶著四月進了花廳。

徐仲宣先時還能冷靜地坐在那裡等著她，可是這會兒見著了她，一時就冷靜不下來了。

他起身，一個箭步趕過來，雙手握住她的肩，低聲喚道：「妍兒。」

自上次相見，他一聲聲呢喃著喚她妍兒開始，這些日子，這兩個字已經刀鑴斧刻般地在他心中留下深深的烙印，他日日時時都會在心中輕柔地喚著這兩個字。

自聶青娘出事以來，這幾日簡妍可謂是冷靜鎮定至極，要操持聶青娘的喪事，要安撫李信，還要防備婉姨娘給她找事，日日夜夜都是緊繃著，所以也就顧不上去哭。

此刻見著徐仲宣在面前，聽他這般輕喚著自己名字，她忽然覺得滿心委屈哀傷。先時還想著要同徐仲宣坐著好好說話，不能做什麼親密行為讓婉姨娘尋她的錯處，可是這會兒她卻忍不住了，一句話還沒有說，倒先撲在他的懷中。

四月見狀，便走到門旁。為了不讓人誤會，兩扇格扇門是大開著，四月背對著簡妍和徐仲宣，湊在一扇格扇門後面，目光專注地望著外面。若是有人來了，她可以及時通風報信。

此時，徐仲宣緊緊將簡妍抱在懷中，看著她壓抑著不哭出聲，只覺得心中似是壓了一塊重若千斤的大石頭一般沈悶。

簡妍一面揪著他的前襟，一面斷斷續續、哽哽咽咽地說：「我娘是自盡的……她是吞金自盡的……她都是為了我啊，她都是為了我啊……」

徐仲宣心中一震。

雖然早先就已猜測到聶青娘的死應當是自盡，而不是對外所說的病發而亡，但是從簡妍的口中聽到這句話，還是覺得震驚不已。

聶青娘雖然一心為了簡妍著想，但自此之後，他的小姑娘終生只怕無法對這件事釋懷了……

他垂頭，看著在自己懷中傷心自責的簡妍。

上次相見時，她眉眼之間還是那樣神采飛揚，現下卻是滿面憔悴，人更是清減了不少。

心中驟然一痛，他收緊雙臂，下巴抵在她的頭上，低聲說：「都是我無能，才讓妳遭受這樣的苦痛。」

那日鄭華給他通知那則消息後，他原本想著回去就寫奏章，請皇帝給他和樂安鄉君賜婚，然後趕著隔日一早就呈上去。他那時想，便是皇帝不允此事也沒有關係，京城到西北千里迢迢，他自然會想法子在路途上動手腳，總之，他絕不會讓簡妍嫁給興平王世子。只是沒想到，當日夜裡就收到消息，說是鄭國公夫人沒了。

當時他便猜想鄭國公夫人的死有內情，不然哪裡會這樣巧，她偏偏這個時候沒了，正好解了簡妍面臨的困境？目下聽她親口說，還有什麼不明白的？

此刻他的心中只有滿滿的自責。都是自己無能之故，不然簡妍何至於要遭受這樣的苦痛？

他牢牢地將簡妍圈在懷中，幽深的雙瞳中滿是自責。

這時，四月卻忽然轉身，低聲說：「姑娘，寶英在外面。」寶英是婉姨娘身邊的大丫鬟。

簡妍聞言，忙離了徐仲宣的懷抱，起身走到門外去。

聽桐和聽楓正在庭院裡揪著寶英，問她在外面探頭探腦的要做什麼？

寶英支支吾吾的，說不出話來。其實是方才有人過來同婉姨娘說徐仲宣過來了，三姑娘去見了他。想著上次徐仲宣過來提親的事，婉姨娘便以為徐仲宣和簡妍之間定然有私情，所以便遣了寶英過來打探。

婉姨娘只想著，若能在此時捉住簡妍同徐仲宣單獨相處，她自然可以將此事嚷嚷開來。府中還有其他前來弔唁的賓客，若將此事嚷了出去，不說人言可畏，簡妍能羞憤至死，至少她的臉面再也掛不住，到時看她還怎麼好意思握了掌家權在手中？

但誰料想寶英不過在院外冒個頭，還沒等她偷偷摸摸地進來打探情況呢，就被聽桐和聽楓發現了。

簡妍近來做事越發謹慎，即便是來見徐仲宣，還是帶了好幾個丫鬟在身邊，這樣便是有人想拿這事來說事，她又怕什麼呢？好幾個丫鬟在身旁，即便說出去，她並非是與徐仲宣單獨相處的。

當下，簡妍領著四月出了花廳，攏著雙手站在青石臺基上，一臉平靜，慢慢吩咐。「聽桐、聽楓，放開她。」

聽桐、聽楓聞言，便垂手退至一旁。

簡妍揚了揚下巴，示意寶英過來。

寶英接觸到她冷淡的目光，小腿就有些打顫。方才簡妍喚侍衛進去，將那兩個管事打了個半死不活的消息早就傳遍了國公府，這會兒誰都害怕自己會是下一個趴在條凳上挨打的人。

婉姨娘方才也是聽了此事，心中發急，覺得在簡妍這樣的雷霆手段下，她再沒有拿回掌家權的一日了，所以才遣了寶英過來打探簡妍和徐仲宣會面的情況。

寶英心中一面怨著婉姨娘，一面雙腿顫著上前，跪了下去，低聲道：「寶英見過姑娘。」

簡妍並沒有開口讓她起來，只問：「妳是後院裡伺候姨娘的丫鬟，不得吩咐不能到前院來，現下又是為了什麼到花廳來？」

寶英支支吾吾地答不出來。

鄭國公府確實有這樣的規矩。後院的丫鬟不能隨意到前院，因前院有小廝、侍衛，若是能隨意走動，到時若出了什麼敗壞風紀的事可就丟了醜。

簡妍見她答不出來，聲音便冷了下去。「答不出來？那我便喚了侍衛過來，先打妳幾板子讓妳清醒清醒，妳再過來給我答話。」

寶英面上的血色瞬間褪得乾乾淨淨。方才可是聽人說，被打的那兩個管事從臀部到腿部都是四指寬的瘀痕，再無一塊好皮的。

她忙伏下身去磕頭，說：「姑娘饒命！奴婢、奴婢只是……」

「只是什麼？」簡妍追問：「在我的面前說謊，妳可是要掂量掂量後果的，不然，打妳一頓板子都是輕的，信不信？」

寶英哪裡敢不信？如今國公府的人都說，別瞧著這位三姑娘柔柔弱弱，辦起事來可是陰狠毒辣著呢！

寶英當下心一橫，實話實說了。「奴婢、奴婢是婉姨娘遣過來瞧一瞧三姑娘和徐侍郎在做什麼，說些什麼話的。」

簡妍聞言，冷笑一聲。「妳們姨奶奶倒是很掛念我。回去告訴她，她若是真想知道我和徐侍郎在這花廳裡做什麼、說些什麼，我這院門和花廳的大門都是敞開著的，她大可以大大方方前來，坐在這裡旁觀、旁聽，不用遣了丫鬟偷偷摸摸地打探。」

說完，她低喝：「滾！」

寶英對她磕了個頭，起身飛快地跑了。

簡妍出了花廳後，徐仲宣也站在門邊，此時見寶英走了，他便走出來，站在簡妍的身旁，眼神冰冷而凌厲。

這個婉姨娘，竟然這樣處處監視、掣肘著簡妍。

不過待簡妍轉過身來，徐仲宣眼中的冰冷和凌厲立時不見，換上了一片濃得化也化不開的柔意。

簡妍對他輕輕地點點頭，示意他隨她到花廳裡。

照例還是聽桐和聽楓站在院子裡，四月則站在花廳的門後，背對著他們往外張望著。

時間緊迫，暫且來不及敘別後之情，簡妍快速將那日李念蘭的一番話，隨後聶青娘吞金自盡的事說了一遍。

徐仲宣聞言，一雙墨眸中的神色越發幽深冷厲。

「要我做些什麼？」他低低問：「妍兒，但凡妳說出來，我無有不從的。」

簡妍湊近了幾分過去，低聲道：「我要你做三件事。第一，不能讓寧王繼承皇位。我絕不會讓李念宜有做上妃嬪，婉姨娘指望她在我面前耀武揚威的一日。第二，李敬現下在五城兵馬司任職，你查一查他的事，如果可以，讓他丟了職位，再沒有任何前途。李念宜和李敬是婉姨娘最看重的兒女，也是她的依靠，我要讓她所有的依靠都落空。第三，李翼這兩日病了，前來為他診脈的是太醫院的王太醫；你想法子同王太醫打聲招呼，讓李翼這病一直病下去，最好是日日纏綿病榻，無心理事。架空了他，我才能在後院裡放開手腳做事。」

徐仲宣點點頭。「我知道。這些妳放心，我自然都會辦妥當的。」

隨後他想了想，又道：「我聽說婉姨娘掌家多年，這國公府中只怕多數都是她的心腹，妳縱然一時能震得住這些下人，長久下去，他們依然未必會服從於妳；且想架空李翼，也不是讓他纏綿病榻就可以的。這樣，過了幾日，等妳母親出殯後，妳只在李翼的面前說要為妳母親祈福，想放一批家生子和下人出去。我想妳母親自盡這事，李翼心中多少還是有些愧疚的，這樣一說，他必然會應允。到時妳便將所有婉姨娘的心腹之人都逐出去，再安插自己的人進來，之後無論是婉姨娘還是李翼自然都被架空，一舉一動都在妳的掌控中，屆時妳想做什麼，他們都不會知道的。」

這樣一刀斬斷的方式雖是簡單粗暴，卻最省事有效。

簡妍點頭。「我明白。」

徐仲宣到底仍有些不放心。縱然知道簡妍是個堅強能幹的人，可在他的心中，她只是他的小姑娘。

他的小姑娘若能永遠無憂無慮就好了，為什麼要讓她來承擔這樣多的事呢？

徐仲宣嘆一口氣，伸臂攬她在懷，低低說：「妍兒，這樣的事原本不應當由妳來做的。我只恨自己無能，竟然沒能護好妳。」

簡妍埋首在他懷中，堅定冷靜地說：「我娘受的這些苦，我要親手一一還回去，任何人都替代不了。」

徐仲宣嘆了一口氣。「我明白，我會安排白薇和齊暉入鄭國公府。白薇陪伴在妳左右，齊暉在前院，若有任何事，妳都可以吩咐他去做，若有什麼話要同我說，也可以告知他。」

既然她決定要親手討公道，那他唯有在她身後默默地支援她了。

簡妍在他的懷中無聲地點頭，抱住了他的腰。

但片刻之後，她便伸手推開他，面上帶著幾分勉強的笑意，道：「你該走了。若是待會兒婉姨娘真的衝過來，雖然我是不懼她，可也不想我娘還沒出殯的時候家宅不寧，讓她最後一程都不能安安靜靜地走完。」

徐仲宣雙手捧著她的臉，忽然俯下頭來，在她額間輕輕印下一個輕柔的吻。

「妍兒，」他低聲說：「妳不要怕，我會一直在妳身後。待此間事了，我會想法子接妳出去，等著我。」

簡妍拚命點頭，淚盈於睫。

但她隨即轉過身去，背對著徐仲宣，再也不肯看他一眼，只是啞聲道：「你走吧。」

身後，沈穩的腳步聲越來越遠，直至再也聽不到了，簡妍才深深吸了一口氣，轉過身來，走出門外。

已是春末，院中一叢荼蘼開得正好。風過處，滿叢白色的荼蘼微微搖晃著。

一年春事到荼蘼，荼蘼花開過，奼紫嫣紅的春天就這樣地過去了。

第一百零四章　報復之路

聶青娘的法事整作了七七四十九日，極其風光。京城的人打探這喪事竟然是由聶青娘未出閣的女兒樂安鄉君操持的，俱是驚嘆佩服不已。

而七七四十九之後，天明之時，聶青娘的靈柩終於入土為安，於是，這事便漸漸湮滅在京城之人的口中。

但鄭國公府裡，簡妍卻剛剛開始行動。

她依徐仲宣所說，以為聶青娘祈福的名義，說是要發放一部分下人出去，讓他們各自歸家。李翼雖然纏綿病榻，不能理事，這事他卻是立時就允了。

聶青娘的母親前些年已經駕鶴西去，餘下一個老父親遠在西北，無法遠行；而兩個兄長雖然在外地為官，但聽聞此噩耗之後，依然馬不停蹄地趕過來要送聶青娘最後一程。

先時他們也以為聶青娘是病發而亡，畢竟聶青娘這些年身體一直不好的事，他們也是曉得的；但是後來簡妍偷偷讓人洩漏聶青娘其實是吞金自盡的事，且自盡的前後原由也對他們說了，兩位一聽，立刻氣沖斗牛，當即不管不顧地找著李翼，掄起拳頭就打了他一頓。

別看這兩位兄長都是文人，但盛怒之下，一頓拳頭也是將李翼打得不輕。

而後他們大罵了李翼一番，質問他可還記得當年是如何上他們家求娶聶青娘的？怎麼如今倒是寵妾滅妻，竟然讓妾室和妾室的子女這樣活生生逼死了主母？難不成真以為他聶家無人了嗎？

李翼自然是反抗不得。這些日子，他的病情原就反反覆覆，身子消瘦了不少，而且兩位大舅兄出手，又如何敢抵抗？只由得他們打了一頓，皮肉傷也罷了，但那一通罵卻是如刀一般，一道道地在他的心上拉著口子。

他無法辯駁，不過自此之後，他待婉姨娘和李念蘭等人卻較以前淡漠了不少。

原本聶青娘的兄長離開京城時，還問簡妍和李信是否要跟隨他們一起離開，前往西北的武定侯府與外祖父一起生活？但簡妍拒絕了。

既然聶青娘已經入土為安，接下來，該是她開始算帳的時候了。

她首先來尋李念蘭的麻煩。

玉雪苑中的梨花和海棠早就開敗了，只有那兩株芭蕉倒還青翠。

正是入夜時分，玉雪苑的正房中燈火通明。

簡妍帶了白薇、四月、聽桐、聽楓和一干小丫鬟，以及幾個粗壯有力的僕婦徑直來了玉雪苑。

小丫鬟開門之後，有僕婦上前推開那小丫鬟，躬身請簡妍入內。

簡妍抬腳走了進去，而後沈聲吩咐。「將院門關起來，不准放一個人出去。若有人硬闖，儘管亂棍打死。」

立時便有一名僕婦上前關門，落下門閂，然後手中拿了一根長長的棍子，面目凶狠地守在門邊。

這樣大的陣仗一擺出來，玉雪苑的小丫鬟不曉得發生了什麼事，只被唬得心中一跳，忙忙就去稟報李念蘭。

李念蘭此時卻已寬衣卸妝，準備歇息了，聞言也來不及穿衣，僅著了一身桃紅色的裡衣從臥房裡衝出來。

這時，四月已經打起了明間的梅花軟簾，請簡妍進去。

簡妍略略垂頭，矮身進了明間。

李念蘭此時就站在碧紗櫥邊，見著簡妍，她滿面怒火，大聲質問：「妳這是要做什麼？明火執仗的，要殺人不成？」

簡妍卻不理會她，揮手示意一旁的僕婦上前，立即有兩名僕婦一左一右地按住了李念蘭的肩膀，將她拉至一旁，讓了碧紗櫥上的門出來。

簡妍抬腳走進李念蘭的臥房，在臨窗的木炕上坐了，白薇、四月、聽桐和聽楓站在她的身旁，兩名僕婦也按著李念蘭進了臥房。

臥房裡明亮亮的燈火，只照得李念蘭身上那桃紅色領口袖口金銀線刺繡合歡花紋的裡衣越發扎眼了。

簡妍皺了皺眉，面無表情地說：「嫡母熱孝期間，妳身為庶女，不思哀思，反倒穿了這樣顏色嬌豔的衣服，成個什麼樣子？」隨即便沉了臉下來，喝道：「給我把她這身裡衣扒了！」

兩旁僕婦領命，不顧李念蘭的掙扎和怒罵之聲，徑直將她的裡衣給扒下來，於是裡面便只剩一件肚兜和一條褻褲。

雖然已是仲夏，但這幾日雨水纏綿，入夜之後還是有幾分冷意，李念蘭現下全身只著了這薄薄兩件，且全身大部分的肌膚還露在外面，豈有個不冷的？何況當著這樣多丫鬟和僕婦的面，羞也羞死了。

她一張臉氣成了豬肝色，大聲怒罵道：「簡妍，妳竟然敢這樣對我？我即刻就要去告訴爹爹，讓他好好整治整治妳！」

簡妍聞言嗤笑。「妳是打算穿著肚兜和褻褲去找父親？一路上這樣多的丫鬟和僕婦，前院還有小廝和侍衛，妳是不是想明日滿京城都流傳著，鄭國公府家的二姑娘昨兒個晚上一時興起裸奔了一把啊？若妳不介意這消息傳遍京城的話，大可去找父親，我絕不攔著。」

李念蘭沒料到簡妍竟然連這樣的話都可以說得出來，脹紅著一張臉，怒道：「到底是商女出身，竟然口無遮攔，這樣的話都可以說！我若是妳，當真是羞也羞死了。」

「我有什麼好羞的？」簡妍望著她，閒閒地道：「又不是我穿了肚兜和褻褲被人圍觀，又或者說，妳覺得妳身上的肚兜和褻褲也是多餘的？那我立刻就可以讓人給妳扒了。」

李念蘭只被她氣得要死，喝命自己的丫鬟拿衣裙過來。但是自簡妍進了玉雪苑之後，這裡的十來個丫鬟早被簡妍帶來的人給制住了，這會兒任憑李念蘭如何喝叫，都沒有丫鬟過來。

李念蘭變了臉色。她倒不是害怕，便是到了現下，她滿心也只有氣憤。

「簡妍！」她大聲喝叫。「我也是國公府的姑娘，而且還是妳姊姊，妳竟敢帶人過來制住我的丫鬟，而且還這樣羞辱我！妳這是要做什麼？真是反了天了！妳就不怕我將這事告知爹爹？到時妳會有什麼下場知道嗎？」

「跟妳這樣智商的人說話就是費勁。」簡妍從炕上站起來，居高臨下地望著她，嗤笑著。「今日，我就免費教妳一句話。槍桿子裡出政權，明白嗎？實話告訴妳，如今這整個鄭國公府裡外都是我的人，便是父親，都已經被我架空了，我想讓他知道的消息他能知道，不想讓他知道的消息，他就一個字都不會知道。妳說妳要將這事告訴父親，妳覺得妳還有機會再見到父親嗎？」

李念蘭滿面的震驚和不可置信之色。簡妍怎麼能說出這樣的話來？怎麼敢做出這樣的事來？這樣的事不說她是想都沒有想過，就連聽都是沒有聽過。

她望了一眼屋內站著的丫鬟和僕婦，皆是簡妍帶過來的人，且瞧著還是唯她之命是從，而自己的丫鬟早就一個影兒都看不到了。若說先前還有些不相信，可是這會兒，她卻是相信了。整個玉雪苑，甚或說整個鄭國公府的下人，只怕真的都被簡妍給控制住了。

那豈非是說，而今她想在國公府裡如何就能如何了？

思及此，李念蘭終於後知後覺地害怕了。

她全身瑟瑟發抖著，一半因著身上有些冷，而另一大半，卻是因著害怕。此刻的她只覺得站在眼前的簡妍，眸光陰沈銳利得可怕。

「妳……」她身子一軟，跌坐到了地上，抬頭仰望著簡妍，顫著聲音問道：「妳想做什麼？」

簡妍蹲下身來，伸了右手，緊緊掐住她的下巴，隨即冷笑一聲，只說：「原本妳和妳娘的那些破事我是不想理會的，任憑妳們在國公府如何蹦躂，我只當妳們是跳梁小丑，直接無視便罷了，可妳們千不該萬不該算計我，間接逼死了我娘。妳們碰到了我的底線，我豈會再任由妳們母女幾個這樣錦衣玉食地過著？那可就打錯了主意。」

察覺到李念蘭眼中的恐懼之色，簡妍唇角微扯，露了一個森冷的笑意，緩緩道：「不過妳放心，我不會馬上就讓妳們死，死都是便宜了妳們。我要妳們活著，日日痛苦，生不如死地為我娘贖罪。」

說到這裡，她甩手起身，站了起來，慢慢走到李念蘭的梳妝桌前。

梳妝桌上擺著女孩兒一應所用之物，也有胭脂水粉、口脂頭油之類，還有三個花梨木黑漆螺鈿的梳妝盒。

簡妍伸手打開梳妝盒，裡面放著各樣的釵環珥釧。

她隨手拿了一支紅寶石滴珠鳳頭金累絲步搖出來。「這支步搖倒還做得精緻，難得的是上面的紅寶石顏色純粹，瞧著倒是不錯的。」

隨後她便轉身，拿了這支步搖在手上，笑盈盈問著李念蘭。「這支步搖可是妳的心愛之物？」

自然是李念蘭的心愛之物。想當初，她在珍寶齋裡瞧見這支步搖，可是心心念念了好久，最後又求了婉姨娘好些日子，婉姨娘才終於鬆口給她買來的。

但她還沒有來得及點頭、說話，就見簡妍招手叫白薇過來，抬手將這支步搖簪到她的頭上。

「妳戴著倒不錯，」簡妍笑咪咪地端詳又端詳，隨後笑道：「往後這支步搖就歸妳了。」

白薇曉得簡妍的性子，所以便是這支步搖再貴重，她也沒有推託，只是屈身行禮，道：「謝姑娘賞賜。」

隨後簡妍又轉身，伸手在首飾盒裡挑挑揀揀了一只赤金掛鈴鐺的手鐲出來，笑道：「這副手鐲倒還有趣。四月妳過來，給妳了。」

四月也沒有推辭，雙手接了，屈膝謝了簡妍的賞。

然後她又在首飾盒裡揀了一支赤金點翠的金雀釵和一支赤金的八寶翡翠菊釵，分別給了聽桐和聽楓。至於屋子裡其他的丫鬟婆子，或是赤金的葫蘆形金耳環，或是赤金的玉蘭花簪、丁香花簪，不到一會兒工夫，就空了一只首飾盒。

如果說先前李念蘭心中還對簡姸有幾分懼意，這會兒，這幾分懼意全都化為了滔天怒火。

「簡姸！」李念蘭大叫，想衝過來打她，但已被身邊一名僕婦眼明手快地拉住。「妳竟敢動我的首飾盒？這些都是我最愛的首飾，可妳竟然將它們賞給一群卑賤的下人，妳怎麼能這樣！」

「我怎麼不能這樣？」簡姸重又在臨窗炕上坐了下去，面上帶著笑意。「難不成妳還看不清現下的局勢？」

她微微往前傾身，笑道：「我為刀俎妳為魚肉啊，蠢貨。」

李念蘭一時竟然被簡姸氣得說不出一句話來，只是胸口劇烈起伏著。

「當日是妳說了那一番話，若沒有妳的那番話，我娘隨後也不會死；且我問過跟隨過信兒的人，這些年妳全然不將信兒當作自己的親弟弟，見他好性子，遇著他的時候就奚落嘲諷他。怎麼，打量信兒身後沒人？今日我就好好和妳一筆筆將這些帳全都算清楚了。」

她冷笑一聲，喝命道：「將她的衣櫃和衣箱全都打開了，拿了剪刀來，將她所有的衣裙全都給我剪碎！」

小丫鬟和僕婦答應一聲，隨即手腳麻利地打開衣櫃和衣箱，拿了剪刀開始剪李念蘭的衣裙。

李念蘭尖叫著，想衝過去阻攔，但有兩名僕婦緊緊拉住她。

她想轉頭不去看，簡妍便喝命著那兩名僕婦。「將她的頭給我扳過來，讓她親眼看著她所有喜愛的東西是如何被毀掉的。若是她閉眼，就給我用手撐開她的眼。」

明晃晃的燭光下，可見那些各色精美刺繡的衣裙被剪成了一條條的布條，剪著布帛綢緞的嗤啦聲是那樣的清晰。

李念蘭幾欲癲狂，卻只能不斷地尖叫哭泣。

她想衝過去撕打簡妍，可是兩名僕婦緊緊抓住她；她不想看、不想聽，可是那兩名僕婦一左一右地撐開她的眼皮。

到後來，她嘶叫哭泣得嗓子都啞了，唯有一聲聲地說：「簡妍，妳不是人，妳不是人！」

簡妍慢慢踱到她的面前，居高臨下地俯視如同一灘爛泥般癱軟在地上的李念蘭。

「妳們逼死我娘的時候，就該想到會有今日的後果。」簡妍冷笑著。「這般見著自己心愛珍惜之物毀滅在自己眼前是什麼感覺？」

然後她又提高了聲音，冷道：「可是，這些又怎及得上我看著我娘被妳們逼得吞金自盡那一刻的萬分之一？」

李念蘭的目光已有些渙散，只是掙扎著想站起來，口中不住地說：「我要去找爹爹……我要跟他說妳這樣欺辱我的事，我要讓他殺了妳……」

「妳再也見不到妳爹爹了。」簡妍嗤笑了一聲，隨即在李念蘭抬頭望著她的惡毒目光中慢慢說：「難道妳不曉得一件事？我已稟明過爹爹了，說是妳因為那日說了那一番話，間接逼死我娘，妳心中自覺愧疚，便想著要到郊外的水月庵裡苦修一段日子，為我娘祈福。爹爹自然是應了的。自然，等妳去了水月庵，我怎有讓妳再回這國公府的一日？」

「不、不！我不相信！」李念蘭瘋魔了一般地從地上爬起來，就要往門外衝，尖叫著喊道：「我要去找爹爹，我要親自去問一問他！」

但身後的僕婦按住了她。簡妍手一揮，便見聽桐端了一碗烏褐色的藥汁過來，湊到她的唇邊。

李念蘭驚恐地抬頭。「這是什麼？妳要給我喝什麼？」

「妳不用怕，」簡妍望著她驚恐的模樣，笑了，那笑容沒有半分暖意，瞧著還讓人後背竄了一層冷汗出來。「我是不會讓妳現下就死的，死了多沒意思啊。這只是一碗能讓妳往後再也不能開口說話的藥罷了，誰讓妳平日最是多嘴呢！」

啞藥！她竟然敢給她喝啞藥！

李念蘭掙扎著不喝，不停嘶吼。「我不喝！我不喝！我是鄭國公府的姑娘，我的父親是鄭國公，我的姊姊是寧王側妃，將來是要做貴妃的，簡妍妳竟然敢這樣對我，我一定會讓妳不得好死！」

簡妍不再理會她，輕輕揮了揮手，一名僕婦伸手掐住了李念蘭的下巴，迫使她張開嘴來，隨即聽桐一抬手，那碗藥汁便悉數灌到了李念蘭的喉嚨裡去。

李念蘭當即只覺得一股辛辣苦澀的藥汁順著喉嚨滑下去，她大聲咳著，想將這藥汁吐出來，又聽簡妍笑道：「妳便是吐出來也是沒用的，我這裡還有一大罐呢。」

李念蘭這會子是真的絕望，也是真的害怕了，她撲下去，爬到簡妍的身邊哀求著。「我錯了，我知道我錯了……求求妳饒了我吧！我們畢竟、畢竟是親姊妹啊……」

但簡妍神色漠然。「妳算個什麼東西？」她垂頭望著她，目光中滿是不屑。「也配和我做姊妹？」

李念蘭睜大了雙眼。

簡妍這時起身站起來，吩咐架住李念蘭的那兩名僕婦。「送她到郊外的水月庵去，然後好好地『照應照應』她。」

隨後，她無視李念蘭的哭喊謾罵，帶著一眾丫鬟出了玉雪苑的院門。

頭頂天幕幽暗，疏星淡月，偶有風過，捲起路邊銀杏樹的樹葉，沙沙輕響。

簡妍雙手攏在袖中，抬頭望著雅安居的方向。

那裡再無燈火，沈沈寂寂。

她的母親，現下正獨自一個人躺在黑漆漆冷冰冰的地下。那樣柔弱的一個人，會不會覺得冷？會不會覺得害怕？

簡妍眼眶發熱，鼻子發酸。

父母之仇，不共戴天，她是絕不會讓逼死母親的人好過的。

現下李念蘭解決掉了，下面輪到的就該是婉姨娘了。
她要讓婉姨娘的日子比李念蘭更難過。

第一百零五章 請君入甕

李念宜正在同婉姨娘訴苦。

「……近來王妃對我越發冷面冷語了，竟是連我和連哥兒的月例銀子都拖欠，還不是因她自己生不出兒子來的緣故。只是王府裡的人都是一雙勢利眼，做事只看銀子的，我和連哥兒若想過得好一些，竟要用銀子去打點那些下人呢！娘，妳可得幫幫我。」

李念宜也算是個爭氣的。雖然寧王有正妃，也有侍妾若干，她卻一舉就生了個庶長子，自然這庶長子就是她的底氣，但不消說，寧王妃是萬般看她不順眼，行事不是給臉子，就是在該得的分例上剋扣她。

她這番話的意思也很明顯，就是向婉姨娘要銀子。

李翼只有國公的爵位，沒有實權，一年的俸祿有限，且李念宜畢竟是個庶女，又只是寧王的側妃，所以當年她的嫁妝也有限，這些年倒是不時就回來找婉姨娘要錢。

若是往常，但凡她開口，婉姨娘定然會給的，只是現下……

婉姨娘為難地道：「妳也曉得，近來掌家權被那小蹄子牢牢握在了手裡，我竟是碰都碰不得一下，又哪裡有什麼進項？不過就是每個月的二兩月例銀子罷了，這個月的還沒有給呢。我遣了丫鬟去問，那小蹄子說是國公府的銀子都花在為她娘辦喪事上了，如今公中沒銀子，大家都節儉些過吧。這不，妳瞧，這些日子我吃的飯菜竟連個油星都瞧不見呢，淨是素的。」

李念宜聞言，皺了眉，只問：「娘為何不對爹爹說這事？定是那小蹄子藉著掌家的由頭故意剋扣您的用度呢！對爹爹訴訴苦，讓爹爹好好責罰她一頓，最好能將她掌家權收回來，重新交給妳才好。」

婉姨娘卻只是嘆氣。「上次因夫人的兩個娘家兄弟打罵了國公爺一頓，國公爺對我和蘭兒的態度就較以往冷淡不少，竟是不想見我們了。有兩次我倒是去了前院，求著要見妳爹爹一面，可是不曉得哪裡來的一個冷面侍衛，只說國公爺病著，大夫說要靜養，誰都不見。我待要硬闖，可他竟寒著臉直接拔刀出來，我也只得回來了。」

李念宜聞言，眉頭一時皺得越發緊了。

因為方才她想去見李翼，也是被一個冷面侍衛阻攔，給的理由也是國公爺病著，大夫說要靜養，誰都不見。

但她手頭終究是缺銀子，所以停頓片刻，又道：「娘，妳手頭應當還是有銀子的吧？那些年妳掌家的時候，拿了下人的月例銀子出去放高利貸，哪個月沒有個幾百兩銀子的進項？且還有個田莊和兩個鋪子，每個月也應當有進項吧？能不能現下給我一筆銀子？等往後寧王繼承皇位，我做了貴妃，這些銀子我自然會百倍千倍地還給您的。」

她不提這事還好，一提這事，婉姨娘也開始訴苦了。

「妳那個不成器的弟弟，去年我求著妳父親，好不容易才給他在五城兵馬司謀了個職位，指望著他能上進，可是誰曉得到底是個爛泥扶不上牆的性子。前幾日，他灌多了黃湯，又在幾個狐朋狗友的攛掇下，見街上有個美貌村姑在賣菜，竟上前去調戲人家。誰曉得那村姑竟是個性子烈的，當場就撞牆死了；村姑的家人鬧上公堂，妳弟弟進了牢獄，說要他償命。這事我也不敢對妳爹爹說，妳爹爹那個火爆性子，若曉得了這事，只怕要直接打死妳弟弟了。說不得，我也只能拿了身邊這些年攢的所有銀子，託人去衙門裡上下打點，盼著能救妳弟弟一命。只是偏偏衙門收了銀子還是不放人，我這也是急得和什麼似的，方才見妳來，正要同妳說一說這事呢！妳回去同寧王說一說吧，讓他出面說幾句好話，總歸是要放了妳弟弟出來的。」

李念宜當下便應下了，只說回去便立時對寧王說，讓婉姨娘放心。

但婉姨娘如何放心？自簡妍掌家以來，她是處處被掣肘，哪裡還有以往風光的模樣？

李念宜此時還是在想著銀子的事。

沒有銀子可怎麼成呢？她在王府裡終究是要過日子的，可是王妃又剋扣她和連哥兒的用度，而娘親這裡所有的銀錢為了救弟弟，都花了出去……

她想一想，忽然傾身過去，低聲問：「夫人住的院落裡，現下有多少丫鬟守著？」

婉姨娘不曉得她為何會問這事，但還是答道：「夫人沒了之後，前些日子那小蹄子倒是將雅安居裡所有伺候夫人的丫鬟都放出了府，只留了魏嬤嬤。魏嬤嬤那日受了刺激，身子不好，整日臥在床上，已教那小蹄子讓人搬到她的辛夷館裡照看著，所以雅安居那裡，現下只怕只有幾個灑掃的小丫鬟吧？估計日常是不大會去的，畢竟夫人也不是好死的，誰心裡不怕呢？」

李念宜又想了片刻，問：「那雅安居裡放置的那些東西，現下可還在？」

婉姨娘聞言，望了她一眼。

她約莫是曉得李念宜的意思了，於是聲音也低了下去。「前幾日，我身旁有個小丫鬟去雅安居找她一個灑掃的小姊妹，回來的時候聽她說，夫人放置在兩邊耳房裡的嫁妝一早就讓那小蹄子搬到了辛夷館裡，可屋子裡的那些古董花瓶、玉石盆景卻是還在的。」頓了頓，她終究還是沒有忍住，問：「妳是想……」

李念宜點點頭。

「夫人是侯門之女，她屋子擺放的那些東西其實也是她的嫁妝，哪件不值個百兩銀子以上？若能拿了幾件出來賣的話……」

後面的話雖然沒有說出來，但婉姨娘卻是明白的。

若能拿了夫人屋子裡的那些東西到外面去賣，或是拿到當鋪裡去當，她們娘兒兩個手頭就不再拮据了。

婉姨娘也有些心動，但總歸還是有些發怵的，遲疑地說：「可若教人發現了……」

「怕什麼？撐死膽大的，餓死膽小的。姨娘方才也說了，夫人院子裡如今沒有什麼丫鬟在的，不過是幾個小丫鬟日常灑掃罷了，還能一整日都在裡面不成？且我料想著，那小蹄子將夫人的嫁妝都拿走了，這些擺放的東西反倒沒有拿，定然是因她以為這些東西古樸得很，不值錢呢。到底是養在商戶人家，眼皮子淺，哪裡懂什麼才是好的？旁的不說，光夫人屋子裡掛的那幾幅字畫可都是名家手筆，多少銀子都換不來的。再說，咱們偷偷去拿，便是有人瞧見了，咱們只說心中想念夫人，雖說她人不在了，可咱們還是想到她生前住的院子來瞧一瞧，誰會想到其他上面去呢？便是往後發現夫人的屋子裡少了什麼東西，那會兒咱們早就將東西都換成銀子了，便是她們再嚷嚷、再查，也是查不到咱們身上來的。」

婉姨娘聞言，雙手緊緊揪在了一起。她還是有些不敢。

李念宜這時卻催促道：「姨娘想好了沒有？趁著這會兒正是午後歇息的時候，咱們神不知鬼不覺地去了雅安居，豈不是好？」

「不然就讓小丫鬟去拿幾件過來？」婉姨娘支支吾吾說著。「咱們自己去，總歸是不大好的吧？」

「小丫鬟們懂什麼？她們哪裡曉得哪個值錢、哪個不值錢？咱們兩個去就好了。等拿了東西，我就直接帶出去，路上就找個當鋪把這些給處理了。等拿到銀子，我再遣丫鬟給妳送過來，豈不是神不知鬼不覺？」

婉姨娘聞言，雙手一時揪得越發緊了。但是片刻之後，她便下定了決心，眸光堅定。

「好，那咱們現下就去。」

李敬那事，後面指不定還要花銀子呢！她手頭沒有銀子怎麼成呢？所以這樣的事，竟是不得不去做了。

已是仲夏，雅安居前面的兩排銀杏樹正是葉片青翠的時候，風吹過，嘩啦啦的一片輕響聲掠過。

雅安居的院門照例是緊閉著，不過以往想進去的時候得先叩門，小丫鬟出來查看是誰，然後通報進去，聽著聶青娘的意思才決定要不要讓人進去？

但是現下，李念宜不過伸手輕輕一推，只聽得「吱呀」一聲輕響，兩扇朱漆的院門就被推開了。

婉姨娘害怕，站得遠遠的，還顫著聲音問：「怎、怎麼這院門一推就、就推開了？」

李念宜回頭望了她一眼，有些不耐煩地說：「怕什麼？許是那些灑掃的小丫鬟偷懶，臨走時沒有鎖門罷了。再者，這是國公府，我們到夫人的院子來又怎麼了？便是有人瞧見了也是不怕，咱們有的是話說呢！妳且大大方方隨著我進去就是，何必畏畏縮縮地站在那裡不動？」

只是她雖然口中這樣說，心中到底也是有些怕，扶著寶瓶胳膊的手心裡全是濕潤一片。

但她還是在心中給自己壯了壯膽氣，轉頭對寶瓶說：「走。」

待走進去，才發現這雅安居裡空無一人。

雖然如此，各處依然灑掃得乾乾淨淨，便是地上連落葉也看不到一片。

李念宜一路疾行到正房，然後快速地在那五間正房和兩旁的兩間耳房看了一遍。

如婉姨娘所說，耳房裡放置的東西確實早被搬空，但正房還是和聶青娘在時一樣，擺放的東西一件都沒動。

李念宜心中有些不屑。到底是自小養在商戶人家，眼中只看得到金銀，哪裡曉得這些字畫和古董才是真的值錢呢！

她一面想著，一面命寶瓶和幾個小丫鬟去摘牆上的字畫，自己則挑揀著十錦槅子上一應之物，專挑了值錢的東西要帶走。

相比她這會兒的淡定從容，婉姨娘則是覺得心中恐懼。

雅安居裡的一應陳設都沒有變，彷彿聶青娘生前一般，紫檀木大理石圍子的羅漢床、秋香色的蟒緞大迎枕，兩側高几上還擺放著兩盆月季花，葉子翠綠，花的顏色則是聶青娘素來最愛的粉白色，正開得簇擁。

似是錯覺一般，婉姨娘覺得聶青娘彷彿還在這屋子裡。

她用吞金自盡這樣慘烈的方式來保護自己的女兒，說起來，當初就是自己和李念宜想了那個法子出來要除掉簡妍的……

適逢一陣風起，沿著敞開的兩扇格扇門吹進來，屋裡淡青色的幔帳被吹得飄不住。

婉姨娘嚇得猛然伸手抓住了身邊柳嫂的胳膊，怕得全身顫如顛篩。

她站在門口，縱然正午的日光照在身上，還是覺得手腳一片冰涼。

「妳、妳好了沒有？」她問著李念宜，聲音自然是發顫的。「我總覺得這裡陰森森的，實在瘮人，咱們還是快些離開這裡吧。」

李念宜先前進來時也是怕的，可是這會兒瞧著屋子裡擺放的名人字畫、古董花瓶、玉石盆景之類，卻是不曉得怕了。

她現下滿心滿眼的只有銀子，所以聽婉姨娘這樣說也沒有理會，依然指使丫鬟拿屋子裡的東西，又打開櫃子、箱子看看，見有什麼好的也都揀起來。

到最後，婉姨娘又催促了她好幾次，她才將挑揀出來的東西放好，打了兩個大大的包裹，命跟隨自己的丫鬟拿了，和婉姨娘一塊兒出去。

她們進來後，自然將院門關起來，她還特地留了一個小丫鬟在外面把風，只說若是有人過來，就讓她立時來通報。

可是這會兒，當她拉開院門瞬間，卻見到留在外面的小丫鬟被兩個粗壯的僕婦按著站在一旁，口中被塞了一團布，一直不停地嗚嗚咽咽，望見她時更是又搖頭又流淚的。

而她旁側站了一個少女，紫襦白裙，背影纖細輕盈。聽得開門聲，原本背對著她們望著銀杏樹的少女慢慢轉過身來。

容顏清麗秀雅，不是簡妍還會是誰？

簡妍原就和聶青娘生得有七、八分像，婉姨娘又是個心裡有鬼的，所以這會兒猛然看到轉過身來的簡妍，嚇得她「啊」一聲低叫，蹬蹬往後退了兩步，沒提防後面是門檻，將她絆了一跤，一屁股坐在地上，甚為狼狽。

柳嫂忙過去扶她起來。

簡妍似笑非笑的日光在她的面上繞了一圈，隨即便移到李念宜身上。

待看到李念宜丫鬟手中拎著的兩個大大的包裹，簡妍唇角微牽，露了個極淡的笑容。

第一百零六章　下作之事

簡妍坐在雅安居明間的羅漢床上，聽桐和聽楓正打開那兩個包裹，一件件將裡面的東西拿出來給簡妍過目。

「顏真卿的字、鄭憶翁的墨蘭圖、汝窯的瓷器、翡翠插屏……長姊，妳的目光倒是很好呢！」

簡妍抬眼，面上帶著笑意，對李念宜調侃了一句。

李念宜也是個聰明的。方才打開院門要出去時，卻見簡妍在外面，且捉了自己的小丫鬟，又用布條堵住她的嘴，想來就是不想讓那小丫鬟發出聲音給自己報信。再想到先前過來的時候，院門一推就開，院子、屋子各處都是那樣乾淨，顯然是有人經常打掃，可裡面卻沒有一個人。

「妳竟敢設了圈套來害我！」

李念宜面上變了色，一雙柳眉倒豎，雙手扶著椅子站起來，伸手指著簡妍怒道。

簡妍聞言，纖細的眉峰微挑，笑道：「長姊這話可就說差了。什麼叫我設了圈套來害妳？我母親的東西好端端地放在這屋子裡，我又沒有叫長姊妳來偷盜，這可是妳自己起了這樣下作的心思，倒被我當場抓了個正著。」

說到這裡，她放在炕桌上的右手輕輕敲著桌面，目光望著旁側那些從包裹裡掏出來的東西，面帶難色地說：「讓我來估算長姊從我母親房裡偷的這些東西一共值多少銀子？這翡翠屏風，還有玉石盆景、古董花瓶是有價的，可這些名人字畫卻是無價的。一萬兩？兩萬兩？若是送到衙門裡去，不曉得夠不夠判絞刑？還是只是杖打一百，流放三千里，終生服役呢？」

她一番話說下來，李念宜面上的血色瞬間褪了個一乾二淨。婉姨娘更不消說，若不是柳嫂在旁側扶著，整個身子早就從椅中滑到地上了。她不曉得偷盜竟會判這樣重的罪。

李念宜此時卻是色厲內荏地說：「妳少在這裡危言聳聽，更別想往我和姨娘身上潑什麼髒水。什麼偷盜？不過是先前我和我姨娘在一塊兒聊到了夫人，心中很是想念，便想著要來夫人生前住的這裡瞧一瞧，也是祭奠夫人的意思，哪裡有什麼偷盜的事了？」

「喔？」簡妍聞言便微揚下巴，示意李念宜看向桌上的東西，不緊不慢地說：「那這些東西該作何解釋呢？難不成長姊心中因著思念我母親，臨走時倒還要從這裡帶些東西回去，睹物思人不成？若只是一件、兩件也罷了，這樣滿滿的兩大包裹又該如何解釋呢？趙管家，你說是不是這個理？」

趙管家年逾五十，但腰板筆直，依然一頭烏髮，目光炯炯。

先時李翼還是寧遠伯時，趙管家就在李翼身邊伺候，可說是資格極老的老人，極得李翼的信任。

簡妍也是想著，僅有自己見著李念宜和婉姨娘的事，便是說出去也是無人肯信的，所以得知這兩人鬼鬼祟祟地進了雅安居後，便立時讓聽桐去請趙管家過來，在雅安居門外守著，也是請他來做個見證的意思。

當下，趙管家便點點頭，回說：「是這個理不錯。」

婉姨娘掌家的這十幾年來，待下人是極其嚴苛，不說每個月的月例銀子總要拖欠，又經常因一些小事就扣銀子。按照趙管家老伴的話來說，婉姨娘這個人壓根兒就是掉進了錢眼裡，稍微尋了個什麼由頭就扣下人的月例，扣下來的銀子去了哪裡？還不都是她自己昧下了。

這倒也罷了。趙管家的女兒也在國公府當差，有一日回來找他哭訴，只說她摘了幾枝花園裡的臘梅要去給夫人裝瓶，被婉姨娘瞧見了，竟罰她在雪地裡跪了半個時辰。

花園裡的這些花花草草，哪怕就是一根枯枝，婉姨娘都是愛惜得緊，不肯讓人輕易地折了去。

臘梅不是也可以拿出去賣錢的？自會有那等家中無臘梅的人家買回去插瓶，趙管家的女兒摘了幾枝臘梅，那就相當於從她荷包裡掏了幾枚銅板，婉姨娘自然是要罰她。

所以趙管家心中對婉姨娘積怨已久，現下又是這樣一目了然的情況，自然站在簡妍這邊。

李念宜聽趙管家這樣說，伸手指著他的鼻子喝叫。「你嘴中胡說些什麼？什麼叫是這個理不錯？這國公府是我家，便是我真的拿了這些東西，那也算不得是偷盜。」

「嫁出去的女兒潑出去的水，長姊可別忘了，現下妳的姓氏前面可是加了個趙字；且方才妳在我母親屋子裡偷盜的這些東西，也算不得是鄭國公府裡的。這都是我母親的嫁妝，嫁妝單子上可都列得清清楚楚，要不要我拿了單子出來給妳看看？」

李念宜還想狡辯，簡妍已轉頭對趙管家道：「趙管家，煩勞你親自去父親那裡跑一趟，將長姊和婉姨娘這事告知父親，問問他這事該如何處置？」

趙管家答應著去了。

李念宜卻是站得筆直，一臉傲氣地說：「便是妳將此事告知父親又如何？父親素來最是疼我，定然不會說我什麼的，更不會責罰我。」

簡妍望了她一眼。

她自然曉得李翼就算曉得了這事，也不會對李念宜如何，他還指望李念宜做了貴妃娘娘，然後提攜整個鄭國公府的前程呢！

不過沒有關係，讓趙管家去對李翼說了此事，不過是讓李翼在心中對李念宜和婉姨娘失望罷了。自己如此看重的長女，如此溫順柔和的姨娘，原來竟會做出這樣下作的事，想必他心裡肯定很不好受吧？

她就是想讓他心裡不好受，而且越來越不好受。

等著趙管家回來的間隙裡，簡妍讓聽桐拿了紙墨筆硯過來，白薇在一旁拿了墨錠開始研墨。她研墨向來是好的，這些年，每當簡妍要寫些什麼，總是她來研墨。

先時簡妍撮合她和周林，將她嫁出去時，是沒有想過白薇還會這樣站在她身旁，但現下徐仲宣不放心她，總希望她身旁有幾個可信任的心腹之人，便又想法子將白薇送到了她身邊。

簡妍抬頭望著白薇，對她抿唇淺笑，但轉頭望著李念宜的時候，唇角的笑意卻是沒有了。

「長姊，說起來妳在寧王府裡好歹也是待了幾年的，怎麼一些規矩都沒有學會？」

李念宜不曉得她怎麼忽然說了這番話，就聽簡妍又淡淡道：「妳一個寧王的侍妾見著了鄉君，難道不該行跪拜禮，反倒一直這樣坐著？」

李念宜面上的神色便又有些變了。

她忘了簡妍是皇上親口封的樂安鄉君，只是素日簡妍也很少拿這個身分出來說事，目下卻莫名提起來。按理說，自己是應當對她行跪拜禮的，但自己原就是她的長姊……

李念宜坐在椅中沒有動彈。

簡妍輕笑。「怎麼，難不成跪拜禮妳不曉得該怎麼行？要不要我讓人教教妳？」

李念宜緊緊咬牙，面色越發不好看，但依然坐在椅中。

簡妍此時已鋪了雪白的宣紙在面前，又拿了湖筆在硯臺裡蘸著墨。

待筆尖蘸飽了墨汁，她一面垂頭提筆在紙上寫字，一面神色淡淡地說：「聽桐，既然長姊不曉得該如何對我這個鄉君行跪拜禮，妳就讓旁邊的僕婦幫幫她。想必這事她就是鬧騰到父親或是寧王，哪怕就是皇上的面前，那都是她失儀，怪不到我分毫的。」

聽桐領了命，而後帶著兩個粗壯的僕婦走到李念宜的面前，問著：「宜夫人是要自己向鄉君行跪拜禮，還是要奴婢們幫您一把？」

李念宜壓根兒沒想到簡妍竟然敢用強，當下她便破口大罵。「妳算是個什麼東西，竟然要我對妳下跪？我可是寧王的人！」

簡妍轉頭看她，語氣淡淡。「我是個什麼東西，配不配讓妳下跪，這話妳完全可以去問問妳的寧王殿下，又或者去金鑾殿上問問皇上。不過想必就妳這樣一個寧王的侍妾，身分低微，皇上也是不會見妳的吧？」

說罷，便對聽桐使了個眼色。聽桐會意，立即便讓那兩名僕婦一左一右地將李念宜從椅中拉起來，將她強按著跪在地上。

李念宜口中自然是罵個不停的。

簡妍便笑道：「妳說妳偷盜嫡母之物，被我抓了個現行，然後對皇上親口所封的鄉君這樣出言無狀，可不是找死？怎麼，打量妳是寧王的侍妾，我就不敢責罰妳？那妳可真是想錯了。」

她對那兩名僕婦吩咐。「拿了板子過來，宜夫人再敢罵一句，妳們就打一下。不要怕，只管狠狠地打，有任何事，本鄉君擔著。」

簡妍原本是想讓那兩僕婦對李念宜掌嘴，但轉念一想，打在臉上太容易教人看出來，怕會給自己惹了不必要的麻煩，倒不如打屁股來得穩妥些。李念宜總不能對著人就脫褲子露屁股，說簡妍讓人打了她吧？

僕婦應了，當下便狠狠一板子朝李念宜的屁股打了下去。

婉姨娘低聲尖叫著，整個身子都從椅中滑下來。

她倒是不用僕婦來教了，直接跪了下去，出聲哀求。「三姑娘，今日是我們的不是，您就大人有大量，饒了我們吧！」

簡妍卻神色冷漠地望著她。「妳不過是個低賤的姨娘罷了，在本鄉君面前竟然敢自稱我？」

婉姨娘怔住了。這一刻，她覺得簡妍的目光森冷，一如聶青娘死的那日，簡妍轉頭望她的那一眼。

真的是一點溫度都沒有，如數九寒冬屋簷下掛著的冰一般，又冷厲又尖銳。

婉姨娘曉得，簡妍是恨毒了她們。當日原就是她們母女商議要讓簡妍代替文安縣主遠嫁西北，可以說是她們逼死了聶青娘。

而目下，她是為聶青娘復仇來了。

只是婉姨娘沒有想到，簡妍這樣一個尚未及笄的小姑娘，辦起事來竟然如此陰狠毒辣。

更重要的是，簡妍是太有主意的人了，婉姨娘如今就有一種簡妍早已布置好了一切的感覺，她們是一個都逃不掉了。

今日的事，細細想來，不就是她精心設下的套子？

便是李敬的事，只怕都是她在其中動了手腳，不然何至於自己拿了鄭國公的名頭出去，又拿了畢生積攢的銀錢，李敬依然沒有放出來？

而簡妍想必就是要將她身上的銀子榨乾，迫得她走投無路，最後只能來雅安居裡偷盜夫人留下來的東西。

夫人耳房裡的那些東西都被簡妍移走了，何至於這屋子裡的擺件卻是一樣沒拿，照樣放在原處？若說她不懂得這些擺件的價值，方才她可是一樣一樣將名稱都清楚說了出來，她分明就是將夫人屋子裡的東西當作誘餌，讓她們自投羅網來了。

想通了這一層，婉姨娘只覺得心中升騰起一股巨大的懼意。

再想到昨日和今日都沒有見到李念蘭，原本她還以為李念蘭是懶得過來自己這裡罷了，現下想想，卻陡然覺得心中發慌，手腳發顫。

「蘭兒……」她抬頭望著簡妍，目光發緊。「妳是不是、是不是對蘭兒做了什麼？」

簡妍抬眼望了她一下，沒有說話。

關於李念蘭的事，她自然是封鎖消息，沒有走漏一個字出去。

她要逐個兒擊破，於是這會兒，她只是露了個嘲諷的笑容，說：「婉姨娘而今還是擔心自己比較好。」

婉姨娘被她這笑容晃得心裡一陣陣地發慌，後背也是往外冒冷汗。

而她身側的李念宜此刻終於沒敢再出聲罵什麼了。

但凡她罵一句出來，那兩名僕婦便真的下手打一板子。

這兩名僕婦素來是做粗活的，手腳重，這樣一板子打下來，過慣了錦衣玉食的李念宜如何會受得住？也唯有緊緊咬著牙，目光狠毒地望著簡妍罷了。

簡妍卻直接無視她的目光，轉過頭去繼續寫信。

等到趙管家回來，簡妍的信也寫好了。

她雙手將寫滿簪花小楷的宣紙拿起來，輕輕在紙面上吹了吹，等上面的墨跡都乾了，才摺疊起來，塞到四月遞來的信封裡。

趙管家這時已在她面前站定，垂手恭敬地說：「老奴問過國公爺的意思了，國公爺說是家醜不可外揚，還是暫且先讓宜夫人回去，讓她以後不要再做出這樣的事就是了。至於婉姨娘，就讓她在自己的桐香院待著，好好地反省反省，不得輕易出院子來。」

李翼對李念宜和婉姨娘的包庇之意真是一點都不掩飾。

不過這原就在簡妍的料想之中。現下李念宜可是李翼全部的指望呢，而婉姨娘是李念宜的生母，李翼自然也不會對她如何。

於是她笑著點點頭，對趙管家道：「父親的意思我已經明白了，還煩勞趙管家去對父親說一聲，讓他放心，我會按著他的意思來辦的。」

趙管家答應著，轉身退了出去。

這時，李念宜已從地上掙扎著爬起來，面上是掩飾不住的得意之色。

「我早說過父親素來最是疼愛我，必不會對我如何。方才妳打我的這幾板子，我可是牢牢記在心裡，來日必然百倍千倍地奉還給妳。」

簡妍唇角微牽，露了個冰涼的笑意。「如此，那我就在這裡等著。」

話落，她拿著方才寫好的那封信，從羅漢床上站起來，不疾不徐地走到李念宜的面前，面上笑意淺淡。「父親是不會對妳如何的，但是自然會有其他人對妳如何。」

她晃了晃手裡那封書信，李念宜眼尖地看到了信封上寫著「寧王妃親啟」幾個字。

李念宜瞬間面色大變，立時便撲過來要奪她手中的書信。

但簡妍極快地側身躲到了一旁，李念宜再想撲過去，旁側一個僕婦已伸手牢牢地按住了她。

簡妍抿唇而笑。「寧王妃一直都看長姊不順眼吧？她正愁沒有個由頭來發落妳呢。不過現下可好了，我倒送了她這樣好的一個由頭。寧王的侍妾跑回娘家偷盜嫡母的東西來了，此事若張揚出去，整個寧王府的臉面還要不要了？寧王妃知道了這件事，必然會勃然大怒的。所以長姊此番回去寧王府，待寧王妃看過了我這封書信，只怕立刻就會將妳好一頓責罰，然後下令把妳圈禁起來，再也不許妳踏出自己的院門一步呢。」

說到這裡，她又慢慢走近，湊到李念宜的耳旁低低笑道：「還記得先時我對妳說的那句話嗎？只怕過不了多長時間，妳的下場也只有死，或者是被流放，然後被終生圈禁。所以貴妃娘娘這樣的美夢，往後是不用再作了。」

李念宜的瞳孔劇烈收縮。

簡妍的言下之意，就是寧王肯定會倒臺。

自來相爭皇位的皇子之間，輸了的那一方必然是沒有什麼好下場，連帶著家眷也是。

「妳如何敢這樣篤定？」李念宜從最開始的驚恐中回過神來，咬牙道：「妳以為妳是誰？這樣的事妳如何會知曉最後的結局？」

簡妍卻是笑而不答。

笑而不答才讓人心中更為恐慌。

然後她望向白薇，將手中的信遞過去。「到前院找齊暉，讓他帶人親自將李念宜送回寧王府去；至於這封信，白薇，妳要親自交到寧王妃的手中。」

白薇領了命，雙手接過簡妍手中的書信，喝命著兩名僕婦按著李念宜跟她走。

李念宜一路破口大罵，簡妍卻恍若未聞。

婉姨娘早就被唬得滿面淚痕，這會兒更是手足並用地爬到簡妍的面前，伸手抓她的腿，哭求著。「都是奴婢的錯！只求三姑娘饒了我的幾個兒女，奴婢願意承擔三姑娘所有的責罰啊……」

倒是好一位全心全意為自己兒女著想的母親。

簡妍狠狠一腳踢開了婉姨娘。

李念宜畢竟是寧王府的人，她是不能對她如何，也就唯有藉著寧王妃的手懲治李念宜罷了。可是婉姨娘……

簡妍居高臨下地望著被她一腳踢得半躺在地上的婉姨娘，聲音發寒。「婉姨娘，現下該好好來算一算我們之間的帳了。」

第一百零七章　罪有應得

簡妍並沒有一開始就對婉姨娘如何。

她命兩名僕婦用布團堵了婉姨娘的嘴，架著她回到了桐香院之後，將她直接關進屋內，不讓她出來。

然後，簡妍讓聽楓搬了把圈椅到廊簷下，她在椅中坐了，而後命桐香院裡所有的丫鬟僕婦全都出來。

婉姨娘雖然只是個姨娘，但因為長女做了寧王的側妃，自己又是掌了國公府十來年的家，所以這桐香院中竟有二十來個僕婦，陣仗可是不小。

打頭跪著的是柳嫂。

簡妍一早就讓人查探過，曉得柳嫂是婉姨娘在寧遠伯府時就在身邊伺候的，跟著婉姨娘的時日長不說，素來便是她的心腹，為人心思又靈活，婉姨娘做的好多事都是她出的主意。

所以簡妍早就鋪排了一切，等這個柳嫂好好地吐口。

仲夏的日光毒辣得緊，照在人身上倒像要曬掉一層皮似的。

簡妍也不說話，只是在廊簷下坐著，身旁站著四月、聽桐、聽楓以及幾名僕婦。

這幾名僕婦生得粗壯不說，手中都是拿著四指來寬的板子，瞧著就令人心中發怵。這些日子，眾人已或多或少聽過嬌滴滴的三姑娘做的事，有那等膽小的丫鬟，這會兒已嚇得渾身發抖。

約莫是覺得讓她們跪得差不多了，下馬威也給足了，簡妍站起身來。

她手中捏了一方淡青色的紗絹，緩緩地來回走了一趟，而後看著庭院中跪著的二十來個丫鬟僕婦，不緊不慢地道：「這些日子想必妳們也聽說了，我這個人呢，審問人的時候不喜歡廢話，也不喜歡玩什麼陰損的，就喜歡直接上板子。若上了板子還不說的，那就一直打下去，直至打得渾身都再沒一塊好皮了，吊著一口氣才罷。自然，若有那等痛快的，我問什麼就答什麼，我非但不會為難她，反倒還會有賞。」

說到這裡，她揮揮手，那幾個手中拿著板子的僕婦便上前兩步站定了。

簡妍又用眼神示意四月，四月便命著兩名小丫鬟，自身後的明間裡抬了張花梨木的八仙桌出來，然後又頗為吃力地拎了腳邊一個布口袋起來，將裡面的東西全數倒在桌上。

但聽得叮叮噹噹一陣脆響，眾人只覺眼前一亮。

只見從那袋裡倒出來的，竟然全都是白花花的銀子，嘩啦啦滾了一桌面。還有幾錠銀子從桌面滾到了地上，隨即一路滾到庭院中，映著正午的日頭，那幾錠銀子顯得越發明晃晃了，幾欲閃瞎人的雙眼。

簡妍已慢騰騰地在椅中坐下，倚在椅背上，慢條斯理地問道：「是要板子，還是銀子，妳們自己選吧。」

左邊站著幾個凶神惡煞一般，手中拿著板子的粗壯僕婦，右邊的桌上卻堆著亮錚錚的銀子。跪在庭院中的丫鬟妳望著我、我望著妳一會兒，便有丫鬟大膽開口，問道：「不曉得三姑娘要問奴婢們什麼話？奴婢們定然會老老實實作答的。」

簡妍微微一笑。

「倒也沒什麼。妳們都是伺候婉姨娘的人，那婉姨娘的事，想必妳們多少都曉得一些。今日但凡妳們能說一件婉姨娘背地裡做過的錯事出來，便可以領一塊銀子；自然，說得多便領得多。只是一條，前面的人若已說過，後面的人若再說了同樣的一條，可就算不得數，是沒有銀子拿的。」

這意思豈非是越先說的人得到的銀子越多？

庭院中跪著的丫鬟先時心中還拿不定主意，不曉得到底該不該說？可是這會兒被那白花花的銀子一晃眼，只覺得有什麼不能說的呢？這些年婉姨娘對她們也不如何，行事打罵不說，還經常藉各種理由剋扣她們的月例。

而這些銀子，她們得要做個好幾年的工夫才能掙得到呢！

一時，一眾丫鬟倒都搶著上前說婉姨娘的錯事，幾欲打了起來。

簡妍也不著急，隨意先點了個丫鬟，讓她近前來說一說。

那丫鬟膝行向前，先對著簡妍磕了個頭，隨後便說婉姨娘掌家的這些年，是如何暗地裡剋扣她們這些丫鬟、僕婦月例的事，又說花園裡的一花一木，譬如那玫瑰花、臘梅花，等到花開之時，都會讓人拿出去賣；便是春日裡花園新出的竹筍，也同樣人挖了拿去賣。至於所得的銀錢，自然都落到婉姨娘的手裡，並沒有充入公中。

四月早讓人抬了一張條案放在廊簷下，又拿了紙墨筆硯放在案面上，這會兒聽那丫鬟說，她便一一將這些話記到紙上。

自她說要認字之後，簡妍就用心教導她，所以而今四月已識得許多字，也寫得一手簪花小楷。

待這丫鬟說完婉姨娘的兩件罪行後，簡妍便讓這丫鬟到四月那裡去。

這丫鬟不認字，簡妍便沒讓她簽名，只讓她按了個手印便罷。

隨即她讓聽楓拿了兩塊銀子給那丫鬟，同時笑著向她點頭，道：「說得好。這是妳應得的，好生拿著吧。」

那丫鬟喜不自勝，又跪下來對簡妍磕了個頭，捧著銀子滿面笑容地退了下去。

接下來，這些丫鬟爭先恐後地說著婉姨娘的罪行，最後便連婉姨娘身邊伺候的大丫鬟寶英等人也都鬆了口。

因而，簡妍曉得了婉姨娘這些年是如何拖欠下人的月例不發，拿出去放高利貸；怎地和國公府的一應採買之人私相勾結、低價高報，從中牟取利益；又怎麼插手國公府的田莊店鋪產業，昧了不少銀錢；以及如何以在外面給自己及兒女置辦了田莊和店鋪，甚至最後連那田莊和店鋪的位置，簡妍也都曉得了。

她聽完就笑了。

這個婉姨娘可真是掉進了錢眼裡去，連雁過都要拔幾根毛下來。

滿庭院裡跪著的丫鬟都或簽了自己的名字，或按了個手印，然後領了銀子退下。

於是，最後庭院裡跪的只餘柳嫂一個人。

畢竟是仲夏，又是正午，毒辣的日頭曬得柳嫂整個人都暈沈沈的，如剛從水裡被撈出來的一般，滿身都是汗水。

簡妍望著柳嫂，沒有作聲。

既然柳嫂跟隨婉姨娘的時間最長，又是婉姨娘的心腹，只怕婉姨娘有諸多秘辛之事不敢與外人道，柳嫂卻是知道的，且有許多只怕她也是參與其中。

這樣的人，無論是用板子還是用銀子，恐怕都是撬不開她的口。

她與婉姨娘早就是一榮俱榮、一損俱損的關係，拉了婉姨娘出來，她定然也逃脫不掉，所以唯有緊咬牙關不鬆口。

但是，方才丫鬟們說的那些罪行並沒有讓簡妍滿意。

壓根兒就沒有什麼拿出去能震撼李翼的東西，所以這柳嫂的口，她勢必是要撬開的。

「柳嫂，」簡妍想了想，慢慢開口問：「對婉姨娘的事，妳可有什麼話要說？」

「奴婢沒有什麼要說的。」縱然被這毒辣日頭曬得有點發暈，可柳嫂的脊背還是挺得筆直。

若不是知曉柳嫂與婉姨娘這些年來狼狽為奸，沆瀣一氣地做了那樣多的壞事，簡妍簡直要佩服她一片忠心護主的氣節了。

但可惜，現下的她是鐵石心腸，早就不曉得心生惻隱是什麼意思。她對別人心生惻隱了，當初她娘和弟弟被冷落這麼些年、她娘被逼自盡的時候，誰又曾對他們心生惻隱過？

所以她聞言，也沒有再問什麼，只是對聽楓使了個眼色。聽楓會意，對站在院門處的那個僕婦招了招手。很快，幾名僕婦便擁著一個年輕的婦人和一個少年過來了。

這兩人見著跪在庭院中的柳嫂，齊齊奔上前來，喚了一聲「娘」。

柳嫂一看到他們兩個，面上就變了顏色。這年輕的婦人和這少年是她的女兒和兒子。女兒已經出嫁，嫁的是鄭國公府田莊上的一個管事；兒子卻是生得孱弱，做不得重活，不過胡亂在鄭國公府裡找了個清閒的差事，應個名罷了。

人都是有弱點的。柳嫂為了怕自己供出婉姨娘所做的那些事之後，她也落不到什麼好下場，因許多事她也是參與其中，可是目下見了自己的女兒和兒子……

她轉頭望向簡妍，目光微閃。

簡妍這是要用她的女兒和兒子來脅迫自己啊——

簡妍倒是不懼她的目光，只是閒閒地把玩著腰帶上掛著的一枚比目魚玉珮，慢慢地對柳嫂說：「我知道妳兒子身子孱弱，做不得重活，但也曉得他自小就喜愛讀書，且肚子裡也有學問。只是再有學問又能如何呢？他是個奴籍，沒法參加科舉。」

柳嫂的目光黯了黯。

她這個兒子生下來就極為喜愛讀書，幼時又是李敬身邊的書僮，日日跟著李敬上學堂。那李敬是個浮躁的性子，讀不進書，兒子卻是一邊伺候李敬一邊聽著先生講課。他又聰明，一點就透，後來李敬的功課倒有許多都是他來代做。講課的先生一開始還不曉得，只誇李敬學得好，後來曉得是她兒子代做之後，便搖頭嘆息，說可惜是個奴才，不能參加科舉，不然倒是可以考取功名光宗耀祖。

她自然也希望兒子能夠考取功名光耀門楣，所以這些年也就越發用心幫婉姨娘做事，也是想著有朝一日能求了婉姨娘的恩典，能讓她兒子脫了奴籍，可以去參加科舉。只是婉姨娘畢竟也只是個姨娘而已，這些事她也是作不得主的。

想到這些，柳嫂的目光就越發黯了下去。

這時就聽簡妍的聲音說：「我可以讓妳的兒子和女兒都脫了奴籍，從此以後，他們的子孫後代便再也不是奴才。」

柳嫂心中大吃一驚，不由得抬頭望著簡妍。

簡妍一臉正色，道：「我是個對事不對人的性子。妳女兒、兒子我已遣人查探過，他們兩個都是赤純的人，並沒有做過一星半點的壞事，所以我自是不會對他們如何，還會給他們脫了奴籍，讓他們自由自在去做自己想做的事。不過柳嫂，妳的事我也知道不少，妳這些年裡幫著婉姨娘為虎作倀，做了不少傷害我娘和我弟弟的事，所以妳該有應得的懲罰，這個妳卻是逃脫不掉的。」

柳嫂原以為簡妍拉了她的女兒和兒子出來是要脅迫自己，當著她的面責打他們，可沒想到最後她竟然會主動提出要給女兒和兒子脫了奴籍。

但凡只要她的兒子脫了奴籍，那就能參加科舉了！若兒子能考取功名，那她子孫後代也會是當官的，就再也不用給別人為奴做婢，看別人的臉色過日子了啊。

柳嫂只覺得自己一顆心都開始沸騰了起來。

與這個相比，婉姨娘又算得了什麼呢？自己受些懲罰又算什麼呢？所以還有什麼好猶豫的？

柳嫂伏下身子，對簡妍磕了個頭。「奴婢一定將所有知道的事都說給姑娘您聽。」

而柳嫂接下來說出的那些事，確實讓簡妍震驚。

她沒有想到，自己當年出生時不幸被失落的事，婉姨娘竟然參與其中。

依柳嫂的說法，當年端王的殘部堵了寧遠伯府家眷前去京城的路，王府侍衛雖然眾多，但又怎敵得過那些在戰場上嗜血的人？很快便潰不成軍，唯有護著聶青娘等人往官道上跑。其時，聶青娘已早產生下了自己，交由乳娘抱了，而亂軍之中，乳娘抱著自己一路狂奔，眼見就要上了馬車。

只是那輛馬車上坐著的人不是聶青娘，而是婉姨娘。

婉姨娘見乳娘爬上車來，竟直接提腳就將乳娘踹了下去，隨後又吩咐趕車的車夫快走。那個車夫後來也是死於亂箭之中，所以這事除卻婉姨娘和柳嫂，竟沒有一個人曉得。

再有，一開始李信的性子也不是這般怯弱，只是婉姨娘一早就存了要除掉李信的心思，所以李信小時候，她便買通了服侍李信身旁的丫鬟僕婦，不但大晚上的扮鬼嚇他，又在夏天捉了劇毒的蛇放到他的屋裡去。李信受此驚嚇，大病了兩個月，雖然沒死，性子卻變得怯弱，虧得後來聶青娘將李信移入雅安居，不然李信遲早要遭了婉姨娘的毒手。

還有槿姨娘、珍姨娘，她們兩人起先也曾懷過孩子，但是皆被婉姨娘想法子讓她們流產了，就是怕她們生了男孩，威脅到李敬的地位。

這幾件事可是比什麼剋扣月例、低價高報之類的震撼多了。

隨後柳嫂也按了手印，而簡妍則是當著她的面，發還了她一雙兒女的賣身契。

柳嫂和她的一雙兒女磕頭謝了恩。簡妍讓人送了柳嫂的一雙兒女出去，至於柳嫂，這些年她的雙手可不乾淨，該領的罰照樣還是得領的。

隨後，簡妍便拿了那一疊記著罪行的紙，撩開簾子進了裡間。

婉姨娘正被反剪了雙手坐在炕上。為防她亂喊亂叫，口中也被塞了布巾，旁邊還有兩個僕婦守著。

她坐在這裡，旁邊的窗戶是開著的，可以看到外面，也可以聽到外面的說話聲，所以她已曉得自己這些年做過的事，都被簡妍一五一十地知道了。

而她知道了，國公爺肯定也很快就會知道了。

李敬尚且還在牢獄中，李念宜只怕是再也不能回國公府，李念蘭還不曉得到底是個什麼樣，至於自己……

婉姨娘閉了閉雙眼，心中悲涼地想著，完了，這麼多年的苦心籌劃經營，臨了卻是什麼都完了。

她不由得在心中開始怨恨簡妍。

若不是她出現，現下聶青娘死了，李信只是一隻小鵪鶉，隨意捏一捏就死了，那樣李敬就會是國公府的世子，將來要承襲整個鄭國公府。若是來日寧王繼位，李念宜做了貴妃娘娘，她生的兒子是庶長子，說不定也有可能會被立為太子；到時有一個做鄭國公的親兄長，一個做貴妃娘娘的親姊姊，李念蘭自然能嫁一個高門大戶，而她自己更是能無比榮耀。

可如今這些全都沒了，簡妍竟早就開始暗中謀劃，就這樣將他們娘兒幾個全都逐個兒地整垮了。

但簡妍對上婉姨娘怨毒的目光，心中卻更加森冷。

當年若非婉姨娘的那一腳，自己和聶青娘不會受這麼多年的苦，也不用母女分離這麼多年。

而她竟然還敢那樣算計李信！若非李信命大，現下已經是一具枯骨了。

他們三人原本應該高高興興在一起，沒有這十幾年來的苦，可就是因為這婉姨娘，現下落了個聶青娘自盡，母女、母子永遠天人相隔的場面。

簡妍目光陰冷地盯著婉姨娘，忽然將手中的紙放到炕桌上，大聲吩咐。「拿鞭子來。」

她原本還想拿了這疊紙，好好和婉姨娘說一說這些年來的罪狀，可是一看到婉姨娘的臉時，簡妍卻覺得什麼都不想說了。

為什麼要說呢？說了，她會認真懺悔嗎？即便她認真懺悔了又有何用？換得來聶青娘和李信，還有自己這些年受的罪嗎？

這次，簡妍並沒有假手他人。

生牛皮芯子做成的馬鞭，堅硬挺直，縱然外面裹了一層柔軟的熟狗皮，可抽在身上的時候依然劇痛無比，何況簡妍又是在盛怒之中，每一鞭子抽下去，真正是鞭鞭見血痕。

婉姨娘吃痛想掙扎，雙手卻被反剪在身後；想尖叫，口中卻被一團布給牢牢堵住，最後也就唯有蜷縮在地上，不停地翻來滾去。

簡妍依然緊咬著牙，一鞭鞭抽在她身上。

她從來不曉得自己會有這樣暴虐的一面。這些日子以來，她不敢想自己原來竟是這樣一個心機深沈、慣會用各種法子折磨別人的人。

她其實都有些害怕自己了，可是她依然一鞭鞭地抽在婉姨娘的身上。到了後來，她一雙眼都是赤紅的，整個人形似癲狂了一般。

白薇和四月哭著上前奪下她手裡的鞭子，雙雙跪在她的面前，哭道：「姑娘，您不能因這些下賤的人毀了您自己啊！」

這些日子，簡妍的變化她們是看在眼中，急在心裡。她們跟隨簡妍這麼多年，曉得她雖然不是個逆來順受的性子，可也從來不是如現下這般暴虐的人。

簡妍被她們兩個哭得心中有些茫然，待她回過神來之後，看著青磚地上都是斑斑點點的血跡，而躺在地上的婉姨娘則是滿身血肉模糊的鞭痕，且面上青白，已經只有出的氣，沒有進的氣了。

難不成她就這樣直接將婉姨娘給抽死了？

若真是如此，那還真是便宜她了！簡妍心中惡狠狠地想著。可是，接下來她又開始覺得茫然，雙手忍不住發顫。她漫無目的地往門外走。

「我要見徐仲宣……」她口中喃喃道：「我要去見徐仲宣……」

這會兒她只想埋在徐仲宣的懷中，聞著他身上淡淡的迦南木香，然後痛痛快快地哭一場。

第一百零八章 身心安穩

徐仲宣今日休沐，卻沒有回通州，只是一個人坐在書房裡想著事。

近日皇帝的身子越發不好了，瞧著竟是有些日薄西山的感覺，不曉得哪一日會突然駕崩？但就算是如此，都還沒有開口說立儲君的事。為這，現下朝中的大臣也是私下揣測不住。

說起來，雖然目前梁王是大勢所趨，寧王日漸式微，但這種事總歸還是要做好萬全準備才是，所以絲毫鬆懈不得。所有的人緊繃著不敢大意，於是就算是休沐的日子，徐仲宣也是待在京裡，只怕隨時會有什麼事發生。

而且簡妍……他望著書案右上首放著的香樟木錦盒，心中默默想著。也不曉得她如何了？雖然他已將李翼身旁伺候的人全都換成了他的人，以此架空鄭國公，方便簡妍在後院裡行事，也安排了齊暉和白薇進了鄭國公府待在她身邊，可到底還是不放心，總是怕她會出什麼事。

他忽然衝動地想要去見一見簡妍。

他是個想到就要做的性子，於是便起身，闊步走出了書房，正要吩咐齊桑去備馬，只是還未開口，就見他急急忙忙從院門外奔了進來。

「公子，」仲夏的天，實在是熱得緊，縱然齊桑一路沿著長廊奔過來，額上還是滿頭汗珠。但眼下顧不得熱不熱的事了，他只是垂手站在徐仲宣的面前，通報道：「樂安鄉君過來了。」

徐仲宣吃了一驚。簡妍過來了？她現下過來他這裡，可是出了什麼事？

饒是他一貫鎮定，可是這會兒心中還是有些發慌。

他急步下了臺階就要去前面迎她，只是才剛下臺階，就見簡妍已經過來了。

他的小姑娘，身著淺紫色的銀條紗上襦，白色的挑線裙子，面上迷茫悽惶，走路的時候都有些發飄。

「妍兒。」徐仲宣低低喚了她一聲，迎上前去，伸臂扶住她。「妳這是怎麼了？出什麼事了？」

簡妍沒有回答，只是順勢靠在他的懷中，同樣低喚道：「徐仲宣。」

徐仲宣伸了右臂牢牢攬住她，同時對齊桑和跟隨在簡妍身後一塊兒過來的四月、白薇和齊暉揮了揮手。四人便十分有眼色地退了出去。

簡妍這時覺得身子裡的力氣一下子都被抽走了般，連站都有些站不穩了。

徐仲宣見狀，索性彎腰打橫抱起了她，大步走入書房中。

書房的月洞窗下放了張涼榻，上面鋪了龍鬚草的涼蓆。

徐仲宣小心翼翼將簡妍放在榻上，還沒等他直起身來，衣帶就被拉住，同時，簡妍低低的聲音傳了過來。「徐仲宣，不要走。」

徐仲宣原是想去打水來給她擦擦臉，但是見她這般，他便沒去，反而坐在涼榻上，柔聲問：「妳怎麼了？發生了什麼事？對我說一說。」

簡妍依然沒有回答，只是從涼榻上爬起來，跪坐在徐仲宣面前，眼圈紅紅地望著他，鼻子一抽一抽的。「徐仲宣，我想哭。」

徐仲宣一怔。

哪有人眼巴巴地瞧著別人，就是提這個要求的？但他見著簡妍這副模樣，也曉得她不是在開玩笑。

她這段時日心中想必很難受，可又必須撐著。她要照顧安撫李信，還有聶青娘自盡的事一直鬱結在心，想要為聶青娘報仇，所以一直在策劃怎麼樣才能讓婉姨娘他們受到應有的懲罰。

但她只是他的小姑娘啊，原本不應當承受這麼多的苦痛。徐仲宣想到這裡，便覺得胸中如同壓了一塊大石頭般，憋悶鈍痛得緊。

他輕輕將簡妍攬在懷裡。「哭吧，我會在這裡一直陪著妳。」

他雖然清瘦，懷抱也不見得有多寬闊，可是趴在他的懷中，依然能讓簡妍覺得安穩，彷彿是一直顛簸流浪的小船，終於找到了避風港一般，劫後餘生的焦急不安、徬徨迷茫，這一刻終於可以痛痛快快地釋放出來了。

簡妍在他的懷中放聲大哭。

自聶青娘死之後，她就一直硬撐著，沒有也不敢讓自己落一滴眼淚。她怕自己但凡哭了，胸中那一直支撐著要復仇的不甘和仇恨也會隨之宣洩而出，整個人就會垮下去。可是現下，趴在徐仲宣的懷中，聞著他身上令人心安的迦南木香，她覺得自己就算這樣垮下去了也沒有關係。

還有徐仲宣在。他一直在她的身邊，所以她哭得肆無忌憚。

徐仲宣並沒有低頭。

他不敢低頭看她傷心痛哭的模樣。都是他無能之故，所以才讓她背負了許多原本不該她承受的痛，她原本該在他的羽翼下，無憂無慮、快快樂樂過日子才是。

徐仲宣眸光微黯，越發抱緊了簡妍。

月洞窗上的斑竹簾子已捲了上去，可以看到牆角的一叢玉簪花。偶有微風吹過，潔白細長的玉簪花輕輕搖晃著，清香襲人。

簡妍也不曉得自己到底哭了多久，徐仲宣也一直沒有出聲，他就這樣抱著她，任她哭著。

最後，簡妍倒是覺得有些不好意思，漸漸止住了哭聲，伸了手，繞著他革帶上掛著的香囊。

墨綠色的香囊，上面繡的是蘭花雙飛蝶，是那時候她給他做的那一只。裡面約莫是放了薄荷一類的東西，聞著香味清清爽爽的。

徐仲宣聽她的哭聲停了，便低頭望著她。小姑娘眼圈紅紅的，鼻尖也是紅紅的，又是滿面淚痕，兩邊鬢髮在他的懷中滾得也有些亂了。

簡妍就算沒有照鏡子也曉得自己這副模樣定然是難看得緊，於是便轉了頭，將整張臉都埋到他的懷裡去，悶悶地說：「不許看。」

徐仲宣輕笑，伸手勾起她的下巴，將她的臉抬起來，輕輕拭去她面上的淚痕。指腹下的臉如同月下聚雪一般白，水豆腐一般滑，剛剛哭過的一雙眼更是分外澄澈，一汪清水一般，靈動明亮。

明明是看著這樣纖細柔弱的一副身子，怎麼有這樣多的眼淚呢？

徐仲宣搖頭苦笑，又將她圈入自己的懷中，下巴擱在她頭上，柔聲問：「到底是發生了什麼事？是不是可以對我說一說了？」

簡妍聞言一滯。

其實她覺得自己今日鬧的這一齣也有點矯情了，可是先前也不曉得是怎麼了，內心就是有一種想殺人的暴虐。

說實話，她有點被自己嚇到。

在徐仲宣的面前，她覺得不需要向他隱藏任何事，於是便說：「我也不曉得怎麼說。就是忽然覺得很恍惚，覺得自己好似變成了一個面目全非的人。我不認識這樣的自己，也接受不了這樣的自己，可是我娘的仇我又得報，我不能退縮。」

頓了頓，她又說：「其實也沒什麼。可能是最近我太累了，所以想哭一場罷了。現下哭出來，我覺得好多了。」

所以沒做完的那些事，還是要接著做的。

但徐仲宣聽了，心中唯有心疼。

早先他就對簡妍提過，婉姨娘、李翼等人讓他來解決就好，她只需好好的，可是簡妍拒絕了。當時的她神情堅定，紅著眼圈說：「我娘的仇，得由我這個做女兒的來報。」

他沒有法子，也就只有應了。

但是仇恨這東西原本就是雙刃劍，報復了別人，何嘗不會傷害自己？徐仲宣並不想簡妍承受這些。這樣的事，他來做就好了。

於是徐仲宣想了想，小心斟酌了一番措辭，慢慢地說：「妍兒，鄭國公府裡的事妳暫且都放下吧，往後那些由我來處理就好。」

「不用。」簡妍搖搖頭。「我差不多都解決掉了，接下來只有李翼了。」

徐仲宣默然片刻，而後道：「近來瓦剌作亂，朝中急需大將出征，皇上有意起用李翼。我想過了，讓他領兵出戰瓦剌，立下戰功，再馬革裹屍，皇上心中必然會有所觸動。這樣便是來日梁王繼位，有李翼的這份功勞在，他也不會對鄭國公府如何。我這個法子，妳覺得怎麼樣？」

簡妍沒有作聲，但她也曉得，這是最好的法子。因為她也知道，縱然她再痛恨李翼，又能對李翼如何呢？

殺人是要償命的，她不可能真的一刀捅死了李翼，就這樣讓他一直病下去，然後就這樣死了？到底還是會有人起疑心的，倒不如如徐仲宣所說，讓李翼上戰場，以他的軍功來為李信的安穩未來鋪路。

她總歸要為李信的將來想一想。

簡妍前前後後想了片刻之後，也就點頭同意了。

徐仲宣心中暗暗吁了一口氣。

他起身拿了書案上放著的錦盒，打開來，裡面放著的是一支碧玉玉簪花的簪子。

這碧玉的成色很好，碧汪汪得如一汪綠水一般，簪頭雕刻的那朵玉簪花含苞待放，纖細柔美。

徐仲宣解釋。「過幾日便是妳十五歲的生辰，原是該給妳行笄禮的，可是目下妳母親去了，鄭國公府也沒有個主事的人，妳又是在熱喪期裡，笄禮只怕是沒法行的。我想了想，便只買了這支碧玉玉簪花簪子給妳。至於其他的，妍兒，往後我再補給妳。」

簡妍伸手握住了他的手，哽咽道：「不用了。徐仲宣，這樣就已經很好了。」

多麼慶幸，無論何時、何樣的境況之下，都有他陪在自己身邊。

徐仲宣伸手反握住她的，同時抬起另外一隻手，將這支碧玉玉簪花的簪子簪到她的髮髻上，將她緊緊抱入懷中。
他垂下眼，在她烏黑柔軟的髮間輕輕落下一吻。這些事得趕緊解決掉才行，他不想看到簡妍這般一直傷心下去。

第一百零九章　李翼結局

簡妍坐在臨窗木炕上，摩挲著手裡的一套衣裙。

牙白色的對襟上襦，袖口粉色折枝桃花刺繡；淺藍色的下裙，腰間開始一瓣瓣的粉色桃花花瓣刺繡，至中間時是一朵朵的粉色桃花刺繡，至裙襬時，則是一枝枝的粉色桃花刺繡。

雖然只是一條裙子，卻可看見春日桃花妍麗，微風過處，恍惚一場桃花雨。

魏嬤嬤正坐在一旁的小杌子上，同簡妍道：「……這套衣裙是夫人一早就吩咐留仙閣做的，要給姑娘及笄當日穿。夫人當時特意交代，說要用最好的料子、最好的刺繡師傅，所以這套衣裙做了近三個月，今日才剛送過來。」

又拿了一只黑漆螺鈿錦盒出來，裡面是一套金摺絲桃花頭面。「這也是夫人吩咐京城裡最好的珍寶齋做的一套頭面，也是要姑娘及笄那日，給姑娘戴的。」

簡妍顫著雙手接過了錦盒，隨手拿了一支金摺絲桃花簪子出來。

赤金的簪子，簪頭是幾朵簇擁挨在一起的桃花，花蕊之中皆是一顆小拇指大小的粉色珍珠，瞧著極是精緻出眾。

她止不住想起聶青娘那時候笑著對自己說的話。

「我的妍兒生得是這般柔美嬌豔，等妳及笄那日，娘會請了這京城裡所有的高門世家女眷前來觀禮，讓她們都羨慕、嫉妒我生了一個這樣好的女兒。」

再過幾日便是她十五歲的生辰了，聶青娘給她訂做的衣裙和首飾都送了過來，可是她自己卻是不在了……

簡妍緊緊握著手裡這支金摺絲桃花珍珠簪子，垂下了頭，低聲嗚咽著。

魏嬤嬤見她哭，便也忍不住落了淚。

「夫人她、她死得慘啊……」魏嬤嬤終究還是沒有忍住，哭得越發傷心起來。「誰曉得夫人竟然會做出這樣慘烈的事啊……」

魏嬤嬤自那日親眼見著聶青娘毫無氣息地躺在床上後，受了驚嚇刺激，加上畢竟是年歲大了，所以這些日子倒是一直病著，躺在床上起不來，不過前兩日才剛好了些，能拄著枴杖在庭院裡走幾步。

可是但凡想起聶青娘來，還是會傷心落淚。

簡妍見她哭，一時也就越發傷心。

但她還是止住了哭，唇角微扯，努力擠了個笑容出來，又伸手拉了魏嬤嬤的手，安慰著她。

「魏嬤嬤，妳可別哭了。妳是母親身邊的老人，現下母親去了，於我和信兒而言，妳就是我們的親人，所以妳可得好好保重身子，我和信兒往後還都少不得要妳教導提點呢。」

魏嬤嬤曉得她這是在寬自己的心，她想笑，到底還是笑不出來，也只能緊緊拉了簡妍的手，一面落淚，一面不住點頭。

「老奴省得、老奴省得。這往後啊，只要姑娘和世子爺不嫌棄老奴，老奴就一直在姑娘和世子爺身邊服侍著。」

徐仲宣的動作很快，不過兩日工夫，皇上要重新起用李翼的旨意便到了鄭國公府，又因戰事緊急，責令他即日啟程前往邊境。

出發前一日，李翼讓人喚了簡妍和李信過去。

自聶青娘出事之後，簡妍便讓人收拾了辛夷館旁的一處院子出來，姊弟兩個比鄰而住，一則是可以熱鬧一些，二則也方便照顧他。

李信的性子原就怯弱，話不多，自從聶青娘走後，他的話越發少了，經常都是一個人坐在那裡發呆，簡妍見了，心中自然著急。

李翼遣人過來喚她和李信的時候，他們兩個正在用晚膳。簡妍是不想去見李翼的，可是她想了想，到底還是帶著李信一塊兒去了前院。

她心中曉得，不管最後戰事如何，但李翼既然去了前線，是不會回來的。

他回不來的。徐仲宣既然答應了她，那他一定能做到。

而且……她握了握荷包裡裝著的那兩塊生金子。

夫妻是要共患難的，聶青娘是吞金而亡，其中少不了李翼的絕情，所以當時她看到這兩塊生金子，就留了下來。

這兩塊生金子，她是為李翼而留。

李翼現今住在前院，因徐仲宣和那位大夫打過招呼的緣故，所以他便一直「病」著。

不過這兩日，他的「病」倒是慢慢好了。

要上戰場的人，總歸是需要一副好身子的。可即便是他的病好了，他的人瞧著卻是較以往老了十歲不止。

屋子的頂槅上點著一盞繡球宮燈，四處也點了蠟燭，照得屋中明晃晃的一片。

李翼坐在明間裡的圈椅，簡妍和李信上前行禮，各自喚了一聲「父親」，而後便垂手站在一旁，兩個人只低著頭，沒有開口說話。

李翼暗暗嘆了一口氣。

他曉得這雙兒女是和他生分了。雖說以往他和他們之間的親情也不深，可是隨著聶青娘的死，那點微薄的情也都沒有了。

他開口，溫和地讓他們兩個坐。簡妍和李信也不說話，只是各自在右手邊第一張和第二張圈椅坐了，仍是低頭，沒有看李翼，也沒有要開口說話的意思。

李翼不錯眼地望著他們。

這原是他的一雙嫡子嫡女啊，而今卻弄成了這副模樣。

他嘆一口氣，慢慢開口，說：「你們姊弟兩個心中怨恨我也是應當的。是我，唉，都怪我識人不清。」

那日，簡妍將桐香院裡的一眾丫鬟僕婦審問之後，讓四月記下了婉姨娘這些年的罪行，便遣了聽楓將那疊紙都送來給李翼。

她倒要讓李翼知道，他心中那個性子柔婉和順的婉姨娘，原來私底下竟然是這樣一個蛇蠍心腸的女子。

而李翼看了這些之後，果然大怒，當即就讓人去杖斃了婉姨娘。

可是那又有什麼用呢？縱然他當下杖斃了婉姨娘，可是聶青娘也回不來了，他的一雙嫡子嫡女也終究是離了心。

原本，若是當年簡妍沒有失落，聶青娘便不會纏綿病榻這麼些年，簡妍也不會受這樣多的苦，隨後李信也不會因婉姨娘的算計而變成一個性子怯弱的人。

原本，他們一家四口該是和和樂樂的，可是如今，他和聶青娘陰陽相隔，簡妍和李信卻再也不會跟他這個父親親近了。

這些年，他到底都做了些什麼？一切都是他自食惡果啊……

李翼瞬間只覺得心痛欲裂，眼圈有些發熱。

但他努力忍住了，只是開口說話的時候，聲音還是止不住有哽咽之聲。

「這些日子，我總是會夢見你們的娘，夢裡她還是以前那個溫婉愛笑，稍微說幾句便會滿面嬌羞的小姑娘。」

說到這裡，他的哽咽越發大了，說不下去，只好暫時不說，努力平復自己的情緒。

片刻之後，又聽他說：「信兒，這些日子我也總是想起你小時候。你剛生下來時，皺巴巴的一團，眼睛都還沒有睜開，就曉得把自己的拳頭往嘴裡塞。其實你原也是個很淘氣的孩子，很是活潑，若不是後來……不是後來發生了那些事，你壓根兒就不會變成這樣的性子。可恨我竟然還一直聽信婉姨娘的話，每次見著你的時候還那樣喝斥你……信兒，你心中，是不是很怪爹爹？」

李信垂著頭，沒有答話，但他的眼圈是紅的，鼻子發酸，擱在腿上的一雙手也緊緊握成了拳頭。

誰不希望有個喜愛自己的爹爹呢？更何況，李翼在他的心中還是那樣高大威猛。他小時候最崇拜的便是父親，還想著等他大了，也要和父親一樣，跨駿馬、上戰場，成為一個和父親一樣在沙場上馳騁，讓敵人聞風喪膽的人。可後來他受了那樣的驚嚇，大病了一場，性子變得怯弱了，總害怕有人要害他。那時李翼非但沒有安慰過他，反倒每次見著他的時候總會訓斥他一副葳蕤、上不得檯面的樣子。

可有好幾次，他也是見李翼同李敬那樣和藹可親地說話，誇讚李敬，語氣、神情是毫不掩飾的喜愛。

現下娘死了，還是自盡死的，說起來雖然是李念宜和婉姨娘主謀，但到底李翼在其間也是推波助瀾的。

李信的拳頭握緊又鬆開，鬆開又握緊。

這些年來，他習慣了同人說話的時候都是低著頭，不敢看對方眼睛，特別是對著李翼的時候。

父親對他，一直都是那樣的嚴詞厲色。

但是片刻之後，李信終究還是深深吸了一口氣，抬起頭，一臉平靜地望著李翼的雙眼。

「父親，」他的聲音雖然有些發顫，但目光終究還是堅定的。「我是恨你的。這些年若不是你偏信婉姨娘，當年姊姊就不會失落，母親不會一直生病，我不會如現下這樣，母親也不會死。可是如今，你看看，我和母親還有姊姊都成了什麼樣子？縱然你心生悔恨，也下令杖斃了婉姨娘，可那又有什麼用呢？過去的一切都不會再重來了，所以我們之間還有什麼父子情呢？情盡於此吧。」

說到這裡，他又垂頭，自嘲地笑了笑。「不過也是我自作多情了，父親你對我只怕是心中從來也沒有什麼父子情的。」

說到這裡，他無視李翼面上的震驚之色，起身，自顧自地走出了屋子。

他是不想再同李翼在一起多待的。

李翼望著他雖然清瘦，依然挺得筆直的脊背，只覺得心窩裡如有一把刀不停攪動著。

他的兒子，竟是這樣恨他……

但李信恨他是對的，原本這一切就是他的錯。

他忍了淚，望向還坐在那裡沒有動的簡妍。

但他張了張口，最後卻不曉得到底該和她說些什麼？

這是他唯一的嫡女，當年若是他沒有聽信婉姨娘的話，而是聽了聶青娘的話，挨家挨戶在隆州那裡找尋，也許就能將她找回來，那樣她也不會受這麼多年的苦。

可是就算知道她受了那麼多的苦，在李念宜和婉姨娘說想讓她代替文安縣主遠嫁去西北的時候，他竟然沒有反對，還同意了。

青娘說得對，明明可以有挽回的餘地，他為什麼不挽回？只要、只要他當時同意了徐仲宣的提親，便不會有如今的一切。

他對不起他這個女兒。

「妍兒，」他最後還是哽咽著開口，低聲問：「妳、妳恨不恨爹爹？」

簡妍抬眼望著他，沒有作聲。

眼前的李翼哪裡還有她初見時的高大威猛？這兩個月，他整個人瘦了一圈不說，面上更是憔悴不少，兩鬢花白，瞧著竟是老了十來歲，更別說他現下眼圈發紅，想要落淚卻又極力忍著的樣子了，看著實在是有幾分可憐。

可是再可憐又能怎麼樣呢？做錯了事，末了說幾句好話，樣子可憐些，便能將以前的錯事都一筆勾銷嗎？

簡妍一直握著荷包的手鬆了開來。

她伸手將荷包解下來，然後起身，將荷包放到李翼手側的花梨木八仙桌上。

隨後，她一語不發地轉身離開屋子，出去尋李信。

她也是沒有什麼話要同他說的。

李翼先時還不曉得荷包裡放的是什麼，等他迫不及待地伸手拿了荷包打開，將裡面的東西倒出來時，禁不住老淚縱橫。

躺在他手心的豁然就是兩塊生金子啊！

青娘是吞金身亡的，而簡妍給了他這兩塊生金子，涵義是再明顯不過了。

李翼合起了掌心，緊緊握著這兩塊生金子，滿面淚痕，可隨後又狀似癲狂地開始大笑。

次日，他便領兵出征。

三個月之後傳來消息，瓦剌兵敗，而三軍主帥李翼身亡。

皇帝聞言大為觸動，立時便下旨賜了李翼「忠勇」的謚號，同時其子李信承襲鄭國公的爵位，世襲罔替，賜丹書鐵券；其女李念妍由樂安鄉君晉封樂安縣君。

其後軍中曾有士兵傳言，那日主帥李翼身先士卒之時，身上並無刀劍之傷，且其後瓦剌已經戰敗，正是打掃戰場之時，但隨後原本看起來並沒有什麼不妥的李翼卻整個人在馬背上晃動著，一頭栽了下來，再也不省人事，就這麼撒手去了。

當簡妍聽到這樣的傳言時，她正站在雅安居的院門前，看著滿地金黃的銀杏葉。

她在想的是，一切就這樣吧！

只不過若是人真的有來生，還是期盼聶青娘不會再遇到李翼。

她抬頭，望向頭頂湛藍的天空。

十月的初冬，天空高遠，萬里無雲。風自郊外的山麓吹來，捲起地上厚厚一層金黃色的銀杏葉，就那麼打著旋，一路遠去。

第一百一十章 新年除夕

今年京城的冬天好像特別冷，不過秋末初冬之際，京城便下了第一場雪。

這第一場雪下了兩日之後，一直病重的皇帝終於走到了盡頭。

年中時太后薨，年底時皇帝崩，一時連今年第一場初雪瞧著都顯得淒冷了不少。

舉國哀喪的同時，梁王繼位，是為下一任帝君。

正所謂是一朝天子一朝臣，梁王繼位，勢必會大舉提拔自己的親信之人，同時也會大舉壓制反對的人。

徐仲宣作為曾經在梁王府侍講之人，這些年又在暗中支持梁王，所以梁王一即位，次日便將他遷為禮部尚書，同時拜建極殿大學士，是為內閣次輔。

至於寧王，皇子相爭，輸的那一方從來就不會有什麼好下場。

剛過完新年，皇帝便一道旨令下來，先是將寧王貶為盧陵王，驅逐京城去往封地，同時遣人密切監視。隨後未上一年，便說盧陵王有謀逆之心，賜了一杯毒酒下去；至於其家眷，有隨盧陵王一道自盡的，也有流放龍門衛，終身被圈禁的。

但這些於簡妍而言，她都不在乎了。

新年新歲，鄭國公府裡只有她和李信兩人，未免有些冷清。

於是她便讓齊暉接了白薇和周林入府，又吩咐人買了許多花燈和炮仗回來，再讓廚房燒了許多菜式。至掌燈時分，她便讓人將國公府裡所有的大門和二門都關了，大家無論主僕，全都齊聚花廳，打算熱熱鬧鬧地過一個新年。

李信這些日子雖然性子越發沈穩起來，但終究還是個少年，這會兒猛然看到花廳裡外，以及院落各處都懸掛了花燈，面上還是露出了純真的笑容。

自從聶青娘出事之後，簡妍放了一批奴僕出去，而李翼出事的消息傳來，她又放了一批奴僕出去，所以現下偌大的國公府，所有內院的丫鬟僕婦湊起來也不到三桌。至於其他的小廝侍衛，則是另外擺了酒席在前院讓他們享用。

花廳裡的三桌酒席，每張桌上都放著一只銅火鍋，裡面炭火燒得正旺，湯水咕嘟咕嘟地滾著，裊裊的熱氣蒸騰而上。另外，四面屋角各處都攏了一隻大大的火盆，所以就算現下是隆冬臘月，屋子裡也是溫暖如春。

簡妍一早就放了話，說是今日不論什麼主僕上下，大家盡情吃喝，菜管夠，酒也管夠，便是真的喝醉了也沒有關係，不會有任何人責怪。

當先起鬨的就是辛夷館裡的一干丫鬟僕婦了。她們日日跟隨在簡妍身邊，曉得她是說話算數的，且平日裡她私下對她們時原就沒什麼架子，所以立即拿著酒杯毫不顧忌地吃喝起來，而且一個個排著隊地來灌簡妍，把四月和白薇嚇也嚇死了。

簡妍卻是來者不拒。

過年麼，原本就應當是熱熱鬧鬧的，且她已安排了齊暉領著侍衛在各處上夜，便是她們都喝醉了，想來也不會有什麼事。何況她覺得自己的酒量也不差，便是喝了這罈水酒下去也不會真的爛醉如泥。

但事實證明，她還是太高估了自己。

她約莫喝了一罈水酒下去之後，只覺得眼前的一切都是重影了。直至她落入一個尚且還帶著寒氣的懷抱時，整個人越發不清醒，眼前的重影都變成了三重影、四重影。

就算如此，她還是知道抱著自己的人定是徐仲宣。因鼻中淡淡的迦南木香，還有那令她無比安心的感覺。

於是她伸了雙手，緊緊攥住這人的前襟，踮著腳，湊近那人的雙唇吻了一下，然後嫣然一笑。

帶著酒味的親吻，讓徐仲宣一剎那又是生氣，又是覺得心動。

她喝醉之後，便會這般隨意地親吻他人嗎？若此時抱著她的不是自己，而是其他人……

這時就聽簡妍帶著笑意的聲音軟軟地響了起來。

「徐仲宣，」她側著頭，望著他笑得明媚。「你怎麼來了？」

她竟然知道抱著她的人是誰？可看她醉成這模樣，分明是誰都認不出的。方才她不是趕著李信叫白薇，趕著白薇叫李信的嗎？現下竟然一下子就認出了自己。

徐仲宣的心中是說不出來的高興，一時唇角上揚，眉眼之間滿是笑意。

一旁的齊桑見了，只有無奈扶額的分兒。

任憑是誰頂著這樣冷的北風，馬不停蹄地從通州趕到京城，都不大舒服的。先時他們還在通州祭祖呢，只是祭完祖，徐仲宣便沒有停留，也不管外面天都黑成這樣，怎麼說都要趕回京城，就是為了能趕過來跟簡妍過一個除夕。

可是方才趕過來時，齊暉開了門，領著他們到了花廳，徐仲宣卻站在花廳的院子裡沒有進去。

齊桑心中納悶，便忍不住問了一句。結果徐仲宣說，簡妍好不容易這麼高興，自己還是不要進去打擾她的好。

齊桑聞言，差點吐血。

花廳裡面溫暖如春，可這院子裡卻是朔風如刀啊！

到最後，也不曉得自己到底是挨了多少刀，只知道整個人都快要凍成冰的時候，終於看到白薇和四月開了花廳的門，扶著簡妍出來了。

原來簡妍喝醉了，只管坐在那裡，拿著酒杯抵著額頭傻笑。白薇和四月一見這不是個事，便想著要扶了她回辛夷館歇著，剛一出門，就見著徐仲宣站在庭院的一株梅花樹下。

枝頭紅色的梅花正開得簇擁，暗香襲人。

他著了墨綠色的圓領錦袍，外面罩了玄色的絲絨鶴氅，身材頎長如翠竹。見著白薇和四月扶了簡妍出來，他忙兩步搶上前來，伸了手就去接。

白薇和四月對徐仲宣素來信任，當下見他伸手來接，便都放了手。

徐仲宣將簡妍抱了個滿懷。

她素日澄澈的一雙秋水眸染上了一層醉意，越發朦朧勾人，兩頰更是酡紅，暈著一層霞光一般，嬌豔萬狀。

但就算是醉成了這副模樣，她依然曉得是他，且一眼就認出他來。

徐仲宣只覺得對著這樣的簡妍，自己的心都要融化開來般。

簡妍醉得走不動了，只曉得揪著徐仲宣錦袍的前襟傻笑，不時又嬌嬌嫩嫩喚一聲「徐仲宣」。徐仲宣越發覺得自己的一顆心化得跟一汪水似的，索性不再擁著她前行，反而是打橫抱她起來。

白薇和四月在前面領路，齊桑則和齊暉一起留在原地，照看著國公府的各處。

簡妍住的辛夷館在花園深處，一路上都懸掛了各式各樣的花燈，點綴在枝頭廊下，遠遠望去如千點明珠。

簡妍縮在徐仲宣的懷中，被外面的冷風一吹，人就清醒了幾分過來。

「徐仲宣。」

這次她喚他不若方才那般迷濛，倒是口齒清晰了起來。

徐仲宣聞言，低頭望著她的雙眼，隨後又用鼻尖輕輕蹭了蹭她的，輕笑了一聲，問：

「酒醒了？」

簡妍不答，卻抬頭望著黑漆漆的天空，驚喜叫著。「徐仲宣，快看，下雪了呢！」

早晨起來，天色就一直陰沈著，隨後吹了一整日的朔風，總算下起雪來。

漫天細碎的雪花如柳絮飛舞，落在她的臉頰和鼻尖上，不過頃刻的工夫，就化為冰涼的一滴水珠。

簡妍嘻嘻笑，伸手去接雪花，然後又惡作劇地將一雙冰涼的手往徐仲宣的脖頸裡面塞。

徐仲宣待要躲，又被簡妍惡狠狠地威脅。「你敢躲？」

他無法，只得任由簡妍這樣一直玩鬧著。

很快地，辛夷館便到了，只是她不願意進屋，鬧著要在院子裡看雪花。

對著一個酒醉的人講什麼道理都是行不通的，於是徐仲宣也只得隨著她，讓白薇取了一領斗篷來給她披好，又將兜帽也給她戴上了，以防她冷。

雪青色的斗篷，邊緣皆是一圈白色毛茸茸的風毛，兜帽的邊緣也是同樣一圈白色毛茸茸的風毛，倒將她一張臉遮了一半似的，越發顯得她臉小了。

簡妍在漫天雪花中奔跑著，時而停下來，仰頭望著天空。

辛夷館此時也是燈火通明，院中各株樹上也都掛了一盞花燈，所以縱然天空漆黑，但橘色燭光所及之處，依然可見細小的雪花簌簌而下。

雪落無聲。

徐仲宣雙手攏在袖中，看著在雪花中歡欣的簡妍，唇角蘊著一抹笑意。

自從聶青娘出事之後，他數次見著簡妍，她眉宇間始終有一股淡淡的陰鬱之色，如今日這般的歡欣，實在是難得一見。

所以他不忍打攪此刻的簡妍。但他不去打攪，並不代表簡妍不會來打擾他。

簡妍在雪中跑了一會兒之後，見徐仲宣站在原地不動，便趕著上前來拉他。

「徐仲宣，」她笑得大聲。「你能過來和我一塊兒過除夕，我很高興。」

「我也很高興。」徐仲宣一面緊緊握著她的手，以防她跌倒，一面眉眼含笑，柔聲問：「那往後每年除夕我們都一塊兒過好不好？」

「好啊！」簡妍歡快地點頭。「往後每年除夕我們都一塊兒過。」

徐仲宣輕擁她入懷，於漫天飛雪，梅香襲人之中，垂首與她深深一吻。

隨後他緊緊將她抱在懷中，下巴輕輕擱在她的頭上，低聲卻堅定地說：「一切都過去了。妍兒，往後每年的除夕，我們都會在一起過的。」

簡妍埋首在他的懷中，無聲地落淚。

次年除夕，徐仲宣依然如現下這般，在通州祭完祖之後便馬不停蹄趕來鄭國公府與簡妍一起守歲。

而後年丹桂飄香之時，徐仲宣上奏請求皇帝給他和樂安縣君賜婚，皇帝欣然應允。

於是等到年底簡妍除服之後，趕在除夕之前，徐仲宣終於將簡妍娶回家。

第一百一十一章 大婚之日

和徐仲宣成親的那日，簡妍一早就被魏嬤嬤叫起來。

醒過來的時候，簡妍還有些不清醒，迷濛著一雙眼讓四月和聽楓給她穿衣裙。

魏嬤嬤是積年的老人了，兒女也都是有的，算是有福氣的人，所以這梳頭的活兒便讓她來做了。

簡妍一頭青絲如瀑，魏嬤嬤拿了檀木梳，一面一下下地梳著她的頭髮，一面口中說著一些吉利話。但說著說著，她的聲音就慢慢帶了嗚咽聲。

若是夫人此時還在，看到姑娘出嫁，心裡該是有多高興啊。

可是魏嬤嬤並沒有將這話說出來。今日是姑娘大喜的日子，就該高高興興的，說了這樣的話出來做什麼呢？不過徒惹姑娘傷心罷了。

所以她雖是眼中帶淚，面上還是努力扯了個笑容出來。「人這老了啊，遇到高興的事竟然也是想哭的，姑娘可別笑話老奴才是。」

「魏嬤嬤這是喜極而泣。」四月捧著鳳冠站在一旁，聞言忙笑道：「姑娘心裡明白呢。」

魏嬤嬤忙點頭。「對、對，老奴就是喜極而泣，喜極而泣。」一面又仔細地給簡妍梳好了髮髻，上了妝。
聽楓這時用朱漆描金托盤捧了一碗湯圓過來，笑道：「姑娘快來吃一碗湯圓，團團圓圓，和和美美呢。」
簡妍曉得今日且有一番折騰，所以這碗湯圓她是吃得一個不剩。
至於其他出嫁的事宜，早先她已事無巨細都安排得一清二楚，今日只需端坐在這裡等著徐仲宣來接親就好。
巳正之時，外面隱隱傳來炮竹聲和鑼鼓聲。
簡妍由四月和聽楓扶著，在聶青娘的牌位前磕了頭，低低說：「娘，女兒今日出嫁了，您高興不高興？」
說到這裡，眼淚止不住就流了出來。
一旁站著的魏嬤嬤和四月等人也俱是落淚，又勸簡妍不要再哭了，仔細哭花了妝容。
隨後便見不時有小丫鬟跑進跑出的，只說花轎進府了，姑爺正在前面等候著呢！
魏嬤嬤忙給簡妍戴了鳳冠，又將一方大紅銷金、繡著牡丹繁花的蓋頭給她蓋起來。
李信此時走了進來。按照習俗，他做兄弟的該揹著姊姊出閣。
李信的肩膀雖然不寬厚，尚且還有少年的瘦弱，可是當他揹著簡妍的時候，每一步依然走得那樣穩穩當當。
簡妍伏在他背上，哪裡還管得了什麼妝容花不花，淚水早就控制不住地簌簌而下。

先時雖然一直忙碌著，沒有什麼特別的感覺，直至剛才，她跪下去拜別母親的牌位，現下又由弟弟揹著自己出閣，不曉得為什麼，她忽然有了一種出嫁的感覺。

哪怕往後她也是在京城裡，離國公府這樣近，隨時可以回來，可到底還是有什麼不一樣了。

李信的心中也自感傷。

這幾年，母親和父親相繼離開，如今連唯一的親姊姊也要出嫁了。

可即便心中再感傷，從辛夷館到國公府門口的路再長，少年的力氣再有限，他依然穩穩妥妥地將簡妍一路揹上了轎子。

待親眼望著大紅刺繡龍鳳呈祥的轎簾放下來，擋住了簡妍的身影之後，他才直起身來，也沒來得及去擦額頭上的汗，只是對著站在喜轎旁側，一身大紅喜服的徐仲宣一臉正色地說：「我將我姊姊交到了你的手裡，從今以後，你可一定要好好待她，不然我絕不會饒了你。」

徐仲宣對他躬身行了個禮，同樣是一臉正色地回道：「請你放心，我徐仲宣往後一定會好好護著妍兒，絕不會讓她有半點閃失。」

畢竟是皇帝賜婚，且成親的雙方一為禮部尚書兼建極殿大學士，一為樂安縣君，送親的是鄭國公，所以徐仲宣和簡妍的婚禮注定是很盛大的。

早先一個月，徐宅上下就開始忙活了，這會兒裡外皆是紅綢披掛，往來賓客絡繹不絕。

徐仲早下已過二十五歲，這會兒才成親，實在讓人不敢相信。聽說這些年不時就有官媒登門，也有勛貴世家想嫁女兒給徐仲宣，但他推卻掉了不說，甚至身邊連一個通房丫鬟都沒有。

眾人對此只覺得嘆為觀止，便又有那等知情的，說徐尚書一早就和樂安縣君有情，只是這幾年樂安縣君為了自己的父母守制，徐尚書便一直等著她。

男人只會說這徐仲宣是個傻的，那樂安縣君便是再好，值得一等就等這些年？且這些年裡連個姨娘和通房丫鬟都沒有，還真的為她守身如玉不成？但是一干女眷聽了，卻不由得羨慕樂安縣君。

所謂的一生一世一雙人，想來也不過是如此吧？只是不曉得這樂安縣君到底是生得如何美貌，竟能讓徐尚書這樣出色的男子念念不忘，等了這麼些年？

便有女眷想著，待會兒定然要去新房裡看一看樂安縣君。

沒承想，等到一對新人拜堂完畢，新娘被送進新房之後，這些女眷擁到了新房門口，卻沒有一個人能進去。

徐仲宣早就安排了人守在院門前，一個外人都不放進去，於是一眾想看熱鬧的女眷也只得悻悻而歸。

簡妍卻不曉得這些。其實她坐在床上的時候，心中還在緊張地想著，待會兒會不會有人來鬧洞房之類的？到時面對那些不認識的人，多少有些緊張和不好意思的。

但是沒有一個人進來。她便輕聲喚了四月，讓她出去看看。

四月答應了，轉身出去，很快便又回來，抿唇而笑。「姑娘，姑爺約莫是曉得您不喜歡有人進來鬧騰，所以一早就遣了丫鬟婆子在院門口守著，任憑是誰都不放進來呢，所以您放心好了。」

簡妍輕輕吁了一口氣。

時候長了，面上的妝容多少有些不好受，頭上的鳳冠也很重，壓得她脖子也有些不舒服；大紅的蓋頭罩著，也是有點氣悶，但是她不想擦了妝容，也不想取下頭上的鳳冠和蓋頭。

她只想這樣靜靜坐著，等著徐仲宣過來，然後讓他掀起她的紅蓋頭，見見她頭戴鳳冠、身穿大紅嫁衣的模樣。

一輩子就這樣一次穿大紅嫁衣，頭戴鳳冠的機會呢。

想到這裡，那點不自在也全都沒了，簡妍反而唇角蘊了笑意，雙手交握，就這樣坐在床沿上，靜靜等著徐仲宣過來。

而徐仲宣也很快就過來，不過也是喝了一些酒的。

但好在他的酒量還算不錯，不過是面上薄紅罷了，雙目依然清明，腳步也很穩。

這樣的日子，也不會真的有人將他灌得爛醉如泥，不過就是意思意思罷了。

簡妍早就聽到外面的丫鬟和僕婦叫著「大公子」的聲音，便曉得徐仲宣過來了。

這些年他們也是經常相見的，可是這會兒不曉得為什麼，她忽然沒來由地緊張起來，放在膝上的雙手緊緊絞在一起。隆冬臘月裡，手心裡竟有細密的汗珠滲了出來。

沈穩的腳步聲越發近了，簡妍聽四月和聽楓喚「姑爺」的聲音響了起來，便越發緊張，一雙眼只是垂著，望著大紅裙子上金線繡著的祥雲圖案。

但眼角餘光還是看到了面前一角大紅的衣袍越來越近。

終於，他站在她面前了。

想必他現下是低頭看著她的吧？是不是接下來他就會伸手來掀開她的紅蓋頭？

簡妍想到這裡，只覺得自己一顆心怦怦跳個不住。

她覺得很緊張，很緊張，但是緊張中也是有著甜蜜的。

她想，終於是嫁給他了。

方才堂前的那三拜，在那樣多人的見證下，從此她就是他的妻子，往後走出去，是可以和他站在一塊兒，讓他牽著她的手，不用再顧忌其他。

徐仲宣雖然面上看著鎮定，內心也是很緊張。

從他和簡妍初見面到如今，已是幾年過去，中間經歷這樣多的事，可是現下，她終於還是嫁給自己了。

伸出的手在發顫，但最終還是穩穩掀開了她頭上的大紅蓋頭。

他的小姑娘，就這樣頭戴著莊重精緻的鳳冠，穿著一身赤紅的繡鳳嫁衣，嫁給他了。

徐仲宣忽然覺得眼圈有些發熱。他等這一天，等了這樣久。

他忽然俯身，半跪在她的面前，伸臂輕擁她入懷，低聲在她的耳旁道：「妍兒，我終於等到了這一日。」

簡妍聞言，心中也頗多感慨，便也伸臂環住他的腰，低聲道：「我也是。我等了這麼多年，終於等到了嫁給你的一日。」

兩個人靜靜相擁了一會兒，徐仲宣又垂了頭，細細望著簡妍。

秋水雙眸，朱唇紅豔，臉泛紅暈，如朝霞映雪一般。

而簡妍被他這樣熾熱的目光一打量，原就嬌羞而紅了的一張臉，此時更是滴血似的紅。她便想著要低頭，但是徐仲宣已極快地伸手勾了她的下頜，俯首吻了上去。

這個吻初時還是輕柔的，可是漸漸地，卻熾熱了起來。

多年的夙願今日成真，徐仲宣心中的喜悅可想而知，所以他今夜並沒有打算放過簡妍。方才在席間之時，他不過略略和前來賀喜的賓客應酬了一番，便要抽身回新房，即便是那些賓客起鬨著調笑，可他也是微笑以對。

這樣的日子便是再被人調笑，心中也是高興的。

而現下軟玉溫香在懷，又是這樣肆意親吻著自己心心念念之人，心中的那份高興更是不可言喻。

他伸手將簡妍頭上的鳳冠拿下來，放到一旁，又將她束髮的簪子取下來。滿頭青絲如瀑，烏黑亮麗，上等的墨染就的一般。

他起身抱了她，將她放在鋪著好幾床軟和棉被的床上。

如雲的烏髮散在枕上，大紅的嫁衣和被子，雙頰紅暈、嬌豔萬狀的人，眼前的一切都是美得這般驚心動魄。

徐仲宣止不住地覺得自己的心急速跳動了起來。

有道是人生四大喜事，金榜題名時他是經歷過的，可和洞房花燭夜比起來，那又算得了什麼呢？

徐仲宣俯身，一手攬了她的脖頸，低了頭去親她的櫻唇，另一手就去解她大紅嫁衣上的盤扣。那樣修長白皙的手，再重要的公文卷宗，握筆批覆時都是穩如泰山，現下卻隱隱在發顫。

而簡妍此刻同樣也在發顫。全身都是顫的，胸膛裡的一顆心亦是。

但百忙之中，她還曉得偏頭去望一望屋子裡。

還好，四月和聽楓以及一眾丫鬟早就退了下去。

方才知道徐仲宣進屋之後，她整個人便緊張著，壓根兒沒有注意他進來之後，就讓屋裡的其他人都退了出去，所以這屋裡只有她和徐仲宣兩人了。

想到這裡，簡妍的一顆心越發悸動起來。

但很快地，她就不單單只覺得悸動這樣簡單了。
她覺得痛，痛得只能雙手緊緊攀附著徐仲宣的背。
最後，模模糊糊間，她偏了頭，看到的是窗上貼著的大紅喜慶窗花，以及桌上那一對紅豔豔的龍鳳喜燭……

第一百一十二章 新婚快樂

簡妍次日醒過來時已經很晚了。

冬日原就天亮得晚，何況現下外面已經日光明媚，怎麼看也是過了巳時了。

所以昨晚到底是有多瘋狂呢？

想到昨晚的事，簡妍的臉便噌地一下又紅了。

那樣親密的接觸，彼此呼吸交纏，他落在她身上的親吻是那樣灼熱，還有那樣起起伏伏的事……

只是害羞的同時，心裡也有一種甜蜜的滋味悄悄蔓延開來。

他們之間，這下了真的是親密無間了。

而與她親密無間的那個人，此時正一手支著腮，側著身子望著她。

縱然昨晚睡得那樣遲，可徐仲宣還是一早就醒了。

醒來之後，他側過頭來，望著熟睡的簡妍，只覺得心裡滿滿的都是幸福和甜蜜，再也移不開目光，索性便這樣一直望著她。

綿長蕩漾的水彎眉，朱唇一點桃花殷，一雙橫波目縱然是合著，依然想像得出來裡面的笑意盈盈。

徐仲宣忍不住便陶醉，癡了一般地望著她，目光捨不得離開半刻。

也不曉得過了多久，就見那雙鴉羽似的睫毛輕輕地顫了顫，隨即就見簡妍一雙妙目睜了開來。

她定然想到了昨夜兩人之間那樣親密的事，所以一醒過來，瑩白如玉的面上便瞬間暈紅一片，看得徐仲宣心動不已。

他垂下頭，望著她紅潤的雙唇便親吻下去。

而這一親吻，彷彿又有想繼續下去的勢頭。

只是簡妍動一動身子之後，便輕聲說：「仲宣，我痛。」

又嬌又嫩的聲音，尾音微微顫著，羽毛似的輕輕掃過他的心，一時讓他越發停不下來。但想著昨夜他對她那樣地狂蜂浪蝶過了，她又是第一次，自然是會痛的。如今若是再來一次，他自是萬分願意，只是簡妍怕是承受不來。

縱然是內心再渴望，可他到底還是壓了下去。只是便是做不得那件事，可至少這樣的親吻還是可以的。

於是徐仲宣越發恣意地親吻著簡妍，不容許她有反抗的餘地。

最後還是簡妍幾次討饒，他才戀戀不捨地放過她。

彼時簡妍躺在他的懷裡，氣喘吁吁，往日一雙澄澈的雙眸這時化為了一汪水似的，稍微望他一眼，就要勾魂攝魄一般。

徐仲宣被她這樣一望，只覺渾身火熱。

「妳若是這樣一直望著我，我會受不住的。」他的聲音低啞得緊，一雙眼也較往日越發深邃。「趕緊別過頭去，不然待會兒任憑妳如何討饒，我可是不會放過妳的。」

簡妍一聽，雙頰上便飛了兩片紅暈。

但她到底是依言別過了目光，雙手緊緊握著被子，望著被面上繡著的一雙戲水鴛鴦。

徐仲宣這時披衣起身，下了床，繞過屏風，自桌上拿了兩杯酒過來。

合巹酒還沒有喝呢。

他將一雙酒杯都放在旁側的小方桌上，然後扶了簡妍起來；又怕她冷，便用被子緊緊裹住她，然後傾身拿了一杯酒給她。

簡妍接了過來。

只是這樣冬日的上午，杯裡的酒也是冷的，她並不是很想喝。

但徐仲宣其他事都依著她，這事卻是斷然不依的。

他半是逼迫、半是柔聲哄著，到底還是讓簡妍將一杯酒都喝了下去，還說是昨夜掀了蓋頭之後兩個人就該喝的，倒是一直拖到了今日上午。

他不提這個還好，一提這個，簡妍就忍不住瞪了他一眼。

昨晚是誰那樣猴急了？掀開蓋頭之後，不過同她說了一句話，隨後便迫切地吻著她，又將她抱上了床，耳鬢廝磨。便是他進去之時，她那樣的痛，他也只是緊緊抱著她，柔柔親吻著她，安撫她一會兒就好，一會兒就好，可到底沒有如她哭叫著讓他出來那樣退了出來。

徐仲宣被她殺氣騰騰地一瞪，如何不曉得她心裡在埋怨什麼？

他輕笑一聲，湊近過去，咬著她的耳垂，聲音越發低啞下去，只說：「這都是遲早的事。早一日忍過了那陣痛去，往後便再也不會痛了。」

簡妍默然。

到底要不要告訴徐仲宣，她其實以前也是閱過小黃書的呢？而且影片什麼的，她也是和室友偷偷摸摸地看過幾部片子的。但是這種事，看別人是一回事，彼時縱然再覺得口乾舌燥，兩罐涼茶灌下去也就完了，可輪到自己身上，又是另一回事。

所以簡妍此刻還是很害羞啊，壓根兒不敢抬眼去看徐仲宣。

他怎麼能那樣坦然呢？而且整個人看起來還是那樣高興，眉眼之間是掩都掩不去的笑意。

因著是新婚，兩人身上的衣服也都是喜慶的顏色。

徐仲宣著一身絳紫色的圓領錦袍，難得他穿著這樣的顏色依然給人一種俊逸非凡的感覺。

簡妍身上穿的則是桃紅色的緞面撒花襖，大紅色的馬面裙，馬面上用金線繡了兩隻展翅鳳凰，凌空而飛一樣。

這樣的一套衣裙都是徐仲宣早先就置辦好的。簡妍覺得未免有些奢華，但徐仲宣總是恨不能將這天底下所有的好東西都給她一般，所以這樣一套衣裙在他看來實在算不得什麼。

除卻衣裙，徐仲宣也給她置辦了許多首飾。

現下，四月給她梳著百合髻，徐仲宣則傾身在首飾盒裡挑挑揀揀她今日要戴的首飾。

海棠珠花步搖、金累絲銜珠蝶形的簪子、大紅色的堆紗絹花……徐仲宣一一將他挑選的首飾給簡妍簪在髮髻上，隨後又拿了眉筆，笑道：「古時張敞給自己的妻子畫眉被傳為閨閣美談，今日我也要來給我的妻子畫一畫眉。」

其實昨日簡妍便已細細修過眉了，今日又何須再畫呢？但這事原就是閨閣樂趣，誰又會真的在意？

她便由著徐仲宣抬手勾了自己的下巴，配合地微微抬頭，唇角蘊了一抹笑意，任由徐仲宣拿著眉筆給她畫眉。

淡淡用眉筆輕掃了幾下，徐仲宣側頭，仔細打量著。

長眉亦似煙華貼，眉色如望春山。

兩人相視一笑，彼此眼中俱是甜蜜。

雖然徐宅裡上有吳氏，中有秦氏等人，但徐仲宣並沒有要簡妍去同她們請安敬茶的意思。

他雖然承認自己是徐家子孫，但幼時在吳氏和秦氏那裡受到的奚落和冷眼，他還是悉數記得，也沒有法子現下就釋懷。

以往是因為徐妙錦還在徐宅，他偶爾才會回來看望她一番，但如今徐妙錦快要及笄了，且已定了人家，明年便會出閣。等到她一出閣，這裡徐仲宣只怕是一年也踏足不了幾次的。

他同簡妍也是這般說，往後他們只在京城長住，至多也就年節之時回來看看，所以對於吳氏和秦氏，讓她不用心生敬畏。

簡妍笑著應了，便由著他握了自己的手，兩人慢慢在花園裡逛著。

已是隆冬，天氣肅殺得緊，自昨日傍晚起，冷風便一陣陣颳了起來，空中也是鉛雲低垂，瞧著便陰沈沈的。

徐仲宣擔心簡妍會冷，便伸手將她湖藍色撒花斗篷上的風帽也給她罩了上去，才又握了她的手，慢慢往前走著。

他的手暖和得很，這樣緊緊握著她的，教她不但覺得手心暖和，心裡也暖和。

簡妍抿唇輕笑，乖乖地隨他一塊兒在花園裡閒走著。

偶爾有丫鬟僕婦路過，恭敬地對著他們兩人行禮，叫著「大公子」、「大奶奶」。

徐仲宣好脾氣地應了，還對她們點點頭。這在以往可是沒有的事，一時那些丫鬟僕婦只覺得大公子今兒心情是再好也沒有了。

徐仲宣的確是心情很好。多年的夙願成真，簡妍在他身旁，別人稱呼她的時候，總是會冠了他的姓。

再沒有人能分開他們了。

徐仲宣握著簡妍的手又緊了下，指著湖面上的那座八角涼亭說：「妳可還記得？那時妳在這涼亭裡做了一碗西瓜沙冰給我吃，還給我的左手腕上繫了一根長命縷？」

簡妍望向那座八角涼亭。涼亭的各處簷下掛了鐵馬，這會兒被風一吹，清脆的叮鈴鈴聲音響個不住。

她眸光裡有細碎的回憶。

想起那時兩人之間的那些曖昧，倒覺得心裡甜蜜得緊。

就聽得徐仲宣在旁邊笑道：「那時候，我就已對妳情根深種了，心裡想著要對妳說這事，可又怕嚇到妳，便想著要慢慢試探一番。我當時只以為，我這樣的人物相貌走了出去，哪個小姑娘不會愛慕呢？只要我一直對妳好，時日長了，妳自然也會喜歡我的。可誰曉得，妳倒是一直對我狠心呢，任憑我如何對妳好，明裡暗裡地示意，妳也只是躲閃著。好不容易那日在這涼亭裡，我察覺到妳心裡應當也是對我有意，可怎麼後來又對我那樣狠心起來？」

簡妍曉得他說的是玉皇廟裡的事。

現下沒有丫鬟在身邊，早先他們出來的時候，徐仲宣就悄悄吩咐四月她們不曉得做什麼去了，且這會兒風大，池塘邊也沒有什麼人。

於是簡妍左右瞧一瞧之後，索性傾身過去，身子伏在他的懷中，雙手鬆鬆地環住他的腰。

溫香軟玉在懷，徐仲宣自然受用，便也伸手環住了簡妍。

耳裡只聽簡妍帶著笑意的聲音輕快地說：「論起來，那時候其實我也不是有多喜歡你，稍微有些動心，也不過是受了那日你大晚上的給我送了槐花糕的影響罷了。那時我只想著，知君情深不易，想著要對你好一些，可到底又不願意給你做妾，同其他女人一塊兒擁有你，所以就想著，還是要依照以前的計畫，得了個空隙就偷偷跑走，然後在異地他鄉一輩子過逍遙日子。可誰想得到，最後到底還是和你這個大馬猴拴在一起了。」

「大馬猴？」徐仲宣聞言，咬牙問：「我哪裡像大馬猴了？妳見過像我這樣一表人才的大馬猴嗎？」

簡妍笑出了聲。這樣斤斤計較的徐仲宣倒是好玩得緊啊。

她在他的懷中抬頭，裝作一臉正色的樣子仔細地打量他一番，到底還是沒忍住，又噗哧一聲笑出來。「你生得是要比其他的大馬猴好一些。」

徐仲宣何曾被人這樣打趣過？若是其他人敢這樣打趣，他老早就撂臉子了，偏生這個人是簡妍。

徐仲宣瞧著她笑意盈盈的模樣，一時心中實在愛憐歡喜得緊，忍不住低頭在她的臉頰上親了一下，低聲道：「妳倒真是個膽大的，竟敢這樣打趣我。」

但簡妍本就膽大，目下聽徐仲宣這樣說，便笑吟吟地將自己的手從徐仲宣的衣襬那兒伸到他的身子裡去。

她素日是個怕冷的，一到冬日手腳就冰涼，縱然今日穿了這樣厚的長襖，外面又罩了一領厚實的斗篷，手依然還是冰的。

她冰涼的手一下子探到了徐仲宣的腰間，激得徐仲宣整個人都哆嗦了一下。偏生簡妍還在那兒作怪，一面越發將手在他的身子四處遊走著，一面還歪著頭看他，笑得頗有些不懷好意。「這樣算不算更膽大了？徐尚書。」

徐仲宣對這樣的簡妍簡直就是愛不夠，他實在喜歡她如現時這般，在自己面前耍賴調皮的模樣。

於是先前只在她的臉頰上親了一下而已，如今便雙手捧了她的臉，找著她的櫻唇就狠狠親了下去。

簡妍低低地「嗯」了一聲，就想要推開他。

但徐仲宣如何會容許她推開自己？非但越發用力地吻著她，一隻手還捉住她那隻在自己身上四處點火的手，轉而按到了下面去。

因而簡妍的手便碰到一團灼熱滾燙的東西。

經過了昨晚那一齣，她自然曉得那是什麼了。當下只覺得面上滾燙，掙扎著就要將手拿出來，卻被徐仲宣緊緊按住，他的身子也是抵了過來。

簡妍哪裡料想到他是這般無賴。所幸旁側並沒有什麼人，且冬日的衣裳也厚，外面又罩了鶴氅，便是真的有人也瞧不到什麼。

可到底還是害羞啊！所以簡妍低聲說：「徐仲宣，你放開。這裡是外面呢。」聲音又氣又急。

徐仲宣如何捨得放開？但也怕惹惱了她，所以狠狠地再吻了她的櫻唇一會兒，也就無奈地放開她，轉而將她緊緊抱在懷裡。

簡妍早就被他那通親吻給吻得氣喘吁吁，這會兒雙頰暈紅，神情嬌羞中又帶著嫵媚，讓徐仲宣瞧了，心中越發滾燙了起來。

他伸手攬了簡妍的腰，半托著她的身子，一面咬著她白皙柔滑的耳珠，一面又低聲問：「想不想去我的書齋看一看？」

簡妍早先曉得他的書齋在梅園後面，當時也是因著大意，所以一開始在梅園裡哼著歌兒、逗著小毛團玩時，還有同秦彥在那裡開誠布公地談上輩子，才被在牆後的徐仲宣聽了去。後來聽徐仲宣說了這事，她自然想去瞧一瞧他的書齋。只是之後她便回了鄭國公府，再也沒有踏進過徐宅一步。

現下聽到徐仲宣的提議，自然是同意。

當下徐仲宣便牽了她的手，直往梅園去了。

梅花正是開得好的時候，還沒走近梅園，就已幽幽梅香撲鼻，待得走了進去，但見枝頭開滿了紅梅，煞是喜人。

只是徐仲宣此刻是沒有心情來賞花，他拉了簡妍的手，在梅園的小徑上急行著，頭頂不時就蹭到了低矮的樹枝，簌簌地下了一場梅花雨。

待繞過了後牆上的那道月洞門，往左再行得片刻，簡妍便看到了數株高大的梧桐樹。這些梧桐樹一人都合抱不來，雖然現下葉子落盡，但可以想像到春夏之時，枝頭上的葉子該是何等的遮天蔽日。

走過這幾株梧桐樹，其後便是一處極幽靜的書齋。一明兩暗的三間屋子，院內古石青苔，走進屋裡，但見裡面陳設的東西雖然不多，內外都極是潔淨。

屋裡想來是早有人過來攏了火盆、焚過香了，所以簡妍一走進去，便覺得一股香甜的暖氣撲面而來，簡直連骨頭都要酥軟了一般。

她正要開口問徐仲宣，卻忽然被他打橫抱了起來。

她吃了一驚，雙手下意識地攬上徐仲宣的脖頸，問：「你這是做什麼？」

徐仲宣卻是不答，只是抱著她徑直地進了東次間。

東次間是以往徐仲宣在徐宅裡歇臥的地方，一張架子床，懸著天青色的紗帳，靠壁放了一張書架，上面累累陳書；旁側的窗邊便是一張花梨木大理石的書案，其後一張圈椅，又有一張海棠式的高几，上面放了一盆羅漢松盆景。

只是簡妍還來不及瞧清楚這屋內的陳設，便被徐仲宣抱到了架子床上放好了。

這會兒，簡妍如何還不曉得徐仲宣要做什麼？

她只覺得腦子裡「嗡」的一聲，緊接著面上就跟火燒似的紅了個透澈。

於是待徐仲宣將她放到床上，趁他撒手之時，她便一個俐落地翻身下床，就要往門外跑。只是徐仲宣的動作更快，雙臂自後緊緊地圈住了她的腰，隨後，他灼熱的呼吸噴灑在她的頰邊耳邊，語聲低啞，只道：「妍兒，我想要妳，不要拒絕我……」

第一百一十三章　婚後甜蜜

如今簡妍正全身無力地被徐仲宣包著斗篷，緊緊抱在懷裡，坐在窗前的圈椅中賞雪。

方才被他那樣好一通折騰，到最後，她幾乎要哭著討饒。可到底徐仲宣還是不願意放過她，她也只能將食指屈起放在口中緊緊咬著，勉力受著。

她實在有些不明白，為何徐仲宣如此熱衷這樣的事？明明人前的他瞧著是清俊嚴謹的一個人，可到了床笫之間卻是……

想到方才他那樣孟浪地對著自己，簡妍不由得就飛紅了雙頰，越發將一張臉緊緊埋到徐仲宣的懷中。

先時還不曉得，完事起來的時候，她才發現外面不曉得何時開始飄起了細小的雪花。

做完那樣的事難免會覺得慵懶一些，更何況自昨晚開始，簡妍就被徐仲宣那樣來來回回地折騰了三次，饒是鐵打的身子也是禁不住。

簡妍窩在徐仲宣的懷中，只覺得有些昏昏欲睡。

反觀徐仲宣卻是神清氣爽，且望著簡妍的目光也是奇異的亮。

兩人縱然只是抱著，也是貼得這樣緊，徐仲宣恨不能將她揉入到自己的身子裡，簡妍自然是敏感地察覺了徐仲宣此刻某處的變化。

且他又低下頭來，雙手捧著她的臉，火熱地親吻著她，呼吸也是漸漸急促起來。

簡妍這會兒是真的想哭了。

「仲宣，」她在徐仲宣的懷中掙扎，因著正被他親吻的緣故，話都說得斷斷續續。「我、我累了。」

在她掙扎之際，難免會磨蹭到某些地方，立時便聽到徐仲宣難耐的悶哼聲，一時吻著她的力道又加重了。

簡妍被他嚇得整個身子都僵住，再也不敢亂動。

可若是任由他再這樣親吻下去，只怕待會兒又有好一番她受的了。

她身子痠軟，渾身無力，連根手指頭都沒法動彈。

於是便帶了些許惱意地問：「你自己算算，從昨夜到方才你折騰我幾次了？你怎麼這樣不體恤我呢？」

徐仲宣咬著她的雙唇，低低地笑，只說：「妍兒，我直到現在，頭一次知曉其中的銷魂滋味，這幾日妳就多體諒體諒我，好不好？」

問到好不好時，幾乎是帶著撒嬌的意思。

不過想想徐仲宣如今的歲數，若是擱在其他人身上，孩子都能有十幾歲了，而他才剛與自己成親，猛然有了這些事，想來自然是樂此不疲的。

但他樂此不疲，到最後苦的就是她了。

可簡妍到底還是扛不過徐仲宣的撒嬌和哀求，後來渾渾噩噩地又承受了一次。只不過事後她便累得直接睡著，晚膳都沒有起來用，等到醒過來，已是半夜了。

屋外還在簌簌地下著雪。下午時分不過是細雪霏霏，此時卻是大了起來，鵝毛一般，被北風捲著，穿林打葉。偶爾有枯枝被積雪壓斷的聲音傳來，但如此刻這樣的雪夜聽來，只會覺得更是靜謐安詳。

屋中桌上點了一盞燈，橘色燭光透過青色的紗帳子，那光便像被篩子篩過一般，越發細碎了。

就著這樣的燭光，簡妍側過頭，靜靜望著自己的枕邊人。

這樣濃淡適宜的長眉，高挺的鼻梁，一雙眼兒現下雖是合著，但想著他在外人面前那樣嚴謹的模樣，在自己面前卻是那樣撒嬌無賴，她只覺得自己的心似是被什麼東西給填得滿滿的。

她從被子裡伸出手來，用手指細細地描繪著他的眉眼。

那時候，發生了那麼多的事，只覺得此生與他再也無緣了，沒想到如今她竟然能成為他的妻子，每日睜開眼便能看到他。

心中越想越覺得幸福甜蜜，簡妍止不住地傾身過去，在他的臉頰上輕輕落下了一個吻。與此同時，正摸著他頰邊的手被人捉住了。

簡妍望了過去，只見徐仲宣不知何時醒了，一雙墨眸中帶著滿滿的笑意，亦看著自己。

她笑著輕聲問道：「我是不是打擾你睡覺了？」

徐仲宣搖搖頭，隨即將捉在手中的手湊到自己的唇邊親了一下，又含笑問道：「妳餓不餓？」

他不問簡妍還不覺得餓，現下這樣一問，她覺得自己是餓得前胸貼後背了。先前被他那樣荒唐地按在書案上折騰了一番，累得她隨後挨著枕頭就睡，體力嚴重透支了不說，晚膳都沒有用。

思及先時的情景，簡妍面上又覺得有些發燙。

於是她抽回被徐仲宣握著的手，微抬了下巴，眼睛斜著他，只說：「你說我餓不餓？」

徐仲宣輕笑一聲。

他也曉得是自己孟浪了，但他也不曉得為什麼，自從昨夜嘗過那樣的滋味後，竟是再也無法克制自己了。

這會兒聽簡妍有責怪的意思，他忙俯身過去親了親她的唇，又道：「早先我已讓四月拿了些糕點來，我這就去拿過來。」

說罷，他起身拿了衣架上搭著的羊絨大氅穿了，隨即將桌上的大漆罩盒提過來。

揭開了罩盒的蓋子，裡面放著一碟子梅花糕、一碟子桃酥，還有一碟子白糖蒸糕。

簡妍拿了一塊白糖蒸糕吃。只是這個是熱的好吃，冷了滋味就不如何了，所以她吃了一口便停，直接遞給徐仲宣，同時微抬下巴，面帶笑意地說：「來，小宣子，賞你了。」

在這個以夫為天的時代，想來是沒有妻子敢這樣同自己丈夫說話的，但徐仲宣聽了也不惱，還真的伸手將那塊白糖蒸糕接過去吃，隨後笑道：「謝夫人賞賜。」

簡妍瞬間覺得，她第一次瞧見的那個徐仲宣，那樣冷淡，高高在上，可眼前的這個賴皮……她眼角跳了跳，然後拿了一塊桃酥，默默吃著。

只是心裡想了想就覺得，彷彿無論徐仲宣是什麼樣，好像她都是喜歡的啊！

意識到這點之後，簡妍也越發高興了。

她兩三口將手中的桃酥吃完，然後朝徐仲宣就撲了過去，雙手攬著他的脖頸，在他的臉頰上親了一口，笑道：「仲宣，我真的好喜歡你啊。」

徐仲宣其實也沒有用晚膳，這會兒正拿了一塊梅花糕吃，猛然聽到簡妍突如其來的深情告白，一個激動，就有些嗆到。

他一面咳著，一面不忘將撲過來的簡妍緊緊抱在懷裡，待緩過來了，他抬手點著簡妍的鼻子，正色同她說：「僅僅喜歡是不夠的。妍兒，妳要愛我才行，而且還要很愛很愛，一日看不到我都會萬分思念的那樣深愛。」

第一次看到求愛求成這樣理直氣壯的。

簡妍默默腹誹了下，但面上還是笑得眉眼彎彎，順著他的話，道：「仲宣，我很愛很愛你啊，一日看不到你就如隔三秋啊。」

明明她是用開玩笑的語氣說著這樣的話，但徐仲宣依然還是當了真。

他傾身過去，緊緊抱著她，在她的耳旁低聲說：「妍兒，我也很愛很愛妳。這樣每次睜開雙眼就能看到妳在我身旁的日子，妳不曉得我盼得有多辛苦。」

他話裡的真心和深情簡妍自是能感受到。

她心中大是感動，伸手輕輕撫著他的背，溫聲安撫他。「現下一切都好了。只是往後這幾十年，你每日醒過來的時候看到的都是我這張臉，到時會不會嫌煩啊？」

徐仲宣在她的肩上搖搖頭，隨即雙臂更緊地抱著她。

「怎麼會嫌煩？我此生最大的心願，便是能讓妳在我的羽翼之下，護妳安穩，直至我們兩個人都白髮蒼蒼，閉上眼的那一刻，我都不會與妳有片刻的分離。」

「可是仲宣，」簡妍嘆道：「人生世間，原本就是獨來獨往、獨生獨死的。再過幾十年，等你我都老了，兩個人必然會有先走的那一個，你這樣，讓我很不放心啊……」

若是她先走了呢？依徐仲宣這樣說，他豈不是會殉情？不過這也許只是眼前情到濃處所說的話而已，等真的兩個人在一塊兒過了幾十年之後，什麼樣的深情都會被時間慢慢磨掉的。

但她隨即又聽徐仲宣的聲音低低響起。「沒關係。妍兒，我是不會比妳先走的。」

言下之意就是他一定會死在她後頭嘍？這聽起來不是什麼好話啊。

簡妍正待要問他這是什麼意思，就感覺徐仲宣在她的臉頰上親了一下，聽見他低聲在她耳旁說：「若是我走在妳前面，我擔心妳會害怕之後沒有我的日子，所以我會努力地好好活著，等真的妳大限到來的那一日，我會將妳抱在懷裡，柔聲同妳說話、哄著妳，這樣妳便不會害怕了。便是到了下面妳也不用怕，等等我，我隨後就來，握著妳的手，一起走過奈何橋。不過要先說好了，不能喝那孟婆湯。妍兒，若是有下輩子，我希望妳還能記得我，等著我過去找妳。」

簡妍這時也不曉得為什麼，忽然覺得眼圈有些發熱。

說起來，這時候談論生死，且還是到底誰先死的問題，也算不得什麼好話，可是聽徐仲宣說著這些，她卻感動得唏哩嘩啦的。

她費了很大的勁才讓眼中的淚水沒落下來。隨後，她扯了扯唇角，笑道：「仲宣，你可是比我足足大了十一歲呢，到時我們兩個一塊兒走了，論起來不是我吃虧？所以你一定要好好保重自己的身子，這樣算起來，你多活一日，我才能多活一日哪。」

徐仲宣點點頭，目光堅定地說：「嗯，我會好好地護著自己，努力活到百歲以上的。妍兒，一輩子的時間這樣短，我恨不能永遠不要到頭。」

是啊，一輩子的時間這樣短。

「沒有關係，」簡妍緊緊地抱著他。「我們還有下輩子、下下輩子。」

若是真的有孟婆湯這種東西，簡妍想著，她是絕對不會喝的。

下輩子，她會等著徐仲宣再來找她。

第一百一十四章 上元燈節

簡妍和徐仲宣在通州過完舊曆新年之後就回了京城。

兩個人剛成親，需要置辦的東西自然很多。雖然先前徐仲宣自己也置辦了一些，但他一個男人自然是沒有女人心細，所以簡妍回了京城之後，少不得就開始忙碌起來。

不過兩、三日的工夫，徐仲宣便發現自己的三進小院變了個樣。

臥房裡，向來素淨的青色幔帳換成了銀紅色的蟬翼紗，遠遠望過去，如煙似霧。案上也新添置了一盆清水養著的水仙，因現下天氣較冷，還沒有開花，萱草似的碧綠葉片中間不過都是些花苞罷了，個別開了一半，隱約可見裡面鵝黃色的花蕊。至於屋內的其他地方也增添了許多陳設。

當初親手繡的那幅荷葉錦鯉圖，簡妍也特地翻找了出來，請人做成了一架紫檀木架的屏風放置在屋子裡，取代原先那素色的白紗披風。她又讓徐仲宣畫了四幅花鳥畫出來，拿到鋪子裡請人裝裱之後掛在牆上。

這樣牆上便不再是素白一片，好歹沖淡了一些屋子裡原有的清冷氣息。

只不過畫著這些畫的時候，徐仲宣非要拉著她一起。

冬日雖然寒冷，但屋內攏著火盆，徐仲宣又那樣站在她的身後，伸手握著她拿湖筆的手，說是要和她一起畫這些畫，但暗地裡被他占了多少便宜去？

這樣倒是一點都不冷了，只是隨後她被他抵壓在書案上肆意妄為時，簡妍一偏頭，看到的就是窗外柳絮似的飛雪。

徐仲宣覺得她這時不夠專心，懲罰地一直不停輕咬著她。

於是這幾幅畫，足足畫了好幾日。

到後來總算畫好，裝裱之後也掛到了牆上去。

按照徐仲宣的話來說，以往這所院子不過是他在京城裡的落腳之處罷了，每日散值回來也是冷冷清清的。如今，簡妍來了，這樣一裝扮，每次當他走進屋子裡就有了一種煙火紅塵，回到家的感覺。

隨後他又吻著簡妍的臉頰，低聲笑著說，最重要的是因為有妳在這裡，我才會有家的感覺。

簡妍聽了他這話，心裡自然是覺得極受用。

幾日的繁忙過去，上元佳節就來了。

雖說去年太后和皇帝先後崩了，但新帝繼位，這第一年的上元佳節自然還是要大辦。真真是花市燈如畫。

晚膳過後，天漸漸地黑了，城中各處相繼亮起了燈火來，徐仲宣拉著簡妍一起出外去看燈火。

難得的是老天爺竟然也湊趣，昨日還是晴天，大大的日頭明晃晃地掛在空中，今日臨近傍晚時分，卻紛紛灑灑地下起了小雪。

這點小雪自然不會打消眾人賞燈的熱情，反倒將今夜的氣氛烘托得越發好了，一時燈市上往來遊人仕女如織。

簡妍身上披了粉紫色的撒花斗篷，頭上罩了風帽，由著徐仲宣牽著她的手在人群裡晃蕩。

路旁有賣花燈的攤子，徐仲宣便停下來，上前挑挑揀揀地要買一盞花燈給簡妍，結果被那攤主人兩句好話一說：「公子您帶了夫人出來看燈會啊？您夫人生得可真好，跟畫上的人兒一般。您和您夫人可真恩愛，您瞧您在挑選花燈的時候，夫人一直站在旁邊看著您笑呢！」

徐仲宣被小攤販這幾句話說得心花怒放，一時高興，非但給簡妍和自己一人買了一盞花燈，連跟著一起來的齊桑、齊暉、四月和聽楓等人，也是每人各買了一盞。

那小攤販自然高興得合不攏嘴。

簡妍也是抿了唇笑，然後帶笑地接過了徐仲宣遞來的花燈。

扇面形狀的花燈，兩側紙上畫了幾竿翠竹，下面則是垂了大紅色的穗子，裡面點了一根小蠟燭，提在手上，橘黃色的燭光亮著。

簡妍提了這盞花燈，一面隨著徐仲宣往前走，一面笑道：「你耳根子這樣軟，往後我可不敢讓你出來買東西，不然旁人說了兩句好話，你就能把整個攤子都買下來。」

徐仲宣側頭望著她笑，只說：「沒關係，我心裡高興。」

高興旁人都知道他和簡妍是夫妻，高興簡妍和他之間是真的恩愛，連一個素不相識的旁人都能一眼看出來。

所以這幾盞花燈又算得了什麼呢？便是真的將整個攤子都買下來，他都是高興的。

接下來，兩個人從東街一路逛到了西街，做著普通夫妻都會做的事。

照樣是路邊攤上，挑子一頭是搓得白白圓圓的元宵，一邊是燒得旺旺的炭火，上面鐵鍋裡是滾熱的水，旁邊放了兩張算不得乾淨的黑漆桌子。

其實兩張桌子旁都坐滿了人，可簡妍偏生就是想吃元宵了，便拉了徐仲宣在一旁站著等候。

中間遇到了一位同僚，是禮部裡的一位員外郎，也是攜了家眷一起出來看花燈。

他見到徐仲宣，趕忙帶著家眷上前來行禮，又殷勤問道：「徐大人，您站在這裡做什麼呢？」

「排隊等著吃元宵。」

徐仲宣答得理所應當，那位員外郎卻直接傻眼了。

做官做到徐仲宣這樣，正二品的禮部尚書兼建極殿大學士，滿朝文武中，除卻首輔吳開濟，只怕就數徐仲宣權勢最大了。相較吳開濟，皇帝現下彷彿更為倚重徐仲宣一些，他的前途自然是不可限量，可是現今卻在這樣髒亂的環境裡排隊等著吃元宵……

這樣的官職，怎麼著都該長隨成群，出入上等酒樓啊？

員外郎疑心是自己聽錯了，正想再問，感覺自己的衣袖被人輕輕拽了拽。

他回頭一望，只見拽衣袖的人正是自己的夫人。

他的夫人比他心細，一早就瞧見徐仲宣身旁站著一位嬌美女子，雖然冬日裡衣裳寬厚，但若是細看，還是能看得出來徐大人緊緊握著這位女子的手；且徐大人雖然與她夫君說話，可仍不時就會側頭去看那位女子。

對一個人在不在乎，有多在乎，眼神是絕對騙不了人的。再聯想到前幾日徐仲宣與樂安縣君大婚的事，想來眼前的這位女子便是樂安縣君了。

那日簡妍下了喜轎，與徐仲宣拜過天地後便直接被送入婚房，並無一人看過她的相貌，所以縱然這位員外郎夫人有幸參加那日的婚禮，到底也是沒有看到簡妍，不過這會兒倒是立時就猜出了簡妍的身分。

於是員外郎夫人面上帶了笑，又屈膝行禮，恭恭敬敬地問：「這位就是樂安縣君嗎？」

這位員外郎夫人少說也有三十歲了，可她還這樣對著自己行禮，這般恭敬地同自己說話。

簡妍並不敢受她的全禮，側身讓了讓，至多也就受了個半禮而已，而後才點頭微笑，對那位員外郎夫人說：「夫人請起，不用多禮。」

她現下既是縣君，也是徐仲宣的夫人，論起來徐仲宣的官職比這位員外郎大了許多，就算是這位年紀較她大的員外郎夫人同她行禮，也是不用還禮的。

很顯然，員外郎夫人比起夫君可是熱情多了，也是個自來熟，不過幾句話的工夫，員外郎夫人便單方面地定了上門拜見簡妍的事，而簡妍壓根兒沒有開口的機會。

等到他們走了，徐仲宣便望著簡妍笑。

「妳這樣好說話，豈不是往後被人賣了都不曉得？」

簡妍就道：「那還不是因為那位員外郎是你同僚的緣故？我總想你在同僚之間有個好印象，不想讓他們覺得你的夫人不好說話。」

徐仲宣聞言，卻抬手摸了摸她的頭，道：「妍兒，妳不用勉強自己做任何不想做的事。現下的我，已經足夠讓妳為所欲為地去做任何想做的事了。」

他的語氣聽上去淡淡的，面上的神情也很平淡，但簡妍不曉得為何，覺得他這樣淡然的幾句話後面有什麼了不得的事。

她只曉得徐仲宣是禮部尚書兼任次輔，可他頭上畢竟還有皇權，還有著首輔，有著這朝中所有官員，為何這樣的話他會說得如此篤定，且如此霸道？

簡妍沒來由便覺得心中跳了一跳。

這時，徐仲宣卻拉著她的手，笑道：「快來，前面那桌人走了。」

這會兒，他哪裡還有方才說話時的無形壓迫？整個人如同小孩一般，拽了她的手，急急走到剛空出來的桌子旁。

等著攤主人過來簡單地收拾了下桌子，問他們想吃什麼元宵時，他要了一碗玫瑰餡和一碗芝麻餡的。

攤主人的動作很快，不一會兒工夫便端了兩大碗元宵上來。

徐仲宣曉得簡妍愛吃玫瑰餡的，便將那碗元宵推到她的面前，笑著催促她快吃，自己則吃了那碗芝麻餡的。

熱氣騰騰的元宵，氤氳的水氣蒸騰而上，可見到坐在自己旁側的人眉目溫和清俊，唇角蘊著的笑意清淺柔和。

簡妍垂了頭，拿著杓子慢慢吃著。

她在想，或許真的是自己多心了。

待元宵吃完之後，兩人又去買了荷花燈，一塊兒去了護城河旁。

護城河旁早有無數的人在放荷花燈了。簡妍和徐仲宣點亮了荷花燈裡的小蠟燭，虔誠地將燈放入水中。

水面上有千百盞荷花燈，猶如點點明珠，於這簌簌細雪中，順流而下。

簡妍笑著起身站起來，而後她一偏頭，就看到了前面隔著四、五個人的位置正站著一個人。

那人身著絳紫色的鶴氅，一雙瀲灩鳳眼，便是不笑的時候也是帶著幾分弧度的。

卻是沈綽無疑。

花市燈如畫，驀然回首，那人卻在燈火闌珊處。

沈綽雙手攏在袖中，望著相隔幾步之遙的簡妍。

丁香紫色的縷金花紋對襟長襖，牙色的百褶裙，披在外面的粉紫撒花斗篷邊緣是一圈毛茸茸的白色風毛，頭上梳的是已婚婦人的髮髻，不過簪了一朵銅錢大小的珠花並著一支珠鈿罷了。

縱然只是如此簡潔的打扮，她依然是豔麗不可方物，人群之中，他一眼看到的還是她。

自兩年前和徐仲宣的那次談話之後，他半為散心，半為家族生意，帶了夥計出海，前不久才歸來，便聽到了簡妍這兩年間發生的事。他心中也曾隱隱牽動，想著要去看她，但不久就曉得了她和徐仲宣大婚的事。

徐仲宣應當是將她照料得很好吧？畢竟這些年，徐仲宣為了她做了那樣多的事，甚至等了她這麼多年。

瞧她面上的盈盈笑意，分明是過得很好的樣子，再瞧瞧她身旁正望著水面上荷花燈的那位……

沈綽忽然覺得這樣也沒什麼不好的。

他微微地側了側頭，對簡妍勾唇笑了笑，而後轉過身，身影慢慢融入了人流之中。

簡妍倒沒想到會在此時此地遇到沈綽。

其實這幾年裡，有時候想起沈綽說的那番話，也不時會在她的心頭縈繞。

他願意陪她走遍千山萬水，願意給她施展才能的無限空間，不會讓她拘泥於一般閨閣女子的生活。

這樣的話，其實真的讓人很動心、很感動。

只可惜，那時候徐仲宣已經在她的心中，她是再容不下旁人了。

現下見他這樣對著自己輕輕微笑，而後灑脫地轉身離開，她面上忽然也有了笑意。

這樣自然是最好的結果。

手忽然被人握住，她轉頭，便看到徐仲宣清雋的臉。

「妳在看什麼？」他語聲微沈。

方才沈綽在那裡，他自然是看到了。

沈綽當年的話，言猶在耳。簡妍想要的是更加寬廣的天地和自由，而不是如同一般閨閣女子那般，日日年年地待在內宅之中。

所以他慣是這樣霸道，總是希望她的目光整日只在自己身上，為他一個人停留。

但其實他心底也是極不自信的。

這些年他沒事的時候就會問一問，她以前那個世界是什麼樣的？便曉得有一日之間可以行一萬多里的車子，人還可以坐在飛機裡上天飛翔，到達這個世上任何想去的地方。

有時候，他會舉目望著頭頂湛藍的天空和悠悠的白雲。

在天上飛，看著雲朵遠在自己下面，世間再高大的山，再寬廣的海洋，於那樣的高空俯瞰下來，想來也算不得什麼。

這樣的事，他是想都沒有想過的，可是對簡妍而言，一切卻是如此普通。

徐仲宣越曉得這些事，就越覺得不自信。

簡妍有時候也會調笑著說，你這樣的古人，怎麼能想像到我們那時候的科技發展到了什麼樣呢？

她只是無心調笑之語，可落在徐仲宣的耳中，卻覺得心事重重。

他給不了簡妍那時候的生活，只有盡力做到這時代最優秀的男人，這樣簡妍總不至於在往後會厭倦他了吧？

所以他一方面努力讓自己變得強大，另外一方面，心中卻依然還是不自信。

他總是不願意簡妍的目光落在旁人，特別是男子的身上多一刻。

簡妍不曉得他心裡許多彎彎繞繞，只是反握住他的手，面上綻放一個燦爛的笑容，說：「我沒有看什麼啊。走，我們看煙火去了。」

上元佳節除卻賞玩滿城花燈，觀看煙火自然也是一大趣事。

這次換簡妍拉著徐仲宣的手一直往前跑。

到了街心，果見那裡已放了好多架的煙火，旁邊挨肩擦膀地擠了許多人，還有士兵在一旁維持秩序。

簡妍拉了徐仲宣，擠了半日也不過擠到人群中間而已，反而還被周邊的人擠得自己都快要變成紙片人了。

最後她索性拉了徐仲宣出來，挑了一個僻靜無人之處站著。

反正煙火會騰空的嘛，站在哪裡都能看得到。

待她和徐仲宣在一處幽靜的小巷口剛剛站好，就見街心裡一道寒光升了上去，而後至半空那裡，「砰」的一聲炸了開來，儼然就是一朵黃色的龍爪菊。

緊接著又是「咻咻」之聲不斷，半空中各樣顏色齊綻，氤氳如傍晚時分的絢麗晚霞，將這整個京城映照得如同火樹銀花不夜天一般。

人群自是開始沸騰了，簡妍也很高興，仰著頭，看著一束束的煙火升空。

但是忽然間，她的雙頰被徐仲宣的雙手捧住了。

她望了過去，清楚看到徐仲宣的一雙墨色眼眸。

街心的煙火還在噼哩啪啦地響個不住，十樣錦似的顏色不斷騰空，萬道燦爛的霞光映在徐仲宣的眼眸和面上，不斷變換著顏色。

他垂了頭，親吻著簡妍的面上各處，隨即含住她的雙唇，細細吮吸著。

最後，他將她緊緊抱在懷中，低聲卻堅定地道：「妍兒，永遠都不要離開我身邊。」

簡妍不曉得他為何忽然會說這樣的一句話，縱然聽著是堅定的語氣，但內裡的不安，她還是能感覺得出來。

於是她溫順地靠在他的懷中，雙臂環住他的腰，笑道：「你放心，我自然是永遠都不會離開你身邊的。」

徐仲宣更緊地抱住了她。

第一百一十五章　夫妻夜話

這一夜，床枕之間，徐仲宣較以往來得更為激烈，到最後只將簡妍折騰得不住討饒。但徐仲宣還嫌不夠似的，恨不能就這樣將她給揉碎了，緊緊嵌到他的骨血裡去，這樣她就是自己一個人的了。

末了，簡妍趴在枕頭上，累得雙眼都睜不開，就聽徐仲宣湊在她的耳旁說：「妍兒，給我生個孩子吧。」

有了孩子，兩人之間自然會再多一層羈絆，這樣簡妍總歸是再也不會離開他的吧？

簡妍迷迷糊糊的，並沒有回答什麼，心裡卻在想，生孩子這種事，哪裡是說生就能生的啊？

自然是不會這麼容易的，至少等到這一年時候的年尾，簡妍還沒有懷上。

而在這一年之中，徐仲宣手中握著的權勢越發大了。他竟然聯合司禮監掌印太監鄭華一起，將吳開濟從首輔的位置上踢了下去，轉而自己坐上首輔的位置。

說他現下權傾朝野也不為過，且是人人忌憚。偶爾簡妍同他一起出去赴同僚的約，誰對著他不是誠惶誠恐，正眼都不敢瞧他一下，便是同僚的那些夫人見了她，也是畢恭畢敬，話都不敢亂說半句。

簡妍有時候興致來了，也會帶著四月和聽楓簡裝去外面轉一轉，在茶樓酒肆各處也能聽到很多人對徐仲宣的評價。一方面說他是立朝以來最年輕的首輔，又說起他當初三元及第的事蹟，誰不讚他一句驚才絕豔？另一方面，卻也說他雖是生了一副清雅好相貌，現下卻是如此心狠手辣，雙手不曉得沾了多少鮮血，真真是達到小兒止啼的地步了。

想往上爬，自然得踩著無數人的屍骨鮮血，但是這些屍骨鮮血，若是罪有應得的還好，但若是無辜的人呢？

正所謂是一朝天子一朝臣，前兩年新帝上任之初，朝中自然有些臣子是新帝不喜的，而這兩年之中，新帝便授意了徐仲宣將以前那些臣子盡數除去，悉數換上自己人。

因著新帝要用徐仲宣，自然是默認他手中的權勢無限增大，等到哪日，以前礙事的臣子全都除了，徐仲宣的權勢卻膨脹到一定程度時，皇帝又會如何處置徐仲宣？

到時徐仲宣是否要留？留多久？也只是皇帝的一個念頭罷了。

這樣的事，簡妍料想徐仲宣心中自然是有數的，只不過他從來不對自己說罷了。

不論他現下在朝中是如何一手遮天，抑或是皇帝有沒有開始忌憚他、要找他的麻煩，他回來之後，在他面上是半點兒看不出來的。

他只是如以往一般，陪她說些閒話，或是兩個人一起看看書、作作畫，甚至是下下廚。

但有一次，簡妍卻發現他雙膝上的烏青之色。

他以往睡覺時是不喜歡穿裡衣的，也不要她穿，說是喜歡兩個人這樣肌膚相親的感覺，但忽然有一天，他就開始穿裡衣了。

簡妍只覺奇怪，便問他原因，他輕描淡寫地說天冷了，不穿裡衣睡覺會冷之類的話。

她心中起疑，所以趁著他睡著的時候，偷偷捲起了他的褲腿。

雙膝上的烏青算不得觸目驚心，其實也不嚴重，但是簡妍看在眼中，還是覺得心裡刀絞似地痛。

這烏青定然是跪了很長時間留下來的。

想想前些時候皇帝那樣倚重徐仲宣的樣子，看看現下他對徐仲宣的樣子，和民間各處的傳聞，從來只說是徐仲宣為人陰狠，將那些與他不和的大臣悉數下了獄，或是發配流放，或是直接絞殺，可從來沒有一個人說皇帝的不是啊！

待朝野對徐仲宣憤恨到了一定程度，皇帝完全可以將徐仲宣推出來，到時再裝模作樣地將以往被徐仲宣借故殺了的大臣恢復名聲，朝野上下只會讚嘆他是明君，所有的黑鍋都給徐仲宣背了。

那時候，徐仲宣焉能有命在？

簡妍只覺按在他膝蓋上的手顫得厲害。

這時，一隻手按上了她的。她抬看了過去，就見徐仲宣不知何時已經醒來，正躺在那裡，靜靜地望著她。

簡妍回望了過去，而後，她抬手將面上的淚水擦去，平靜地說：「仲宣，我們來好好聊一聊。」

窸窸窣窣的聲音，是徐仲宣自被窩裡坐起來，半靠在床欄上。

簡妍盯著他。竹青色的暗紋裡衣，容顏較往日清瘦了不少，想來他最近總是為朝中的事煩心，卻從來不對自己說一個字。

她轉過身，在他的面前跪坐好。

徐仲宣卻向她伸出手，說：「到我的懷裡來。」

已是臘月，縱然屋子裡攏了火盆，到底還是冷的，而簡妍僅著一身單薄的水紅裡衣，就這樣跪坐在被子外面，自然會凍到她。

簡妍聞言，便乖乖掀開被窩鑽到徐仲宣的懷裡，然後學著他的模樣，半靠在床欄上。

徐仲宣收緊雙臂，緊緊將她抱在懷中，隨後又將頭擱在她的頭頂上，慢慢說：「不用說，我知道妳要跟我說些什麼。」

她自然曉得他知道自己要跟他說些什麼的，畢竟他是這樣水晶玻璃心肝的一個人。

可即便他知道，這樣的話，她依舊要說的。

她不想每日都這樣提心弔膽地過日子，更不想徐仲宣真的變成了旁人口中所說的樣子，且往後極有可能沒有好下場。

「權勢就真的那樣重要嗎？」她開了口，緩緩地問道：「哪怕你明知前路凶險無比，可能一步踏錯就會萬劫不復？」

環著她的雙臂緊了緊，然後徐仲宣垂下頭去，看著簡妍。

屋中雖然留有一盞燭火，可被絹紗的荷葉錦鯉圖屏風一擋，到了這帳子裡，依然還是昏暗的。

即便是在這樣的昏暗中，徐仲宣依然能望見簡妍濕漉漉的一雙眼。

她大概著是有些想哭了。

只是，權勢怎麼會不重要呢？他們兩人這幾年受的那些磨難，不都是因他手中權勢不夠大的緣故嗎？不然他們早就成親了，又何必讓簡妍受了這樣多的罪？

縱然簡妍不說，可他也曉得，聶青娘的事，她心中永遠都是愧疚的。多少個深夜，他聽著簡妍在夢中痛哭，叫著娘，說一切都是她的錯。

可這些，原本就不該是她承受的。

於是他點點頭，低聲地說：「嗯，很重要。」

簡妍嘆了一口氣。畢竟在一起這麼多年了，她如何不曉得他的心思？

當年周元正的事，長公主和太后意欲讓她遠嫁西北的事，想必讓徐仲宣心中很是震動，不然他雖然看重權勢，也不至於如現下這般，幾乎到了有些喪心病狂的程度。

於是她想了想。「可是我們已經成親了，我在你的身邊，沒有什麼事會分開我們了。」

徐仲宣也曉得他們已經成親了，可是他依然擔心。他總是想護她周全，任何可能會讓他們分開的事他都不想讓它發生，所以他想要無上的權勢，這樣便不會有任何人威脅到他和簡妍。

「即便是妳在我身邊了，可我依然不放心。」他低聲說：「且而今我手中握有的這些權勢，我覺得還是遠遠不夠。」

他如今已經是內閣首輔，也當得起「權傾朝野」這四個字，他還嫌不夠？

簡妍想了想，終究還是問：「那你是想要做皇帝嗎？」

可是皇帝又如何會是好做的呢？上輩子歷史學下來，五千年之間，篡位成功的能有幾個？且基本都是在亂世裡；便是王爺篡位成功的，也就只有明成祖朱棣一個人。而且，那些人多少都是手中有些兵權的，即便徐仲宣是如今貴為內閣首輔，說到底也只不過是個文官罷了。

簡妍這樣直接的話，聽起來實在有些大逆不道，若是旁人，只怕這會兒已經嚇得面色發白，雙膝一軟，直接跪了下去，徐仲宣卻是面色如常，甚至是唇角微牽地笑了笑。

就見他搖搖頭，道：「江山易主豈是那樣容易的事？即便我想，但這也是不可能的事。且不說我調動不了兵馬，便是真的僥倖成功了，拿什麼來堵住天下人的悠悠眾口？那個位置我做不得兩日就會被人給拽下來。」

簡妍聞言，略略鬆了一口氣。她還真怕徐仲宣一個想不開就跑去謀逆了呢。

她不是個很有野心的人，無非是想同他在一起，安安靜靜地過著平淡的小日子罷了。可若是徐仲宣有了那樣的念頭，注定他們一輩子都是不會消停的。

這時，她就聽徐仲宣慢悠悠地說：「但是我可以考慮做曹阿瞞。」
簡妍大吃一驚。難不成他是想學了曹操，挾天子以令諸侯？
「你、你想做什麼？」簡妍的聲音有些發顫。「徐仲宣，你到底想做什麼？」
徐仲宣垂眼望著她。
他面色雖平靜，但眸光幽深，讓簡妍瞧了，禁不住就覺得心慌不已。
她伸了手，緊緊地揪住他胸前的衣襟。
似是曉得她心中害怕，徐仲宣抬了左手，握住她冰涼的一雙手，慢慢道：「這樣的事，我原本是不打算對妳說的，可是今夜既然妳問起，我若是不說，只怕妳還會如現下這般，每日胡思亂想，所以我索性對妳明說了吧。
「皇上還是梁王的時候雖然待我赤誠，這兩年也是大力提拔我，但我心中也曉得，他不過是想著讓我替他將路上的障礙全都掃清罷了，等到狡兔全都死了之時，他又忌憚我手中權勢太重，到那時自然是留不得我了。」
「既然你自己知曉這其中的厲害，那為什麼不抽身出來，反倒還要一條路走到黑？」簡妍問：「難不成你真的想死不成？」
說到後來，她的聲音逐漸嚴厲起來。
在她看來，「權勢」二字縱然再好，也是不值得拿自己的命去拚的。
徐仲宣曉得簡妍是真的著急了，俯首在她的臉頰邊輕吻了一下，低聲道：「妳不用擔心，對這一切我自然是早有安排的。」

「什麼安排？」簡妍厲聲問：「現任的皇帝登基才幾年？又正值壯年，指望他如今就能自己死了嗎？便是他真的現下就死了，可老話也說了，一朝天子一朝臣，你眼前不就是替皇帝清理上任皇帝手裡的臣子？難保到時你就不是被人清理的那一批。所以，你倒是告訴我，你有什麼安排，又到底安排了些什麼？」

徐仲宣沈吟了片刻，想來是在斟酌這樣的事到底要不要對她說？

他並不想簡妍捲入這些事情裡，他覺得她就該在自己的庇護之下，每天高高興興地做著感興趣的事情就好了。

但他見簡妍神情嚴峻，望著自己的目光更是帶著嚴厲之色，到底還是低聲說：「妳也曉得，司禮監的掌印太監鄭華素來便與我交好，宮中的宦官，哪一個不聽他的話？皇上雖然正值壯年，但人吃五穀雜糧，哪有不生病的？但凡只要囑咐了御藥房的小太監在他的藥材裡多添幾樣，或是減了幾樣，他便能一直病著；又或者在飲食裡不拘地加了些什麼，到最後，總歸能弄得他纏綿病榻。然後等到差不多的時候，他自然是可以崩了，到時只要我們牢牢控住了風聲，外人也不會過多懷疑。至於新帝，皇上的幾位皇子現時都年紀不大，便是有皇后在，一來老祖宗的規矩是內宮婦人不得干政，二來幼子寡母，我身為內閣首輔，內又有鄭華相助於我，最是好操縱他們的。所以到時縱然坐在皇座上的是皇帝，可背後……」

他的話還沒有說完，簡妍已經明白他的意思了。

果然是挾天子以令諸侯，到時面上好歹能堵住天下之人的悠悠眾口。

「可是你當其他的朝臣都是瞎的嗎？那些御史逮著一些雞毛蒜皮的事就會往死裡參，你這樣的，彈劾的奏章都能裝滿一整間大殿了吧？還是你想著，誰敢彈劾你，你就殺了誰？到時重典之下，就沒人再敢說你什麼了？可是徐仲宣，小皇帝終究是會有長大，有想自己親政的那一日，到時你怎麼辦？」

徐仲宣被簡妍這一連串質問給問得輕輕抿起唇。片刻之後，他才低聲道：「等小皇帝長大了，自然也是會有皇子的。」

所以他的言下之意是，再想法子弄死了小皇帝，然後再來一次挾天子以令諸侯嗎？簡妍都要被他給氣笑了。

她又是氣，又是怒，最後卻只能無奈地嘆氣。

「可是仲宣，即便你能保得住你我一輩子無事，可是我們的孩子呢？你這樣的……」

說到這兒，簡妍停頓了下。她總不好當著徐仲宣的面直接說他陰狠毒辣、冷血無情。

「可是咱們的孩子，你就能保證得了他如同你一般？等你我死了，咱們的孩子怎麼辦？旁人算計不了你，還算計不得我們的孩子？你告訴我，到時誰來護住他們？」

徐仲宣聽了，雙唇越發抿緊了起來。

其實他素來考慮的只有他和簡妍這輩子的安穩，從來沒有考慮過孩子的事。

只要他和簡妍這輩子好好地永遠在一起，死後的事情，哪怕就是他的屍首被人拉出來鞭屍、挫骨揚灰，他都是不在意的。

可眼下聽得簡妍這樣說，他的目光不自禁落在她的肚腹上，左手也悄悄撫了上去。

孩子，他和簡妍的孩子……

這樣的幾個字在他的舌尖上緩緩地滾了幾滾之後，不曉得為什麼，他的心忽然就有幾分柔軟，也有了幾分動搖。

他沈默著，不再說話。片刻之後，他翻身將簡妍壓在自己身下，湊了過去，細細吻著她白皙的臉頰，低聲含糊地說：「這事妳容我好好想一想。」

但即便他說要好好想一想，手上的動作卻是一點都不含糊。很快地，簡妍那一身的水紅裡衣便被他褪了個乾乾淨淨。

簡妍開始掙扎，也想著要和他再繼續說一說，徐仲宣卻不容許，更湊過去封住她的唇，不讓她再說一個字出來。

到了後來，在不住的起起伏伏之中，簡妍原先眼中的嚴厲之色漸漸染上了一層氤氳的水霧。

一夜顛鸞倒鳳，至三更之時她才模糊地睡著。

次日，等到她醒過來時，徐仲宣早已上朝去。

她也不急著起來，只是側頭望著窗外出神。

天依然是陰沈沈的，想必要下雪了。北風漸漸凜冽，吹得窗紙呼呼地響個不住，更讓人覺得心亂。

徐仲宣膝上的烏青不曉得如何了？且昨夜那時，他說這事要好好想一想，也不曉得他到底會不會真的好好想一想？

只是，縱使再怎麼樣想，便是他想急流勇退，只怕別人都是未必信的。

簡妍煩惱地長嘆了一口氣，起身坐了起來，慢吞吞地穿衣下床。

等到這一日徐仲宣散值回來，也沒有再提起昨夜兩個人的那番話，以及他考慮得怎麼樣了？

簡妍也並沒有急著問。

這樣的事，追問得太急了反而不好，一來是讓徐仲宣心煩，二來她也是怕會給徐仲宣壓力。所以，她便靜靜地等著。

第一百一十六章　宮中夜宴

一直等到上元節的前一日，徐仲宣到底也沒有給她答案，皇宮裡卻有內侍帶了口諭出來，說是明日佳節，皇上和皇后在宮中設宴，邀請諸位大臣和家眷入宮共賀佳節，他便是過來請徐大人和徐夫人明日入宮赴宴。

徐仲宣和簡妍當時也只能應承，至次日，兩個人按著品級穿了袍服入宮。

簡妍只擔心這場宴席是鴻門宴，心中很是忐忑，而徐仲宣一路上緊緊握著她的手，只溫聲地安撫她。「不要怕。」

簡妍沒有作聲。

她實在不喜歡過這樣提心弔膽的日子，若是可以，她多想和徐仲宣找個偏僻的地方隱居，或者去一處無人認識他們的地方，做一對普普通通的小夫妻，那樣自由的日子多好，又何必要整日如現下這般，擔心這擔心那的呢？

簡妍心中遲疑，到底要不要將這樣的話對徐仲宣說？畢竟他如今位於這樣的高位，讓他放棄手中所有的一切，隨著她遠離京城，從此過一般老百姓那樣普普通通的日子，他未必是肯的。

她曉得他小時候因著庶子身分的事，受盡了徐宅裡那些人的冷言冷語，所以才發了狠地想要一路往上爬。這些年裡，他又鑽了牛角尖，只覺得自己有了無邊權勢之後才能護她安穩周全，再也無人可以分開他們。

但若是做了煙火紅塵裡一對再普通不過的夫妻，其實她想像的安穩日子也應該是不難的吧，又何必一定要無邊的權勢來保駕護航呢？

簡妍在心中默默長嘆了一口氣。

耳邊聽著徐仲宣依然在寬慰她不要怕，不過是吃一頓飯而已，很快就會回來之類的話，但縱使他的聲音再平穩，掩飾得再好，可兩人這幾年日夜在一起，都已經這樣親密了，簡妍如何不曉得他心中此刻的擔憂？

臣子同皇帝在前面的大殿裡，女眷卻要同皇后在後宮，也就是說，兩個人只要入了宮門，隨即便會分開。

簡妍便想，既然他心中都如此擔憂她，這樣的話暫且還是不要對他說的好，一切還是等今晚回去之後，再和他好好地說說吧。

於是她便反手握住了徐仲宣，抬頭對他笑道：「你放心，我曉得的。」

徐仲宣深深地望著她帶了笑意的雙眸。

他如何放心？他曉得皇上對他的事多少有些察覺了，皇上心中豈會沒防備？且今日這樣的宴席，到底真的只是一場普通的君臣宴席，還是別有用心？

若只是一場普通的宴席倒也罷了，可若是皇上別有用心呢？

縱然曉得宮中的內侍多是聽命於他和鄭華，一切應當萬無一失，可他到底還是不放心。心中的恐慌蔓延開來。他忽然想，自己想要的到底是什麼？無非是與簡妍一輩子安安穩穩地過下去，白頭到老罷了。

可如今，這樣的事，無異於賭博。便是賭贏了又如何？如簡妍所說，便是他們兩人能安穩一世，可他們的孩子呢？誰來保障他們的安全？可若是賭輸了……

徐仲宣不敢想，只是忽然伸手，緊緊將簡妍抱入懷中。

這下子換簡妍反過來安撫他了。

她伸手拍了拍他的背，笑道：「只是一個再正常不過的宴席罷了，你這樣擔心做什麼？你又不是不曉得我是個靈活的人，便是再有什麼樣的情況，我也能應付得來的。」

徐仲宣沒有說話，只是抱著她，不過心中瞬息幾變。

他在想，他最想要的到底是什麼？

這幾年間，他似乎已經忘卻了自己的初心。

這些日子，簡妍雖然面上看起來和以往無異，可徐仲宣曉得，她只是一直在他面前強顏歡笑罷了，她心中應當也是很擔心自己的，因為近來每次他散值回來時，總能看到簡妍站在門口等著他回來。先時，她面上是什麼樣的神情，他縱然沒有親眼看到，可她看到自己的一剎那，卻是那種提著的心終於放下去的樣子。

看來近來坊間的傳言，還有那日他雙膝上的烏青是真的嚇到她了。

她怕他就這樣在外面獲了罪，再也不能回來了，所以每日都在門口等著他，看到他的時候才鬆一口氣。

這些日子，她在門口等了多長時間？

徐仲宣忽然覺得心中一陣刺痛。

他竟然讓簡妍日日提心弔膽，他到底在做些什麼？他的初衷難道不是想讓簡妍在自己的庇護之下，每日高高興興地做自己想做的事嗎？可是而今，他卻讓她這樣擔驚受怕。

徐仲宣的雙臂緊緊地箍著簡妍，恨不能就這樣抱著她永遠不撒手。

簡妍有些吃痛，但也不敢作聲。她不曉得他在想些什麼，但是這些日子，她已經學會了小心翼翼。

她期望徐仲宣能自己想通，並不想將自己的想法強加於他。

馬車忽然停下來，齊桑的聲音隔著厚重的車簾低低地傳進來。

「大公子、夫人，宮門到了。」

這一年，由徐仲宣作主，齊桑和齊暉已分別與四月和聽楓成了親，現下齊桑跳下車轅，後面另一輛馬車上的齊暉帶著聽楓和四月也近前來。

四月的聲音此時也傳了過來。「夫人，可以下車了。」

徐仲宣卻捨不得放開簡妍。他忽然一點也不想去赴什麼宴席了。

這樣的佳節，他和簡妍一起牽著手去賞燈、看煙火該有多好？為什麼要去那樣的地方同他人虛與委蛇？

簡妍此時卻抬手拍了拍他的背，隨後便自他的懷中掙脫，伸手掀開車簾。

四月和聽楓忙扶著她下車，徐仲宣隨後也下了車。

宮門在望，早就有好幾個內侍在一旁候著了，見徐仲宣和簡妍下車，那幾個內侍忙迎上前來，彎腰躬身地說：「皇上和皇后遣小的們在此等候徐大人和夫人。」

徐仲宣緊緊握著簡妍的手，兩個人隨著內侍，慢慢走過長長的宮道。

而過了這宮門，兩人就要暫時分開了。

徐仲宣站在原地，定定地望著簡妍，簡妍則是笑著回望他。

「不要怕。」徐仲宣抬手將她鬢邊落下來的一縷碎髮輕輕挽到她的耳後，低聲說：「很快，我們就能回家了。」

簡妍笑著點點頭。「我知道，你放心吧。」

其實她更擔心徐仲宣，只是這會兒就算再擔心，面上也不能表現出分毫。

徐仲宣點點頭，隨即望向領頭的那名內侍，沈聲說：「好好照顧夫人，不能讓她有一點閃失。」

那名內侍躬身應了。徐仲宣又命四月和聽楓務必和簡妍寸步不離，才放開簡妍的手，看著她隨那名內侍往後宮的方向而去。

日已漸西，微弱的日光反射在宮殿頂上黃色的琉璃瓦上，本當是富麗堂皇、色彩絢麗，可是此刻落在徐仲宣的眼中，只覺得刺眼。

簡妍的身影慢慢地在巍峨宮殿的夾道中消失，徐仲宣這才收回了目光。

他留了齊暉在宮門外等候，自己只帶了齊桑，隨著內侍前往今晚筵席的大殿。

等他到了大殿中，已有官員先行來到，正坐在那裡彼此閒話。見到他進來，一個個忙上前來，拱手恭敬地同他行禮打招呼。

這些年，徐仲宣在朝中的威望日盛，有那等懼怕他的，也有那等欽佩他的，自然也有那等想巴結他的。

徐仲宣倒也沒有托大，面上帶著淺淡得體的笑意，一一回禮過去。

皇上還沒有來，所以眾位臣子也都是閒坐在那兒，聊一些話。

一時有內侍進殿，高聲宣告著皇上來了，眾位臣子忙起身，垂手肅立，恭迎皇帝。

皇帝仍是梁王時，為人瞧著再是和善敦厚不過，可在皇帝的寶座上不過是坐了三年多，瞧著倒是銳利了不少，渾身的氣勢也是相當迫人。

等到皇帝落了坐，眾位臣子忙依次站好，矮身跪拜了下去。

皇帝面上帶笑，只說：「今兒是上元佳節，各位愛卿就不必行禮了，都起來吧。」

只是他這樣說是客氣，眾位臣子不可能當真，該有的禮節照樣得有，不然誰曉得皇帝心中到底會不會惱呢？

跪拜完畢，眾位臣子按著品級依次落坐。

皇帝先舉杯，朗聲說了一番客套話，無非都是「諸位愛卿去年一年辛苦了，這社稷江山安穩都是你們的功勞，所以今日朕特地將眾位愛卿請了，也是想趁著這佳節之際，一者慰勞，二者也是勉勵，希望諸位在新的一年中再與朕同心協力」之類的話。

眾位臣子三呼萬歲，俱端起面前長案上的酒杯，一口乾了酒水，然後又一一回敬皇帝。面上瞧著實在是君臣同樂的一幅畫面。

徐仲宣雖然面上帶著笑意，心裡卻是擔憂著簡妍。

也不曉得她現下如何？縱然她再是機靈，可畢竟皇權在上，若是真的有人故意為難，只怕她也是擋不了的。

而他這般分神想著簡妍，難免就有失神的時候。

高位上的皇帝其實眼角餘光一直注意著徐仲宣。

雖然徐仲宣曾入梁王府做過他的侍講學士，那會兒他備受父皇冷落，徐仲宣也曾對他頗為照顧，且後來，徐仲宣也暗中一直支持他與寧王爭奪皇位，甚至於父皇病重時，也是徐仲宣告誡他一定要在父皇面前做出純孝的模樣，以此取得父皇的好感；及至父皇病重，朝中有人暗中要擁立寧王繼位，也是徐仲宣暗中授意他先行想法子讓父皇駕崩，隨即趁亂立時繼位，先坐穩了這皇位再說。

說起來，他能坐上這位置，徐仲宣厥功甚偉。

只是人都是這樣，等到成功了，就有些厭惡自己以前那些不擇手段之事。以往的那些事，在皇帝看來都是他的污點，縱然他在人前做了英明神武的樣子，到底徐仲宣還是知道自己所有的齷齪過往。

但他是如此想要拋棄以往所有的污點，好讓所有人都覺得他是個英明神武的皇帝。帶著這樣的心思，所以皇帝每日上朝的時候，看著徐仲宣站在那裡，心裡只覺得越來越不舒服。只是這幾年，他還要利用徐仲宣做事，暫且也動不得他，唯有一直提拔他。及至後來，他忽然發現，徐仲宣這棵大樹已經在朝中扎根得太深了，他便是想動，只怕一時半會兒也是動不了。

皇帝開始有些慌了，同時也堅定了不論付出什麼樣的代價，都要早些將徐仲宣除去的決心。

於是他不再如以往那般，縱然心裡再如何，可對著徐仲宣的時候，面上好歹是親熱和善，轉而會因為一些小事便懲罰徐仲宣。比方說徐仲宣腿上的那處烏青，便是他找了一個碴，讓徐仲宣在外頭跪了整整一個時辰所留下的。

他原本以為，依著徐仲宣手中翻手為雲，覆手為雨的權勢，而且這事若認真追究起來，也算不得是徐仲宣的錯，他定然要為自己辯解兩句，到時自己便有機會震怒了。可當時，徐仲宣卻只是低眉順眼地受了，躬身領了罰，然後一撩衣襬，在外頭跪下。

來來往往的內侍，也有前來給皇帝稟報各樣事的臣子們，面對著那麼多的目光，徐仲宣依然在那裡跪得坦然，甚至面上素來平和的神情也沒有一點變化。

他這樣，倒教皇帝越發忌憚了。

韓信當年能受了胯下之辱，後來便成了那樣叱吒天下的人物，而徐仲宣……

他是留不得徐仲宣了。

只是牽一髮而動全身。徐仲宣這些年中扎根太深，黨羽太多，並不是他想動就能動得了的。況且徐仲宣素來便會做人，在朝中也為人信服，他必須得想法子給徐仲宣找一個讓人無法反駁的理由除掉他，這樣才能服眾。

但現下，還是暫且先警告警告徐仲宣一番。

皇帝一口喝光了杯中的酒水，隨後對站在一旁伺候的內侍使了一個眼色。

那個內侍會意，趁人不備的時候悄悄退了出去。

殿中的大臣對此是全然不知曉，可徐仲宣卻是冷眼瞧見了。

皇帝暗中遣了這位內侍出去是什麼意思？他面上不動聲色地想著。且剛剛站在皇帝身旁的內侍，瞧著是個面生的。鄭華最近在做什麼？怎麼連皇帝近身伺候的人都沒有控制好？再聯想到近幾日都沒有收到過鄭華傳過來的任何消息，徐仲宣心中忽然閃過了一絲不好的感覺。

他猛然握緊了手中的官窯甜白瓷酒杯。

這時，就見內侍慌慌張張地進到殿中，撲通一聲就跪了下去，聲音發顫地說：「陛、陛下。」

皇帝面上神情不悅，皺眉問道：「什麼事？這樣好的日子，又是當著眾位愛卿的面，你這般慌慌張張的做什麼？」

那內侍沒敢抬頭，頭緊緊地抵在地面鋪著的牡丹繁花羊毛地毯上，顫聲說：「鄭、鄭公公方才突發病，暴斃了！」

徐仲宣的心中陡然一跳，全身血液如同摻了冰渣子進去，徹骨的冷意迅速蔓延至全身。

「哪個鄭公公？」皇帝卻是裝作沒有聽懂的樣子，一雙眉越發皺得緊了，不悅地問。

內侍的聲音越發發顫了。「回、回陛下，是、是司禮監的掌印太監，鄭公公。」

殿中的眾位臣子聞言，盡皆譁然。司禮監的掌印太監可是很重要的位置，只是鄭華就這樣暴斃了？前幾日瞧著他不還是好好的嗎？

徐仲宣卻是不動聲色地將杯裡的酒水飲盡，輕輕將酒杯放在面前的几案上。

「暴斃」這兩個字，也就只能用來哄騙無知的世人罷了，但凡是有些眼光的人都會曉得，只怕是皇帝要出手了。

這一次是鄭華，想來下一個就會輪到自己了吧？

徐仲宣微微垂了頭，心中意興闌珊。

他是該早些聽了簡妍的話，及時抽身退出才是，而不是等到現下，皇帝開始著手對付他的時候才曉得後悔。

不過也沒有關係，他不會就這樣坐以待斃。至少，皇帝今日做出這樣的事，意思應當是在警告他，而非立時就要將他除掉，否則不會有這個內侍進來通知鄭華暴斃的事。

徐仲宣心中忽然一緊。

他想到了簡妍。

皇帝多少曉得他對簡妍的深情，不會此時拿了簡妍來威懾他吧？

徐仲宣思及此，禁不住地心中狂跳，連放在案上的手都開始發顫。

若果真是如此，那他便真的是萬死也不足以償還自己所造下的罪孽了。

第一百一十七章　懷有身孕

簡妍帶著四月和聽楓，隨著前面的內侍一路逶迤前往後宮。

後宮裡的宴席擺在臨近梅園的一處暖閣裡，四面的窗格門戶都已摘了下來，另垂了織金繡龍鳳祥雲的簾幕，半捲半放，一來可以保暖，二來但凡只要抬眼，便可以看到外面所有的景致，再好也沒有了。

外面近百株的梅樹上都掛著一盞造型各異的花燈，坐在暖閣裡望出去，眼前如同明珠點點，分外燦爛，又有暗香浮動，風過處，暖閣裡皆是幽幽梅花香，實在是極好的一處所在。

等到簡妍隨著內侍進了暖閣，抬眼一望，但見暖閣裡早就陳設得富麗堂皇。上面設了寶座，不消說，自然是皇后的位子了，底下兩邊一排紫檀木官帽椅，面前皆放有几案。椅搭和几案皆是明黃色緞面繡各色花紋，明晃晃的皇家氣派一覽無遺。四角各處則放了三足鎏金的琺瑯大火盆，裡面攏了旺旺的炭火，為防有人不慎碰到，上面都罩了銅罩子。

火盆裡面約莫放了百合香一類的香料，方才簡妍剛走進暖閣裡的時候，迎面就是一陣撲鼻的暖香襲來。

不過這樣多少有些沖淡了外面的梅花幽香，到底算不得好。

但簡妍自然也不會對此說什麼，只是面上帶著得體的笑意，忙著和已經在暖閣裡坐著的家眷互相見禮。

今日能被邀請進宮來赴宴的大臣，品階至少都是三品以上，又有一干皇親國戚等人，而簡妍這一、兩年雖然偶爾也會出去應酬，也結交了一些大人家的女眷，到底還是有不認識的，所以便由著人跟她介紹，再上前相見。

不過她原就有著樂安縣君的封號，娘家是鄭國公府，夫君又是當朝首輔，所以這暖閣裡的多數女眷倒是要向她行禮的。

簡妍對此也沒有多推辭。畢竟她如今不單單是代表自己，背後還有徐仲宣呢！作為徐仲宣的夫人，自然不能太掉價了。不過對著那些向她行禮的女眷，她也是微笑點頭以對。

一時眾人廝見完了便落坐說些閒話，眾位女眷話裡話外也都是恭維她的意思，簡妍坐在那裡，面上的笑意未褪，神情溫和地同眾人說話。

於是眾人一時只覺得面前的首輔夫人雖然瞧著年紀輕輕，但言談舉止落落大方，又不驕縱恣意，反而隨和，瞧著實在是雍容華貴得很；且又是生得這樣一副好相貌，於是心中越發對簡妍生了好感，言語之間也就不如方才那般客套，逐漸熟稔親熱起來。

等到皇后領著幾位品級較高的妃嬪來了之後，簡妍隨著眾人起身，矮身下去跪迎著。

皇后在高位上落坐，笑著讓眾人都起來，只說今兒眾人不用多禮，隨意就好。

但她這樣說是客氣，禮照樣是要行的，而且還得恭恭敬敬的，且要等著皇后說了「各位都請起」之後，才能起身。

簡妍行完了禮，聽得皇后笑著讓大家起來，請坐之後，她才由四月扶起來，隨後在自己的位子上落坐。

皇后說了一番開場白，同眾人喝完了前三杯酒，隨後便笑著望向簡妍。

皇后今年三十歲出頭的年紀，保養得極好，望著倒如同雙十年華的女子一般。

她穿著明黃色的大衫，織金雲霞龍紋的深青色霞帔，頭上則戴了六龍三鳳冠，上面不只嵌了數百顆品相極好的紅藍寶石，又有幾千顆極圓潤的大小珍珠，燭光下望過去，實在是色彩絢麗、高貴不凡。且鳳冠的兩側又有長長的流蘇珠結垂下來，但凡她稍微動一動，這兩串流蘇珠結就輕輕地左右晃動，又平添了無數旖旎之感。

「這位就是樂安縣君？」皇后一雙美目望著簡妍，笑得和善親近。「本宮做梁王妃時，就曉得父皇冊封了個宗室外的女子為鄉君的事，那時本宮就想著要尋個機會見一見樂安縣君呢！不想這時年才能遂了心願。不過今兒一見，樂安縣君果真是生得容色絕麗、嬌美無匹，難怪徐大人會一等就等了那麼多年呢！」

簡妍當年剛受樂安鄉君這個封號的時候，大家確實都是訝異的，畢竟鄉君這樣的封號從來只給宗室女，可簡妍只是個外姓女，而且其後她為父母守制，徐仲宣一直沒有婚娶，直等她守制完了，才上奏請求皇帝賜婚的事，大家也是曉得的，一時多傳為美談。

早在皇后笑著說到簡妍的時候，她已起身站了起來，面上帶著笑意，恭敬作答。

好在皇后面上瞧著也是和善，不過是略略打趣了一番簡妍和徐仲宣兩人恩愛的事罷了，並沒有讓她太難看，隨後便同眾人說笑著。

簡妍適時地也會說幾句，輪到眾人過來勸酒的時候，能推拒的她委婉地推拒，不能推拒的，也只得喝了。

好在這酒水原就是果酒，不過是略沾了一些酒味罷了，且酒水也是溫過的，喝下去也並不算難受。

一側立了一架紫檀木架的梅花屏風，後面攏了風爐，有宮女一直在後面溫酒，溫好了就送過來，是以這暖閣中夾雜了火盆裡的百合香氣，外頭的梅花幽香，還有因著溫酒而散出來的果香酒香。

聞多了，難免就會覺得有些發膩，且也不曉得是不是喝多了酒水的緣故，簡妍總是有些犯噁心的感覺。

她心中暗暗疑惑。雖然酒量不算十分好，可這樣幾杯果酒喝下去，卻也不應當會覺得噁心想吐的……只能安慰自己，定然是這暖閣裡的香味太雜了，所以聞多了就覺得犯噁心罷了。

只是她再想著要竭力控制想吐的感覺，但這樣的事，原不是想控制就能控制住的。到了後來，實在忍不住時，她也只能用手掩了嘴，對著皇后行禮，說著「身體不適，請皇后勿怪」之類的話，然後匆忙就要出去找個僻靜的地方。

皇后也被唬了一跳，忙吩咐宮女扶她下去伺候著，又命宮女立時去請太醫過來給簡妍瞧一瞧。

簡妍原說只是喝多了，不用特地請太醫過來瞧，可皇后卻堅持，最後還同暖閣裡的眾位夫人笑道：「樂安縣君先前過來的時候是好好的，可是現下卻是喝醉了回去，還吐得這樣厲害，若是教徐大人待會兒見了，可要心疼成什麼樣子？到時指不定就會怪責我們，埋怨我們不該灌樂安縣君喝酒呢。」

在座的眾位夫人全都笑了起來，又有一位夫人笑完後道：「說起來，徐大人和樂安縣君成親也有一年多了，卻還沒有聽說縣君有孩子的事。我方才瞧著縣君吐的那個樣子，倒有些像是懷了呢，別不是喝多了，是懷了的，這才犯噁心想吐吧？」

簡妍聞言，心中一動。

她的月事向來就不大準，有時兩、三個月才來一次也是有的，所以平日她也沒有多留意，而上一次她的月事是什麼時候呢？

兩個月之前？三個月之前？簡妍發現自己有些記不大清楚了。

自己在這事上向來就是個粗心大意的，倒是徐仲宣記得比她清楚一些。這段時日以來，床笫之間，徐仲宣總是說想要和她生個孩子，所以近來夫妻之間的房事竟比以往頻繁了許多。現下，她又有這樣犯噁心想吐的感覺……且方才說她可能是懷了孩子的那位夫人，她是認得的，也生了兩個孩子，照理來說不應當看錯的吧？

所以，莫非自己的肚腹之中當真是有孩子了？

她和徐仲宣的孩子。

想到這裡，簡妍只覺瞬間就有一股異樣的滋味從心裡淌了出來，手也禁不住地抬起來，輕輕撫在小腹上。

她竟然開始期盼起來了呢。

皇后此時也笑道：「若果真是這樣的喜事就好了。」說罷，又遣了宮女去催太醫快些來。

一時太醫來了，對皇后和眾位夫人行過禮之後，皇后只催促他趕快去給簡妍瞧瞧。太醫遵了命，又對簡妍行禮，才打開隨身攜帶的藥箱，取了一方素淨的緞面小枕放在案上，恭請簡妍伸手。

簡妍伸了右手，放在小枕上，四月立時又搭了一方素淨的帕子在她手腕上，那太醫才屈了一膝半跪在簡妍面前，伸手按在帕子上，偏著頭細細診斷了一番。隨後又恭敬地讓簡妍換了左手放到小枕上，他照樣偏著頭診斷。

在這過程中，簡妍一直屏息凝氣，焦急萬分地等著太醫的答覆。

太醫診斷完之後，轉身對著皇后，連另外的一膝也跪了下去，道：「回娘娘，徐夫人這是有喜了，約莫剛過兩個月。」

皇后大喜，轉頭對先前那位夫人笑道：「倒果真是教妳給說中了！」

說畢，便命宮女賞太醫。太醫領了賞，躬身退了出去，暖閣裡的其他夫人則都笑著跟簡妍道賀。

簡妍此時已是傻了。先時高高提起的一顆心，這會兒依然懸在那裡，一直沒有落下來。竟然是有孩子了？

她一時有些想笑，又有些想哭，面對暖閣中眾位夫人的恭賀之語，原來的靈活勁早就沒了，也就唯有坐在那裡傻笑而已。

一直等到皇后遣了宮人去打聽前面的宴席結束了，眾位大人都在宮門處等著自己的夫人一起回去的時候，皇后也下令，命內侍好生送各位夫人出去。

簡妍隨同眾位夫人一起站起來，對皇后行禮，隨後便由四月扶了胳膊，出了暖閣的門，朝宮門走去。

可心裡到底是不平靜的。一路上，她心中雀躍不已，只想著能早一些見到徐仲宣，好將這事告知他。

不曉得他聽到這樣的事之後，會是個什麼樣的神情？會不會欣喜若狂？

簡妍只要一想到待會兒徐仲宣面上可能會出現的表情，一時腳下的步子就走得越發快了。

四月忙勸著她。「夫人，您走慢些，您可是懷了身子的人呢，大意不得的。」

簡妍聞言也只得放緩腳步。

片刻之後，宮門在即，她一眼就看到了徐仲宣。

宮門處搖曳的明角燈下，他披了玄色的絲絨鶴氅，正站在那裡，望著宮門。

待簡妍和徐仲宣的目光一對上，她瞬間便安心了。

這會兒哪裡還管得了四月勸她要走慢些的話呢，趕忙就疾步朝他奔過去。身後的四月和聽楓也忙追隨上來。

徐仲宣先時站在那裡，心中萬分焦急，一直望著宮門，就盼著簡妍能早些出來。這會兒終於看到了她，且還是這樣安然無恙的她，他一直高高懸著的心終於落定。

這一刻他就覺得，什麼都比不上她安好。

徐仲宣疾步上前，幾步奔向她，然後緊緊握住她的手。

「仲宣——」簡妍面上笑意盎然，正待要告知他有孩子的事，但是徐仲宣並沒有容她說出後面的話。

他握緊她的手，什麼都沒有說，只是沈著一張臉，將她抱到了早就等候在側的馬車上。隨後他也矮身進了馬車，劈手放下車簾，沈聲吩咐坐在車轅上的齊桑。「快走。」這裡他是一刻都不想再待下去了。

車簾放下來的一剎那，徐仲宣就回身緊緊地將簡妍抱在懷中。

此刻嬌妻安然無恙地被他抱在懷裡，先時因緊張不安的一口氣，終於可以長長地吁出來了。

簡妍不曉得先前在大殿中發生的事，也就不曉得徐仲宣在這裡等著時，心中完全煎熬的。

但她能察覺到他的緊張和不安，所以她真是迫不及待地想要告訴他這個好消息。

她在他的懷中抬起頭來，拉了他的右手按在自己的小腹上，笑容滿面地輕聲說：「仲宣，這裡，有我們的孩子了呢！」

第一百一十八章　金蟬脫殼

簡妍察覺到自己握著的那隻手抖了一下，但是徐仲宣的面上卻沒有什麼表情。

他只是垂了眼，安安靜靜地望著自己。

他這是沒有反應過來，還是太欣喜了，所以腦子裡一片空白，不曉得該表現出什麼樣的表情？總不會他是不高興的吧？

簡妍糾結了一會兒，因見著徐仲宣面上平靜的表情依舊，她還是小心翼翼地問：

「你……這是不高興？」

但她忽然又被徐仲宣緊緊地按入了懷中。

怎麼會不高興呢？撫在她小腹之上的手，反手牢牢地握住了她的。

他的掌心溫熱一片，也略有些潮，那是先時站在宮門處等候簡妍時，心中一直緊張不安所致。

「沒有，我很高興。妍兒，我們終於有孩子了。」

這個孩子，來得是這樣不巧。有些事情，他必須得立時開始籌謀才成。

他務必要想了法子，讓他們一家都能安全地遠離京城才是。至少，也要護了簡妍和她腹中的孩子一生安穩才行。

是夜，徐仲宣想了想，到底還是同她說了今日大殿中發生的事。這樣的事，坊間不久就會有流言，便是他想瞞只怕也是瞞不住的。與其到時讓她曉得了而驚慌失措、整日擔心他，還不如現下就和她明說。

且簡妍這樣聰慧，見識又不少於他，甚至是多於他的，眼前是關乎他們一家子生死存亡的緊要關頭，這件事勢必該和她好好商議才是。

簡妍聽聞鄭華暴斃的事，自然大吃一驚，連面色都有些變了。

她沒有見過鄭華，其實說實話，他死不死的她也不關心，關鍵是今日是鄭華暴斃，明日就很有可能輪到徐仲宣了。

顯然皇帝已經有了防範，但誰曉得他什麼時候會出手對付徐仲宣呢？

徐仲宣見她面上的神情變了，忙伸手托了她的腰身，溫聲說：「妳也不用太擔心。皇上今日此舉無非也就是敲山震虎、殺雞儆猴的意思。我朝中親信不少，便是皇上心中再想動我，也要掂量掂量動我之後的後果，所以暫且不敢輕易出手，咱們還是有時間來為自己留個退路的。」

簡妍也曉得皇上暫且不會動徐仲宣，但她難免心慌。畢竟徐仲宣是日日都去應卯，隔個三日還要上一次朝，經常這樣對著皇帝，誰知道皇帝後面會怎麼為難他？

她蹙了一雙纖細的遠山眉，慢慢啃著右手大拇指的指甲，腦子裡卻快速地想著事。但凡她每次遇到為難的事想不出法子，便會這樣啃著自己的手指甲。

徐仲宣見狀，將她的手拉過來放在掌心裡握著，一面說：「妳這個習慣不好，往後要改一改。」

這時卻見簡妍一臉正色地望著他，肅聲問：「你是真的捨得拋下現有的一切，隨我一起找個偏僻的地方，去過小老百姓的普通日子嗎？」

徐仲宣握了她的手，輕輕地撫著她大拇指內側剛剛被她自己咬出來的牙印。

「除卻妳和孩子，還有什麼是我捨不得的呢？」他目光柔和，輕聲說：「與今日在宮中和妳分隔兩處，不曉得妳到底安全與否時的焦急相比，妍兒，這世間沒有什麼是我不能拋卻的了。」

簡妍聞言，心中自然是感動的。「拋卻」這兩個字說起來容易，做出來實在不是一般的難。

她伸臂攬了徐仲宣的脖頸，傾身過去靠在他身上，低聲說：「以往我也是看過這樣的小說和電視劇的，多少也曉得一點這種事。既然皇帝已經開始忌憚你，有心要對付你，即便此時你上書辭官，皇帝都是不讓的。一來你年紀輕輕便辭官，又沒有什麼正當理由，朝臣怎麼看？天下人怎麼看？少不得就會說皇帝心胸狹窄，容不下你，皇帝可不想落了這個罵名。二來若是託病要辭官，到底還是不放心。韓信那時候不就是這樣？雖然後來被貶為淮陰侯了，可旁人見到他，哪怕是與他同品級的人，依然恭恭敬敬地對著他下拜行禮，口中尊稱他為大王。所以只要他還活著，威信還在，旁人依然會尊敬他，這樣劉邦和呂后怎麼會不忌憚？」

「所以妳的意思是，唯有我死這一條路，否則這輩子終究無法真的安穩？」徐仲宣低低地笑了笑，隨後又俯下頭來，輕輕在她臉頰上落下一個親吻，讚嘆著。「妍兒，妳總是能與我想到一塊兒去。」

簡妍也笑了。她喜歡徐仲宣這樣什麼事都能同她商議，歲月漫長，兩人之間若沒有坦誠和信任，這輩子該如何走下去？

於是她問：「那麼你打算怎麼做？」

徐仲宣捉了她的手放在自己的掌中把玩著，沈吟了一會兒，才慢慢道：「西北的興平王早些年就開始不安分了，先時雖被鎮壓了下去，他也服了軟，可到底還是狼子野心。西北守將的奏章前幾日已十萬火急地呈上來，說是興平王斬殺了先帝遠嫁過去的文安縣主，揮兵南下了。雖然在我看來，這個興平王並不成什麼大氣候，早晚是要落敗的，但眼前這事總歸是日夜橫亙在皇上心中，讓他憂心，這也是皇上為什麼暫時沒有動我的原因，他還要指靠我調停糧草兵餉等諸多事宜呢。所以我想的是，不如趁這個機會，我自己上了奏章，只說代天子尊前去西北督戰，這樣西北的兵將必會士氣大振，將叛兵全都剿滅了。」

「可是皇上會同意你這個提議嗎？」簡妍擔心地問：「他不怕你在背後給他出什麼么蛾子？」

「他會同意的。」徐仲宣輕輕笑道：「待西北興平王的事一了，他便沒有留著我的必要了。我若是自請去西北，若是『不幸』死在了那裡正好；便是我不想死，邊城那樣多的兵將皆是聽命於皇上，我一個手無縛雞之力的文人在那裡，想我死還不是一件極容易的事？到時我死在那裡，天高皇帝遠，誰都不曉得內裡發生了什麼事，豈不是旁人再沒得話說？而皇上定然會給我追封，賜我謚號，在旁人看來，只會覺得皇上最是寬厚，朝野上下只會一片聲地說著他好。且我也想著，這也正好，至少我『死』之後，皇上不會出手對付錦兒和妳弟弟他們，到時說不定看在我『為國捐軀』的分上，還會優待他們。咱們走了，可總得要保他們一生無憂，妳說是不是？」

徐仲宣言下之意，就是想死遁了。

只要他死了，至少只要天下人都以為他死了，他們這輩子才能安安穩穩的。

對於徐仲宣安排的這些事，簡妍也是同意的。她自然不想因她和徐仲宣的事，讓徐妙錦和李信等人也受了牽累。

但總歸還是很擔心，她又憂心忡忡地問：「可皇帝若是真的讓那些人對付你，你怎麼辦？你會不會真的被他們……」

說到這兒，她沒敢再說下去，只是緊緊抿著唇，目光不安地望著徐仲宣。

徐仲宣曉得她的擔憂。

他輕輕摩挲著她的手背，笑道：「妳夫君的本事妳不相信嗎？妳放心，我自然會做好萬全的準備。咱們可是說好了，要一起白頭偕老、子孫繞膝的呢。」

他又伸手撫了撫她的小腹，柔聲說：「而且咱們都有自己的孩子了，我這個做父親的，怎能自私地抛下你們母子兩人在這世間呢？我必會陪伴妳一生，也會陪伴咱們的孩子長大的。」

簡妍沒有再說話，只是緊緊抱住徐仲宣的脖頸，眼眶發熱，哽咽地道：「你今日說過的話可不能食言，不然我就算是死都不會放過你的。」

溫熱的淚水打濕了他的脖頸，彷彿灼痛了他的心一般。

徐仲宣擁她在懷，低聲卻堅定地承諾。「我說的話必然是會算數的。妍兒，我會趕在妳生孩子之前回來。我要同妳一起，看著咱們的第一個孩子出生。」

接下來，他又細細囑咐了一些事，簡妍一一應承下來。

再一次朝會的時候，皇帝便同諸位大臣商議西北興平王叛變的事。

皇帝也曉得，無論是誰手中有兵都不好，所以為了保障自己的統治安穩牢固，這些年他重文輕武，不少武將俱是空有封號爵位，卻無實權，只能賦閒在家。且他上位的這幾年來，偏偏老天爺也不作美，連著幾年都不風調雨順，不是旱就是澇，戶部經常上書訴苦，只說各地的賦稅總是不能按數繳納上來，是以這會兒出了這樣的事，一來是要討論出征的將帥人選，二來也是要討論糧草兵餉如何籌措。

正所謂是三軍未動，糧草先行，且沒有兵餉，經常拖欠，哪個士兵會願意賣命？

將帥的人選原就費事，一來是武官賦閒在家時日長了，身子也懶散了，那等懶散的自然也就不樂意再上戰場。二來，雖然也有想著要為國出力的，可到底年紀大，身子不允許，所以最後好不容易定了將帥的人選，可糧草兵餉的事又犯了難。

最後，皇帝同一殿的大臣全都苦著一張臉站在那裡。巧婦難為無米之炊啊！

徐仲宣一直冷眼旁觀。

自方才開始，他就不怎麼說話，便是開始，也是無關痛癢地幾句打太極的話而已，壓根兒說不到點子上，不過目下，是該他說話的時候了。

於是他出列，只說暫且先借調周邊州郡等地的糧草，令他們快速送過來。至於軍餉沒銀子的事，哪個皇帝手裡沒有自己的私庫呢？且一代一代滾了下來，現下私庫裡的銀子只怕是不少，暫且挪出來充當軍餉，等往後再還回去也就是了。

皇帝自是不願拿了自己的私房錢出來做軍餉，可如今這樣的境況，不願意又能怎樣呢？到底不能讓興平王真的領兵一路南下啊，到時他守著那一庫子的金子銀子也是沒有用。

只是最後，雖然皇帝勉為其難地答應了這事，心中還是對徐仲宣頗有微詞。這時便見徐仲宣一掀朝服下襬，直跪了下去，朗聲說道：「臣自請去西北，一來可以隨軍護送糧草軍餉，二則是去往西北督戰，好替皇上分憂。」

一殿的朝臣一時就沸騰了起來。

徐仲宣畢竟是內閣首輔，平日也最是有才能的人，什麼事能少得了他？他這一走，朝廷怎麼辦？有事找誰說去？不能大家都跟沒頭蒼蠅一樣到處亂撞吧！

立時便有幾個臣子隨即也跪下來，只說，皇上這是萬萬不可的，徐大人是不能去往西北的，且隨即他們也紛紛自請著要去西北。

一時間，一殿中的大臣倒有半數跪了下來，自請著去西北。

徐仲宣卻定定望著坐在高位上，一副高深莫測表情的皇帝。

他曉得皇帝終究會同意的。

此去西北至少也要兩、三個月，只要他不在京，皇帝完全可以利用這時間在朝中各處安插自己的勢力，而將自己的親信悉數打擊。這樣便是兩、三個月後，他能平安回到京城，也是舉步維艱，整個被皇帝給架空了，到時還不是皇帝想如何處置就能如何處置？他是一點還手之力都沒有。且若是自己正巧不幸『死』在西北，那是更好了，到時皇帝不但能除了他這心腹大患，還能假惺惺地給他一番死後的哀榮呢！

現下皇帝之所以還在沈吟，無非也是因為許多跪在地上的大臣懇求著不能讓他去西北的緣故罷了。

只怕這些大臣越懇求，皇帝越巴不得他立時就死了。

於是徐仲宣唇角微彎，對著殿中跪了一地的大臣說：「正所謂是食君之祿，擔君之憂，現如今逆匪橫行，咱們做臣子的，自然該為陛下分憂解難，豈能只在京城之中高坐？且徐某才能低淺，便是暫且離開京城，諸位大人都是高才賢能之人，處事只會比徐某更加穩妥。陛下又是一代聖君，凡事皆心中有數，自會裁度處置諸事宜，又豈來我不能離開京城這一無稽之說？」

隨即他又俯身下去，頭抵在手背上，朗聲道：「臣再次自請去西北，還望陛下恩准！」

皇帝依然端坐在上，面色高深莫測，沒有說話。

直至徐仲宣第三次開口自請去西北督戰時，皇帝終於開了尊口。

「徐愛卿，你果真心意已決，要去往西北督戰？」

徐仲宣依然跪在地上，恭聲說：「做臣子的，自然就該為陛下解憂。臣心意已決，還望陛下恩准。」

皇帝這下子起身從座上站了起來，沿著正中鋪著厚實的黃色繡龍紋祥雲的羊毛地毯，一步步地走下來。

他走到徐仲宣的身前，停了下來，明黃色的衣襬微動。

他俯身，扶了徐仲宣起來，雙目微紅，竟是要落淚的意思，口中只說著徐仲宣是如何忠心，知他心中所急之事，轉而又說起了以往做梁王之時，徐仲宣入梁王府做他的侍講學士，君臣二人這麼多年相處下來，是如何情深之類的話。

徐仲宣更是哽咽，又俯身跪了下去，只說這些年深領聖恩，心中一直惶恐不安，便是萬死也不足以報陛下聖恩萬一。

說到後來，滿殿中的大臣無不用衣袖掩面垂淚。

後來，皇帝終究同意了徐仲宣的請求，又下了一道旨意，只說讓徐仲宣代天子前往西北督戰，三日之後就隨軍出發前往西北，他所到之處，如朕親臨，任何人都不得怠慢。

一回宮之後，皇帝立時就遣了兩個心腹之人，夾雜在隨同去往西北的兵士中，只待尋了個適合的機會就結果了徐仲宣。皇帝又細心囑咐著，這事必要做得神不知鬼不覺，不能讓其他任何人知曉。

鄭華雖然已死，宮中的內侍也被清理了一遍，但多少也是有漏網之魚，所以皇帝遣的這兩個人是何樣身分，徐仲宣很快就知道了。

但凡只要是人，誰沒有個弱點呢？他很快便做了萬全之策，也完全不會擔心這兩人隨後將事情說出來。

今上是個多疑謹慎的性子，只待那兩人回來說他已死了，皇帝必然留不得這兩人在世上，所以封口這樣的事，最後留給皇帝來做，倒是更能讓皇帝自己安心。

第一百一十九章　現世安穩

雖然徐仲宣將一切之事都打點好，但他放心不下簡妍。

他一離開京城前往西北，她就是一個人在這兒了。

去歲春日的時候，李信已過來一趟，同簡妍說他要去四處遊歷。這一年的時間過去了，也只偶有書信過來，人卻是沒回來。徐妙錦和徐妙寧雖然嫁在京郊，可如今他和簡妍籌劃的這些事，最好是不要連累到任何人，且也是怕眾人看出端倪，到時反而不好。

也只能留簡妍一個人在京城裡，縱然有四月和聽楓，以及齊暉相陪著，可徐仲宣還是不放心。

臨出發去西北的前一夜，他抱著簡妍，一雙長眉緊緊皺著，絲毫沒有要鬆開的意思。

簡妍便寬慰著他。「你放心，這些事你不是都已經安排好了嗎，又擔心什麼？你只管照顧好自己，到時等著我去與你會和就是了。」

末了，她又低低嘆了一口氣。

雖然沒有明說，可是徐仲宣卻是曉得的，她心中也同樣擔心著他。

雖然所有的事都安排好了，可總歸還是怕半路出了什麼岔子，那時可真是會功虧一簣了。

即便是這樣，這些事終究還是要做的，不然他們這輩子始終不會安穩。

一夜彼此千叮嚀、萬囑咐，縱然希望天永遠不會亮，到底天邊還是出現了魚肚白，錦雞四唱。

簡妍和徐仲宣一晚上都沒睡，兩人只是一直相擁著。便是有時不說話了，僅僅這樣相擁在一起也是好的。

外面，四月和聽楓的聲音低低傳來，說大公子該起來了，誤了時辰可不好。

簡妍原也是想和徐仲宣一起起身，徐仲宣卻按住了她。

「早間風大，昨夜妳又一夜未睡，便不要起來了，在床上躺躺也是好的。」他低聲囑咐著，隨即披衣起床，打開門讓四月和聽楓進來，就著她們端進來的水洗漱。

要帶去西北的東西早已打點好，這會兒便交給四月和聽楓，讓她們拿出去交給齊桑。

徐仲宣隨即又在床沿坐下，伸手握著簡妍的手，深深凝視著她。

該說的話，昨晚已說過無數遍了，這會兒其實沒有什麼好說的了，可是瞧著簡妍水濛濛的雙眼，徐仲宣還是將那些寬慰的話又說了一遍，隨後又吩囑她在家萬事要小心之類的話。

簡妍不住地點頭。只是她一面點著頭，眼中的淚水早就是珠子似的沿著臉頰滾落下來。

她哽咽得說不出話，只來來回回地說著「你要小心」這幾個字。

心裡曉得他今日出發，她不應表現出這副樣子來讓他擔心，應當歡笑，憧憬著往後兩人在一塊兒安穩的日子就好，可還是忍不住當著他的面落淚。

似乎在他的面前，她的眼淚一直都很多。

徐仲宣此時心中何嘗好受，又何嘗放心得了她？不過是一直強忍著罷了。可此刻見她的淚水如珠子似的滾下來，便抬手勾了她的下巴，湊過去狠狠吻住了她。

輾轉反側、肆意放縱，似是想將她就這樣一起帶走，時時刻刻讓她都處在自己的視線之內。

但到底，他還是狠了心放開她，轉身大踏步地走了。

兩人再這樣依依不捨下去，只怕他真的是要捨不得離開。

可是出了屋子之後，徐仲宣一直忍著的淚水也悄然滑落。

他望著天邊玫瑰色的朝霞，噴薄欲出的紅日，又想著，沒有關係，他和妍兒暫且分開這幾個月，隨後卻會是一輩子的安穩相守，所以想一想，這也是可以接受的。

思及此，他便大步往前邁了出去。

簡妍瞧著他的身影在院子裡消失後，終於忍不住躺下去，將被子拉高，整個蓋住頭和臉，悶聲哭了起來。

只是一面哭，又一面想著，一切都會好起來的，她相信她和徐仲宣終究會有個安穩靜好的未來。

三個月之後，西北守將八百里加急的奏章傳來，興平王一干烏合之眾終被悉數剿滅，與平王父子伏誅。只是代天子前往西北督戰的內閣首輔徐仲宣，卻不幸被流矢所傷，終至不幸身亡。

這樣的奏章一傳來，皇帝當朝便落了淚，隨即下令追贈徐仲宣為太子太傅，諡號文忠。滿朝上下也俱傷心不已。

皇帝回宮之後，也接到了先前遣過去暗殺徐仲宣之人的密信，只說那流矢正是他二人所發，正中徐仲宣心窩；且他二人已伸手探過徐仲宣的鼻息和脈搏，確認他已死無疑。只是當時正值亂軍叢中，徐仲宣的屍首卻不慎掉落馬車，被萬馬踩踏，不復人形。

皇帝聽了，這才真的放下一顆心。

不久，待那兩人歸來，到底是如徐仲宣先前所料想的那般，將他二人秘密地滅了口才算完事。於是，徐仲宣的事便再無一人知道內情了。

因為徐仲宣的屍首沒有找到的緣故，所以他家人只能在棺木中放了他生前所穿的一套衣服，隨後，朝中眾臣陸續前去弔唁，皇帝也遣了心腹內侍前往。

據說，徐仲宣之妻哀痛悲絕，於靈前日夜痛哭，眾人見了，無不悲傷。

隨後兩日，半夜之時的一場大火讓京城眾人嚇了一跳，打聽之下，原來是徐夫人無法接受丈夫離去的事實，於半夜時分在靈堂中放了把火，自己連同丈夫的棺木一起化為灰燼；她的一個親近丫鬟衝進去想救她，但同樣不幸罹難。

待火滅之後，眾人搶了進去，哪裡還有什麼人？唯餘棺木旁幾根被燒得烏黑的殘骨罷了。聽楓和齊暉在旁邊跪地痛哭不已，但也只能強忍著悲痛將殘骨撿起來，又另尋了徐仲宣生前的一套衣服出來，將兩人合葬在一處。

眾人一時想著，先時傳說徐仲宣和夫人鶼鰈情深，再瞧著眼前這樣淒慘的景象，不由得甚是感嘆。一時之間，各處倒還有人將徐仲宣和簡妍之事編成了話本子，各處傳唱。

一個月後，距京城相隔千里之遙的鳳翔府官道上，噠噠地駛來了一輛簡樸的馬車。

馬車行至一處時，只見前方有座茅草頂的四角小亭子，應當是供過路之人在此歇息的。

亭中坐著一人，穿著一身普普通通的石青色直裰，生得俊雅異常，氣質更是如長江皓月一般澄澈——正是原本應該死在西北，且死無全屍的徐仲宣。

只是與幾月前相比，此時的徐仲宣卻有幾分消瘦。

這些日子以來，他一直守在這裡，等著簡妍按照原先的約定在此處會合。但左等右等，卻總是等不到她依約前來。

此地甚為偏僻，且距離京城甚遠，他沒法子打探京城裡現下是什麼狀況，唯有每日在此焦灼不安地等待。

現時，見路上有馬車緩緩駛來，他忙起身，又吩咐齊桑去打探一番，看馬車裡的人是不是簡妍？

齊桑依命奔過去，未及近前，已看到有人掀開車簾跳了下來，卻是四月。

既然是四月，那車裡坐著的自然就是簡妍了。

齊桑只喜得連聲大叫著：「公子快來，是夫人來了！」

徐仲宣聞言，也趕忙奔過來。

簡妍此時已在四月的攙扶下下了馬車，站在馬車旁，粉襦藍裙，其上青色團花刺繡，那般站在馬車旁，盈盈淺笑地望著他。

徐仲宣連日來的不安和焦灼，在這會兒看到她的時候，終於消散一空。

他抬腳，一步步地向她走去。這樣短的一段路，他卻走得異常沈重緩慢。

終於是近了，他站在簡妍面前，俯首望著她。

簡妍的眼中有淚花閃爍，但面上是盈盈笑意。

「仲宣，」她語音清脆，風動簾玉一般，笑道：「我來了。」

徐仲宣一剎那也有種眼眶發熱的感覺。他伸了雙臂，將她緊緊攬入懷中。

能這樣安心地擁她在懷，世間有什麼能比得上的呢？權勢富貴如雲煙，轉眼即過，由得他人去汲汲營營吧，而他，只要守著他的摯愛，一生安穩便好。

徐仲宣忽然放聲大笑，笑過之後，也不顧還有四月和齊桑等人在旁，低下頭來就去親吻簡妍白皙柔嫩的面頰。

隨後他抬起頭來，眸中笑意燦爛。「妍兒，走，我們回家。」

簡妍面上也帶著發自內心的笑意，重重點頭，笑道：「好，我們回家。」

徐仲宣便抱她上馬車，吩咐坐在車轅上的齊桑和四月駕車。

齊桑和四月心中也滿是歡喜，彼此笑著對視了一眼。齊桑一揮手中的馬鞭，只聽清脆的一聲鞭響，齊桑朗聲道：「回家嘍！」

馬車緩緩往前行駛著，噠噠馬蹄之聲不絕於耳。

正值仲夏時分，沿途樹木青翠，山花爛漫，有成雙成對的蝴蝶在花叢中翩躚飛舞，到處皆是一片春光爛漫的大好景象。

——全書完

番外篇一　歲月靜好

鳳翔府位於北方，其內有一處小縣，名曰千陽。

縣內的王大嬸某日發現自家隔壁一直空置的二進小院被人買了，隨後有人過來修葺原本破敗不堪的小院各處，只是一直不見有人進來住著。

王大嬸是個喜歡探聽旁人私事的，於是某一日在路上恰巧碰到了房牙子的時候，她便拉著不讓走，只問著房牙子那院子到底是賣給了何人？

她家隔壁房子的主人一開始便將院子賣給這房牙子，隨後又被這房牙子另加了銀子賣了他人，好中間得利。

這樣的事，也不曉得這房牙子做了多少次，總之原本這千陽縣的房子賣不到如今這樣高的價錢，可奈何前兩年縣裡的房牙子都聚集在一處，成立了個什麼會，隨後但凡得知縣城裡有誰要賣房子，大家便湊錢先將那人的房子買過來，隨後加了銀子再轉手賣給他人，這樣中間得到的利潤，比只從中間提成多得多了。

說到那處二進小院子的時候，房牙子也是滿面春風，但他神神秘秘地告知王大嬸，只說買那處院子的人是個傻子。

王大嬸對他這話自是不明白，忙又問著緣故，房牙子便哈哈大笑。

他們賣房子的時候，一早定然是將價錢定得高高的，然後等著對方來還價，直等對方還了一個自覺已經很低的價，但其實依然高於房牙子一開始花出去的銀子，可房牙子縱然心中再欣喜，面上還是要裝作為難的樣子，糾結個三番五次，才一臉痛心地鬆口，同意將這房子賣了。

可那日過來尋他說要買這處院子的人，卻是一個子兒都沒有往下壓，當場掏了銀票出來，又催促他立時就去府衙過了房契到自己名下。

房牙子當時就愣住了，等到反應過來時，只覺得眼前這人定然是個傻子。可是他瞧著就是個英武不凡的，又出手就拿了這樣多的銀票出來……

房牙子當時就想，他到底是個什麼樣的人呢？

去府衙過房契的時候，自然需要對方出具戶帖，當時他悄悄瞧了，只見上面寫的名字——「齊大」。

房契過到了齊大的名下，他也就拿了銀票給房牙子，又拿了一錠銀子給他，說是辛苦他了，這銀子就讓他去買酒喝之類的話。

當時房牙子一雙黑眼珠見著了這白花花的銀子，哪裡還有其他想法？只喜得屁滾尿流的，雙手捧著銀子、眉開眼笑地走了。

王大嬸聽了這番話之後，越發對買了隔壁小院子的人好奇起來，此後她無事時便日日觀察隔壁的動靜。

先時還是有人過來修葺的，又買了各樣家具擺設進來。這些人也都是本地人，王大孃問了他們，只說他們也是東家雇了過來幹活的，但東家也甚少露面，只給銀子，吩咐他們如何辦事。

及至後來院子修葺好了，連著安靜了一個多月，依然不見有人來住，兩扇黑漆的院門終日鎖著。

直至某日清晨，王大孃早起出門，端了一盆衣裳準備去河邊，忽然聽到隔壁傳來「吱呀」一聲輕響。她被唬了一跳，忙轉過頭去看，只見兩扇黑漆院門竟然被拉開了，兩個人正從裡面走出來。

當先那人著了一身玄色勁裝，如房牙子那日所說，生得確實英武不凡，而在他身後的那個人……

當王大孃看清那人的面貌時，禁不住屏了呼吸。

那人約莫三十歲的年紀，生得清雅雋秀，氣質澄澈乾淨，實在是教人過目難忘。

這處小縣城裡從來沒有見過這樣出色的人，王大孃當時就看直了雙眼。

那人見著王大孃這樣直勾勾地望著自己，沒有著惱，反倒甚為和善地對她點點頭，同時溫聲稱呼她為高鄰，自稱姓徐，隨後又說了一些客套的話。

王大孃傻傻地點頭、發笑，等到兩人遠去之後，她才回過神來，也顧不得洗衣服了，轉身就跑進屋子，搖晃著她家老頭子，只說：「不得了，咱們家隔壁竟是住了一位仙人呢！」

只是仙人每日早早就出去了，等到日頭下山才會回來，王大嬸瞧著他好像倒是在等什麼人，且隨著日子一天天過去，面上的神情也越來越焦急。

又過了一個多月的工夫，王大嬸某日猛然聽到了隔壁有女子的聲音傳來。據她所知，隔壁只住著那位仙人和他的長隨，哪裡來的女子？且聽那女子的聲音，嬌嬌柔柔的，想來定然也是生得不差的。

可巧這日王大嬸家烙了一大摞子的餅，她想了想，便裝了一盤子烙餅，跑到隔壁的院門前敲了敲門。

很快就有人過來開門了。

開門的便是房牙子說的那個叫做齊大的，身後還跟了個丫鬟模樣的人，後來那個仙人和另一個女子也慢慢走過來。

待王大嬸望見女子的相貌時，又發了一會兒怔。

這下子，小院子裡非但是有仙人了，又有個仙女來了。

仙女瞧著不到二十歲的年紀，生得嬌美妍麗，見著王大嬸的時候，她笑容滿面地上前問好，自稱是徐仙人的妻子。

其實縱然她不說，王大嬸也曉得她是徐仙人的妻子，因為從頭至尾，徐仙人一直小心翼翼地扶著她，望著她的目光中也滿是溫柔之色。

想來這些日子徐仙人一直在等的就是她了。

王大嬸眼尖地瞧見仙女微微隆起的小腹，曉得她這是懷著孩子呢。

等到後來兩家人處得熟了，王大嬸便稱呼徐仙人為徐官人，稱呼那仙女為徐娘子。

徐官人是個話不多的，日常做得最多的事，就是陪徐娘子侍弄侍弄花草、看看書，天氣好的時候就扶著肚子漸大的徐娘子在周邊走一走；而徐娘子卻是個話多的，沒事時倒會過來同王大嬸嘮嘮家常，向她請教如何烙餅之類的事。有時也會聽她說一些縣內的趣事，時常是在她家一待就能待一個上午或下午，到得後來，總是徐官人親自過來，對王大嬸歉意地笑了笑，然後扶著徐娘子慢慢回去。

王大嬸有時也會瞧見徐娘子對著徐官人發脾氣。

也是，畢竟是有身子的人，脾氣自然是陰晴不定，偶爾一個不順心，抱怨兩句總是有的。每當此時，就見徐官人總是好脾氣地笑，隨即輕言軟語地哄著徐娘子。

似乎王大嬸從來沒有在徐官人的面上看過他對徐娘子不耐煩，即便有時徐娘子賭氣不吃東西，嫌棄做的東西不好吃，她聞著有異味了，徐官人也從來不說半個字，只一遍遍重做了給徐娘子吃。甚或有一次，徐娘子犯了饞，想吃她做的烙餅，徐官人也是二話不說，親自過來求著她做烙餅，隨後道著謝，捧著一盤子烙餅回去了。

這樣的一個人，王大嬸幾乎要以為他是從來不曉得發脾氣的。可中秋那日，徐娘子貪玩，帶了身旁的丫鬟偷偷跑到集市上去，卻沒有提前對徐官人說，徐官人當時瘋了似的滿縣城地找她。找到之後，徐官人便沈著一張臉，一句話也沒有說地拉著徐娘子回來。

王大嬸想著，徐娘子都這樣大的肚子了，不曉得什麼時候就臨盆，哪裡還能和小孩子一般，見著外面集市熱鬧就跑出去逛呢？

且這次多少有些動了胎氣，原本依徐娘子說來，算了日子，她腹中的孩子應當是在中秋之後才會出來，可當晚，徐娘子就提前發動了。

畢竟是頭一次生孩子，自然是艱難的，且徐娘子瞧著嬌嬌弱弱，平日有時候在王大嬸的面前也會憂心忡忡地說她害怕生孩子這樣的話，可又不敢對自己的夫君說，怕他會擔心，所以每日裡反倒要裝作什麼都不怕的模樣出來。

年紀輕輕的女子怎麼會不怕呢？生孩子歷來就是有命喝雞湯、無命見閻王，何況又是頭一次生產。

徐娘子整整生了兩日兩夜，才將肚子裡的孩子生下來。

這兩日兩夜裡，徐官人竟然顧不得忌諱，一直守候在徐娘子身旁。到後來，縱然是口中含了參片，可徐娘子體力不濟，意識開始模糊，漸漸連聲音都發不出，眼皮也漸漸要合起來，眼看只有出的氣，沒有進的氣了。在一旁幫忙的王大嬸就見徐官人痛哭出聲，聲音發顫，只一聲聲喚著，懇求她不要死、不能死，說著她死了，讓他怎麼辦？隨即又狀若瘋癲地對接生的婆子說：「我不要孩子了，我不要孩子了，我只要妍兒！」

可是臨到了這個分兒上，哪裡是說要哪個就能要哪個的呢？若是保孩子不保大人還要容易些，畢竟若是不管大人的死活，直接伸手進去掏了孩子出來，還是直接開膛破肚將孩子取出來，孩子總是能保住的，可是保大人這樣的話……

只要孩子還在大人的肚子裡，怎樣才能做到只保大人不保孩子呢？孩子都這樣大的月分了，畢竟是要想法子弄出來的啊！

但後來，也許真是蒼天可憐見的，又或許是徐官人的哭喊終於讓徐娘子聽了進去，就見徐娘子猛然睜開了快要合起來的雙眼，雙手緊緊地握著徐官人的手，狠聲說：「我就不信我這輩子這樣命苦，前些年過得那樣身不由己，後來好不容易遇到了你，咱們之間又受了那樣多的磨難，又不容易才有了如今這樣的日子，我怎麼能這時候因為生孩子而死了呢？我必定要將這孩子好好地生下來的，然後好好地同你和咱們的孩子安安穩穩過一輩子的！」

徐官人淚流滿面，緊緊反握住徐娘子的手，顫著雙唇親吻她的手心。

隨後徐娘子發了狠，額頭兩側的青筋都高高地鼓了起來，半晌之後終於聽到一聲響亮的啼哭——孩子順利生下來，徐娘子也平安無事。

王大嬸當時在旁邊瞧了這樣感人的一幕，也是激動得忍不住落淚。

徐娘子這一胎生的是個女孩，因生她的時候，小院裡的一株木芙蓉開得正好，所以徐娘子便給這女孩取了個小名，喚作芙蓉。

小芙蓉生下來的時候雖然皺皺巴巴的一團，前幾個月也是黃黃瘦瘦的，可百日之後，卻日漸白淨滾圓了起來，瞧著實在惹人憐愛得緊。

王大嬸便想著，徐官人和徐娘子都是這樣的人物相貌，這小芙蓉長大了以後，容貌定然是個不差的，可不就是越長越討人喜愛了嘛！

徐娘子愛小芙蓉愛得跟什麼似的，成天就抱在手裡，動不動就要親她的臉頰一下，又給她做了許多好看的小衣裳、好些好玩的玩意兒給她。

日頭好的時候，徐娘子便會在院子裡鋪了氈子，擺放許多玩意兒在上面，看著小芙蓉在上面爬來爬去，拿著這樣那樣的玩意兒，又或者抱著她到處去串門子。

徐娘子是個愛笑活潑的人，來了這裡沒多少時日，倒是都與鄰居熟悉了。這樣的人物相貌，未語先笑，誰不樂意同徐娘子往來呢？

只是與徐娘子對小芙蓉明顯的喜愛相比，徐官人對小芙蓉的態度就要冷淡許多。日常眾人見著他總是一臉冷漠地望著小芙蓉，任由她在氈子上或地上爬，一點要抱她起來的意思都沒有。於是鄰居見狀便紛紛感嘆著，只說這徐官人面上瞧著是那樣喜愛徐娘子，可到底因為小芙蓉是個女孩，這徐官人心中是不喜她的。

男人麼，可不想的就是傳宗接代的事？若小芙蓉是個哥兒就好了。

便有這等好事的人，悄悄將這樣的話同徐娘子講了，意思是要徐娘子再生一個哥兒，這樣徐官人就會高興了。

但徐娘子聽了，卻笑道：「還生？我生完小芙蓉之後，我家那口子就說了，這輩子是再也不要我生孩子了。」

鄰居不解這話是何意，問著徐娘子，但徐娘子偏又不說，只是抿著唇一直笑。

到底還是王大嬸隱隱約約地猜到了一些。

那日徐娘子生小芙蓉難產之際，徐官人在旁邊那樣著急痛哭，只說他寧願這輩子都不要孩子，也要徐娘子好好的。徐官人心中約莫是覺得小芙蓉讓他當時差點失去了徐娘子，所以心中對女兒多少還是有幾分惱意的。

眾人聽了，皆是覺得不可置信。

這世間的男子，只認為女人如同那牆上的石灰一般，刮了一層又可以再刷一層的，自然是傳宗接代更為重要了，妻子則是大不了就可以再娶一個，又怎麼會如同徐官人一般，寧願一輩子都不要孩子，只要徐娘子一個人呢？

但不可置信的同時，眾人也羨慕徐娘子，只說徐娘子實在是好福氣，竟然能找著一個對自己這樣好的夫君。

而後，直至小芙蓉滿一歲了，曉得邁著兩條小短腿蹣跚走路時，徐官人對女兒的態度終是慢慢好轉了一些。至少有時候，王大嬸還是會看到他抱著小芙蓉，輕聲細語地說著話。只是小孩子麼，尿尿也是不曉得說的，所以有時小芙蓉就會尿了徐官人一身。

尿完之後，她自然也是不曉得說，也絲毫無愧疚感，反而望著自己父親咧嘴直笑。徐娘子此時則在一旁撫掌人笑，直笑得手撐著腰，哎喲哎喲地叫喚個不住。

每每此時，就見徐官人望望懷裡的小芙蓉，又望望笑得不可自制的徐娘子，眼中滿是無奈的笑意和縱容。

這樣的一家子，誰看了不羨慕呢？

等到小芙蓉一歲半，王大嬸某日見著一男一女尋了過來。那男的同齊大生得有些像，見著齊大的時候也是喚著哥哥，於是王大嬸便曉得這人是齊大的弟弟了。而隨著他一塊兒來的女子便是齊二的妻子，王大嬸聽過徐娘子喚這女子為聽楓。

齊二和聽楓尋過來之後，不曉得同徐官人和徐娘子說了些什麼，總之徐官人和徐娘子很高興，徐娘子更說這下子她終於可以到處去走走看看了。

隨後他們便將這小院賣給了當初那個房牙子，又低價處置了一些院裡的物品，也分送了一些給周邊的鄰居。

王大嬸曉得他們這是要離開了，心中極是不捨，只問徐娘子是要到哪裡去？

徐娘子便笑著說到處去走走看看。王大嬸就勸她，便是走到了天邊，也是要一個家的啊，做什麼要賣了這小院呢？留了這小院在這裡，這裡就是家啊，隨時可以回來的。

徐娘子聞言，抿唇一笑，她伸手，指著正抱著小芙蓉站在香樟樹下的徐官人，笑道：這就是我的家。

正是初春時節，日光照在香樟樹上面，金子似的閃著。有風拂過，香樟樹幽幽的香味傳遍了整個小院。

此心安處，即是吾鄉。但凡只要我夫君和我孩子在的地方，哪裡都是我的家。

——全篇完

番外篇二　有緣無分

張琰有時候想起來，覺得自己跟簡妍總是在錯過。

那樣明媚可愛的女孩子，經常跑到他的學校去，偷偷躲著、望著他。等到他回過頭時，她卻別開目光，裝作自己只是在看旁邊的風景而已。

張琰便無聲地笑，然後悄悄去打探了這個女孩。

隨後他就知道，她是他高中時的學妹，知道她現在就讀的大學，知道她最愛的是粉紫色，最喜歡吃的是各種肉類；也知道她家境優渥，為人嬌氣，知道許多男生追求她，她卻從來都是嚴詞厲色……

了解一個人了解得多了，自然而然對那人越發感興趣起來。

但也僅限於感興趣而已，張琰有自己的目標和人生。

他現年已經大四，早就收到了國外名校的offer，打算一畢業就遠赴海外。他雖然對這個名叫簡妍的女孩子很有好感，可是也沒有打算為她停下追逐夢想的腳步。

如果不是那場車禍，也許他們兩人就不再有交集。即便若干年之後再遇到，自己的反應也僅僅可能只是，喔，這是那個當初曾經喜歡我的女孩子。而自己對她的那些好感，總會在漫長的歲月中慢慢消散的吧？

但一場車禍，再次醒過來之後，他不再是天之驕子，而是旁人口中那個小娘養的。

小娘養的庶子，縱然他再努力，可那個時代，許多事都由不得他。

他大考之時滿分、擅長軟體程式，又怎麼樣？在那個時代，他英雄無用武之地，也唯有讀書、科舉一條路。

但是語文從來就是他不感興趣的一門學科，而且無論他如何努力，旁人也總會一句話就壓到他。

不過是個小娘養的庶子罷了，又算得什麼呢？任憑再厲害，還能厲害得過徐仲宣嗎？徐仲宣可是十八歲就三元及第了呢！

張琰早在沒有見過徐仲宣之前，已經不止一次聽過他的名字了，等他見到徐仲宣之後，他同時也見到了簡妍。

見到簡妍的那一刻，他自然是心中歡喜的。這樣的一個異世，碰到來自同一個時代的人，原本就會有幾分親近之意，何況自己也是對她有好感的，而且他知道她也喜歡他。

可是他很快就發現，簡妍喜歡上徐仲宣了——不，更準確地說，她愛他。

她那樣毫不掩飾地對他說：那不一樣啊，我上輩子是喜歡你，可是現在，我對徐仲宣是愛啊。

為何自己什麼都比徐仲宣差呢？明明他曾經是那樣天之驕子般的人。

而這時，一條捷徑擺在他的面前。

首輔周元正的姪女周盈盈喜歡他。周盈盈數次暗示，只要他願意，她的伯父會給他一個好的前程。

他不願意以這種方式平步青雲，可是面對周元正那番威脅的時候，他沈默了，也動搖了。

他實在是受夠了那些年被人說是小娘養的話，他也受夠了別人鄙視的目光，他想要站在權勢頂端，重新讓別人仰視他。

當簡妍的安危與他的這番理想相衝時，雖然彼時有過猶豫，但最後還是妥協了。

這時，徐仲宣來了。

他就那樣義無反顧地來找簡妍，將她牢牢護在自己的懷中，哪怕對方是周元正，他無法撼動的內閣首輔。

那一刻，張琰就曉得，自己終究是比不上徐仲宣的。

後來，他沈思自己這些年所做的一切。他假裝接受了周盈盈，周盈盈很高興，求了周元正許諾他一個好前程。

會試在即，周元正讓人來找他，告訴他一件事，他才曉得，周元正在會試中做了手腳。他想提拔一些人來做自己的黨羽，所有的玄機，都在答卷紙上。

周元正讓人來找他，就是想告訴他，會試那幾場他該如何做，且擔保他會是二甲頭名。

他答應了。然後放榜之日，他果然是二甲頭名。

他轉身就去找徐仲宣，將當日周元正對他說的話，一五一十地對徐仲宣說了。

當時徐仲宣隔著書案，深深望了他一眼，末了說了兩個字：「謝謝。」

他笑了笑，轉身走了出來，全身如釋重負。他想，這是他能為簡妍所做的唯一一點事了。

總要讓周元正受到該有的懲罰，不能讓周元正再干擾簡妍的生活才是。

對於這個時代，張琰想著，他是沒有什麼可留戀的了。

他選擇了跳海。冰涼湛藍的海水，能洗滌他心靈上所有的骯髒和污點吧……

但是沒想到，再次睜眼，是醫院雪白的牆壁和父母紅腫的雙眼。

他就這樣回來了。那個時代他死了，但是這個時代他又活了。

他第一個想起的就是簡妍。

是不是，簡妍也能這樣回來呢？

他問了簡妍的消息。父親回答：「你說的是那個跟你坐在同一輛車上的女孩子嗎？」

那時他才曉得，簡妍的父親是省裡的高官。

他去看簡妍，就見她靜靜躺在那裡，旁邊的護士正要給她的臉上蓋白布。

不過她面上是很安詳的感覺，彷彿只是睡著了一般。

他想，在那個時代，有徐仲宣護著她，她應該會很幸福，也會很安全吧？

旁邊有個雙眼通紅的年輕人，是簡妍的哥哥。

知道他是簡妍的學長，而且和簡妍坐在同一輛車上時，簡妍的哥哥對他還算比較客氣。

他望著簡妍哥哥悲痛的模樣，忽然有些不忍。其實，他很想對人傾訴那個時代的事。

於是他示意簡妍的哥哥隨他到了走廊。

然後，他找他要了一根菸。

他從來沒有抽過菸，第一口菸吸進去之後，他忍不住嗆了起來，撕心裂肺地咳嗽，可他還是接著吸了第二口菸。

然後，在簡妍哥哥不明所以的目光中，他慢慢地說：「你有沒有聽說過這樣的事？一個人在這個時代死了，但是她的意識卻會穿越到另外一個時代……」

——全篇完

攜良人相伴，許歲月安好／方以旋

2017年3月出版

翻身嫁對郎

誤將狼人當良人，
前生她落得家破人亡、香消玉殞，
今生她願使歲月靜好，現世安穩……

文創風 501 **1**

走過人間這一遭，她承蒙上天垂憐得以重生回到過去，
這才恍然自己當年多麼少不更事、刁蠻且驕橫，
才會將表裡不一的庶妹視為親手足，
還把各懷鬼胎的丫鬟當作心腹，
導致自己身旁盡是些「魑魅魍魎」。
誰人待她真情，誰人待她假意，如今她可看得清清楚楚！

文創風 502 **2**

唯恐胞弟一如前世命喪驚馬蹄下，她只好魚目混珠、以身相代，
不意在性命攸關的時刻，卻被鎮國公世子蕭瀝所救！
憶及前世所聽來有關這蕭瀝的「凶殘」事蹟，
不是陷害兄弟溺斃，就是弒父殺母……
而今兩人「共患難」後還發展出難以名狀的情誼，
她也不知該說是幸還是不幸？

文創風 503 **3**

她承認有些事情的發展與前世不同了，
她本無心嫁人，只想安安心心過自己的日子，
可老天爺似乎還嫌她麻煩不夠多，先是鎮國公府世子求娶，
後有天家亂點鴛鴦譜，竟將她賜婚信王夏侯毅?!
她這輩子是萬萬不想與那涼薄人有任何牽扯，
唉，與其錯將狼人當夫婿，她寧可挑個良人作相公！

文創風 504 **4**

為了讓皇帝撤銷她與信王的賜婚聖旨，
代價便是從今往後她和蕭瀝得緊密地綁在一起。
如今這身穿飛魚服的俊美男子將成為她的未來夫婿，
一切看似脫離前世的安排了，
可他們卻與政壇上呼風喚雨的大宦官魏都結下了樑子，
凡事只得步步為營、如履薄冰，就怕有個閃失將永留憾恨……

文創風 505 **5** 完

她和蕭瀝兩情相悅，也如願以償成為鎮國公世子夫人，
但嫁入高門大戶本就不是啥省心事，
內有不待見她的公婆，外有趕著來做妾的堂妹，
不過她可不是省油的燈，她的夫婿也是有手腕的好男兒，
夫妻倆齊心，四兩撥千斤輕鬆化解了眼前的困難。
無奈有些劫數，縱然人千算萬算，終究是躲也躲不過……

2017年3月出版

琢玉成妻

文創風 499～500

玉不琢，不成器，
身分低微配不上他？
沒關係，待她將自己磨得發光發亮……

世態冷暖無常，兩情遠近不渝／畫淺眉

人家穿越是金枝玉葉，玉琢穿越是真的好累，
爹早逝、娘軟弱，還有個小弟要照顧，
她一面維持生計，一面和鄉里打好關係，這生活還算過得去，
但這田裡的稻子，總是長的不如意。
幸而上天眷顧，讓她結識了朝廷校尉鍾贛，
有了這貴人相助，她終於解決了收成問題。
日子漸漸寬裕，麻煩卻也接連而來，
先是鍾贛私下表露情意，可門第差距令她無法答應；
後是大戶威逼出嫁沖喜，仗勢欺人讓她滿是怒氣。
對前者，她逃之夭夭；對後者，她直言相拒，
無奈奶奶竟抬出孝字要迫她屈從，
好在他及時出手相助，讓她鬆了口氣，沒想到他卻乘機來個當眾求娶?!
既然他一片真心，她也不再逃避，
誰知半路殺出程咬金，朝他潑髒水，還要賴他負責做夫婿?!
哼！這般欺辱她的男人，她怎麼能不還點顏色？

為流浪貓狗加油 和貓寶貝 狗寶貝 廝守終生(一定要終生喔!)的幸福機會

對人來說，貓寶貝狗寶貝只是生活的一部分，但妳(你)對牠們來說，卻是生活的全部，領養前請一定要考慮清楚——

▲ 穩重乖巧的小靚女　小八

性　　別：女生
品　　種：米克斯
年　　紀：2、3歲
個　　性：親人、文靜、愛撒嬌
健康狀況：已結紮，二合一過關、已注射三合一、狂犬疫苗
目前住所：台北市景美

本期資料來源：台灣認養地圖

『小八』的故事：

小八原是一家餐廳放養的貓咪，原來的主人為了要幫餐廳裡抓老鼠及顧店，因此去了趟收容所，將那時還是幼貓的小八帶回，之後也讓牠生下五隻小貓，一起和小八抓老鼠與顧店。

中途每次見到小八及小貓們不畏車流湍急的在大馬路上橫衝直撞，屢屢感到膽顫心驚，甚至也聽聞之前已有其他貓咪於此遭逢不幸。中途想著，如此親人的貓咪要獨自在外生存是相當不易，今天可能幸運地躲過了車輪的危險，明天是否又能避開居心不良的人呢？

中途實在不忍心再看到小八繼續這樣的生活，因此便將牠帶回，由衷希望小八可以找到真正適合牠的家庭，而不是像工具般的被放養著。

小八是隻個性很穩重、非常親人的成貓，喜歡吃東西且十分乖巧，也喜歡被摸摸；平常牠總是很乖的待在一旁，不會老愛調皮搗蛋，就連其牠貓貓可能不愛的剪指甲也都很乖哩！即便是沒有養過貓貓的新手們也適合喔～如果您願意給這麼可愛的小八一個溫暖又安心的家，請來信dogpig1010@hotmail.com（林小姐）。

認養資格：

1. 認養者須年滿23歲，有獨立經濟能力。
2. 須同意簽認養寵物切結書，並能讓中途瞭解小八以後的生活環境。
3. 同意送養人日後之追蹤探訪，對待小八不離不棄。
4. 同意做門窗防護措施，以防小八跑掉、走失。
5. 以雙北地區優先認養，第一次看貓不須攜帶外出籠，確認送養會親自送達。

來信請說明：

a. 個人基本資料：姓名、性別、年齡、居住地、同住者、職業與經濟來源等。
b. 預計如何照顧小八，以及所能提供之環境和承諾（如：食物、飼養方式）。
c. 請簡述過去養貓的經驗、所知的養貓知識，及簡介一下您的飼養環境。
d. 若未來有結婚、懷孕、出國或搬家等計劃，將如何安置小八？
e. 是否同意中途作日後追蹤（家訪、以臉書提供照片）？

文創風
534

娶妻這麼難 4 完

國家圖書館出版品預行編目資料

娶妻這麼難 / 玉瓚著. --
初版. -- 臺北市 : 狗屋, 2017.06
冊 ; 公分. --（文創風）
ISBN 978-986-328-739-1（第4冊 : 平裝）. --

857.7　　106005767

著作者　玉瓚
編輯　黃淑珍
校對　黃薇霓　簡郁珊
發行所　狗屋出版社有限公司
地址　台北市104中山區龍江路71巷15號1樓
電話　02-2776-5889～0
發行字號　局版台業字845號
法律顧問　蕭雄淋律師
總經銷　知遠文化事業有限公司
電話　02-2664-8800
初版　2017年6月
國際書碼　ISBN-13　978-986-328-739-1

本著作物由北京晉江原創網絡科技有限公司授權出版

定價250元
狗屋劃撥帳號：19001626
網址：love.doghouse.com.tw　E-mail：love@doghouse.com.tw